Bernhard Lassahn

Land mit lila Kühen

Roman

Verlag Expeditionen

Bibliografische Information der Deutschen Nationalbibliothek:
Die Deutsche Nationalbibliothek verzeichnet diese Publikation in der Deutschen Nationalbibliografie; detaillierte bibliografische Daten sind im Internet über http://dnb.dnb.de abrufbar.

Bernhard Lassahn
Land mit lila Kühen
Mit 13 Illustrationen von Uli Gleis

Neuauflage 2016

Erste Auflage 1981 Diogenes, Zürich

Umschlaggestaltung: Birgitta Sjöblom
nach einer Grafik von Uli Gleis

ISBN: 978-3-943863-50-5

I'm a substitute for another guy.
I look pretty tall, but my heels are high;
The simple things you see are all complicated.

The Who: *Substitute*

Inhalt

1. Günstig überallhin

Thomas fühlte sich sofort schuldig, und das in seinem Alter. Er holte schon mal freiwillig seinen Pass raus und schlug die Bildseite auf. Muss nun eigentlich das Ohr sichtbar sein oder nicht, wie ist das? Sind schwarz-weiße-Bilder überhaupt noch zugelassen? Seine Unterschrift sah gefälscht aus, ganz klar. Thomas guckte seinen Pass an und konnte es selbst kaum glauben: Thomas Westerhaus, so heißt man einfach nicht. Das Foto ist gestellt, sieht doch jeder. Schlips und Jackett: So sehen Terroristen aus oder die ganz großen Gangster. Thomas versuchte schon mal probeweise harmlos zu wirken und so, als würde er alles nicht so wichtig nehmen.

Diesen da, gegenüber im Abteil, diesen braungebrannten Touristen, den kenn ich nicht; Thomas wollte ihn nicht ansprechen, bloß nicht in dieser Situation. Wer weiß, worin man verwickelt wird. Ich kenne den Herrn nicht, ich reise nur zufällig mit dem in einem Abteil, das ist alles.

Thomas sah den Mann in Uniform schon von innen durch das Glas der Abteiltür und hielt seinen Pass bereit. Er schluckte nochmal vorsichts-

halber, damit seine Stimme nicht belegt klang, sondern klar und deutlich.
„Haben Sie was anzumelden?"
Der Unbekannte von gegenüber schüttelte den Kopf; Thomas brachte ein klares „Nein" raus, ohne Untertöne. Schlecht geschauspielert.
„Spirituosen?"
„Nein."
„Ist das alles, was Sie an Gepäck haben?"
Thomas stand sofort auf und holte seinen kleinen schwarzen Koffer aus dem Netz, er war sofort bereit, ihn zu öffnen und alles auszubreiten, war ja fast nur Papier drin, ein bisschen Wäsche und natürlich Platten, aber Schallplatten durfte man doch einführen, oder? Bei Büchern waren die ja manchmal pingelig. Aber diese Schallplatten konnte ihm doch keiner wegnehmen, seine Lieblingsplatten: Klezmorim, Ensemble Havadia, Tucker Zimmerman und ‚Something Magic' von Procol Harum.
„Nur das?"
„Ja, ja, das ist alles." Sicher hatte er sich damit schon verraten, hier macht man sich wohl verdächtig, wenn man nicht viel besitzt.
„Gute Weiterfahrt."
Der Beamte ging. Das Gepäck des Unbekannten von gegenüber – ein Rucksack mit Traggestell und eine Ledertasche – hatte ihn gar nicht interessiert. Nun war es Thomas peinlich, dass er so viel Bereitschaft gezeigt hatte, und er war fast enttäuscht. Aber, ich bin doch verdächtig, in Wirklichkeit, sagte er sich trotzig.

Es war immer noch verlegen still im Abteil. Der Unbekannte spielte nervös mit den Fingern in den Schlaufen links und rechts an seinen Jeans. Endlich die Kontrolle. Sie waren zu zweit. Bubis, diese Bubis in Uniform, davor soll einer Angst haben, da bin ich ja älter; Thomas reichte seinen Pass hin mit einer betont belanglosen Geste. Die beiden gingen mit den Pässen wieder aus dem Abteil und zogen die Tür zu. Durch das Glas konnte man sehen, wie sie routiniert in dem dicken Buch blätterten. Rührend, wirklich rührend, Thomas guckte wie unbeteiligt zu: Wie die heiligen Nikoläuse mit dem großen schwarzen Buch, und ich dachte, hier ist alles vollautomatisiert mit Computern und elektronischen Abtastgeräten.

Der Zug fuhr ruckartig wieder an. Alles klar, jetzt konnte nichts mehr passieren. Sein Gegenüber holte sich Tabak aus dem Brustbeutel und fing an, sich in Umweltschutzzigarettenpapier eine Zigarette zu drehen. Die Bubis in Uniform reichten die Pässe wieder rein, „Bitte schön."
„Danke."
Alles ganz harmlos.

Thomas guckte aus dem Fenster, als müsste die Landschaft plötzlich anders aussehen, oder als müsste triumphal die Sonne am Himmel aufsteigen. Los jetzt. Dieses bisschen Erleichterung machte ihn so gut gelaunt, dass nicht viel gefehlt hätte und er hätte angefangen zu singen. So fühlen sich Astronauten, wenn die erste Stufe gezündet ist.

Der Tourist von gegenüber lächelte verschmitzt, als hätte er gerade jemanden überlistet. Er hatte Turnschuhe an, die wohl aus USA waren, jedenfalls hatten sie kleine Sternchen. Sein Parka dagegen war offensichtlich deutsch; denn da war ganz klein ein schwarzrotgoldenes Fähnchen an der Schulter.

„Willst du auch eine?" Er leckte gerade seine selbst-gedrehte Zigarette.

Thomas schüttelte den Kopf so freundlich, dass der andere sich nicht abgewiesen fühlte. Jetzt konnte man ja mal in Kontakt treten. Vorsichtig.

„Ist günstig selbstgedreht, echt, sparste ganz schön. 54 Zigaretten holste aus soner Packung raus."

„Ja, tatsächlich."

„Doch echt. Ich hätte ja gerne auf der Fähre welche gekauft, auf diesen griechischen Schiffen, da gibt es ne Packung für ungefähr fünfzig Pfennig, ist echt günstig, aber auf meinem Schiff da gab es überhaupt keine Zigaretten, da hab ich mich unheimlich geärgert, echt Beschiss, so was."

Der Schaffner wollte, bitte, die Fahrausweise der Zugestiegenen sehen, „Danke", ruckzuck ging das.

Thomas guckte aus dem Fenster. Der Himmel sah aus wie Umweltschutzpapier, alles grau in grau. Bald wird es gar kein Wetter mehr geben, dann können wir uns höchstens noch daran erinnern, dass es in der Kindheit mal geschneit hat und die Sonne strahlte, strahlte.

„Echt günstig", der Tourist hatte immer noch seinen Fahrausweis in der Hand, Thomas sollte den doch auch mal angucken: ein Tramper-Monatsticket der Deutschen Bundesbahn.

„Was ist denn das?"

„Kannste hinfahren, wohin du willst, überallhin. Und dafür ist es echt nicht teuer."

„Und wohin willst du? Etwa überallhin?" Thomas hätte sich am liebsten gleich wieder auf die Zunge gebissen, sollte nicht schnippisch sein, ehrlich nicht. Thomas fühlte sich um fast zehn Jahre jünger, seit der Monats-Tramper den Mund aufgemacht hatte, und er wollte ihn wirklich nicht auflaufen lassen. Aber dieses ‚überallhin' hatte ihn einfach gejuckt. Thomas schickte noch ein versöhnliches Lächeln hinterher, etwas zu spät, so wie Stewardessen auch manchmal etwas unsynchronisiert lächeln; der Tramper war aber nicht gestört.

„Leute besuchen, ich hab welche kennengelernt im Urlaub, in Griechenland, auf Lefkada, kennste das?"

„Hm, nein."

„Ist ganz in der Nähe, wo der Onassis seine Insel hat, ganz neu erschlossen, ganz toll, kannste wild campen, bei den Bauern da, Olivenhain, kostet nichts, Tomaten, Süßwasserbrunnen, musste mal hin."

„Aha."

„Und da hab ich Leute kennengelernt, bei denen kann ich umsonst wohnen, und da will ich hin."

„Weißt du", Thomas wollte das Thema wechseln, „weißt du, dass sich die Indianer früher auf den

Erdboden gelegt haben, wenn sie lange Strecken geritten sind?"
„Ne, wieso?"
„Damit die Seele nachkommen kann."
„Echt?"
„Ja, die glaubten, dass sie sonst ihre Seele verlieren."
„Die waren eben noch nicht so kaputt, die Indianer." Der Monats-Tramper steckte sein Ticket wieder ein. „Weißt du, was ich dafür bezahlt habe?"
„Nein."
„Nichts."
„Nichts?"
„Das ist nämlich die Karte von meinem Bruder."
„Von deinem Bruder? Dann hast du eine falsche Karte."
„Ach was", der Monats-Tramper machte ein Gesicht, als wollte er sagen: Du schnallst aber auch gar nichts, Mann. „Nein, die Karte ist schon echt."
„Aha, die Karte ist echt, aber du bist die Fälschung von deinem Bruder?"
Thomas hatte das vorsichtig vorgeschlagen, aber der Tramper schien sich sogar eher zu freuen: „Gut nicht? Guck mal, sind noch ganze vier Tage drauf, das musste doch ausnutzen, so was."
„Doch, doch. Dauerkarten müssen abgenutzt werden, Postkarten müssen vollgeschrieben werden."

Thomas guckte wieder ein bisschen raus. Wie eine Modelleisenbahnlandschaft, also wirklich. Er war gerührt. Eigentlich hatte er nicht viel Lust rauszugucken, nur diesen Kinderglauben, dass man was verpasst, wenn man nicht die schöne Landschaft anguckt.

Thomas wusste auch, was er an dem Monats-Tramper nicht mochte. Eine Kleinigkeit. Dieses kleine schwarzrot-goldene Fähnchen am Parka. Das hätte er doch wenigstens abtrennen können.
„Wusstest du, dass die amerikanischen Touristen, die in den zwanziger Jahren nach Paris strömten, als ‚Sturmtruppen' bezeichnet wurden?"
„Ne."
„Ja, mit dem deutschen Wort ‚Sturmtruppen'. Es gibt ja ein paar deutsche Worte, die in andere Sprachen eingegangen sind."
„Oh ja, üble Worte, echt, ganz schlimme Geschichten." Der Monats-Tramper merkte aber, auf was Thomas anspielte, und sagte noch wie zur Entschuldigung: „Den hab ich günstig gekriegt in son Army-Shop."
„Klar."

Ist ja auch gut, dachte Thomas, der ist kein Stürmer. Stürmer kundschaften neue Gebiete aus. Die besten Leute einer Truppe sind immer die Agenten. Die Agenten der Touristentruppen wagen sich in Gebiete, wo noch nie ein anderer Tourist war, kundschaften alles aus, kehren zurück in gesicherte Zonen und erzählen alles. Dann rücken die andern nach. Jetzt ist alles unter Kontrolle. Der Nachschub läuft wie geölt.

„Sag mal, warste echt noch nicht in Griechenland?"
„Ich hab nur davon gelesen."
„Kennste das Buch ‚Reisetipps, die nicht jeder kennt'?"
Thomas schüttelte langsam den Kopf.
„Da musste echt mal hin. Ist toll. Die Leute sind da irgendwie noch nicht so kaputt wie hier, verstehste. Da ist irgendwie noch alles echt."
„Ja?"
„Hier guck mal, die Tasche hab ich da gekauft", der Monats-Tramper holte sie freiwillig aus dem Netz und zeigte sie vor, „echt Ziegenleder für ungefähr fünfzig Mark, etwas weniger sogar, echt Ziegenleder, stinkt noch richtig, immer noch, nicht teuer."

„Du nimmst LYDIA 4, *ich* REGINE 6, *du* MARION 8 *und du* SUSANNE 17." *Keiner lächelte mehr, das waren Routineweltraumscherze, die die Jungs nicht zum ersten mal hörten. Die Namen Lydia oder Regine waren auch nicht mal Namen für Frauen, sondern nur für Planeten. Außerdem für Planeten, die es wahrscheinlich gar nicht gab, das waren nur Namen für mögliche Planeten.*

Die Jungs machten alles genau wie es in ihrem Entdecker-Programm vorgesehen war: Wenn sie in ein Sonnensystem kamen wie dieses, wo eben Planeten zu vermuten waren, dann teilten sie sich auf, flogen getrennt los in verschiedene Richtungen und kehrten dann zum Mutterschiff zurück, um zu berichten. Bei den ersten Entdeckungsflügen war das noch sehr spannend gewesen; denn jeder hatte geglaubt, dass er vielleicht einen bewohnbaren Planeten finde oder wenigstens ein Mitbringsel, wie es noch niemand vorher gesehen hatte, und alle wollten die Flasche Sekt gewinnen, die die Jungs versprochen hatten für den, der den ersten guten Planeten entdeckte.

Aber mit den Weltraumjahren glaubten die Jungs immer weniger an eine Entdeckung in diesem Teil des Weltraums. Jedes Mal, wenn sie zurückkamen, sagten sie nur noch kurz:
„Nichts!"
„Nichts!"
„Nichts!"
„Nichts!"
Keiner fragte nach weiteren Einzelheiten oder sagte „Erzähl doch mal, wie sah er denn aus, dein Planet?" Mit den Weltraumjahren verging das Interesse.

Natürlich hatte ihnen auf der Erde jeder gesagt, dass Entdeckungen machen eine sehr trockene Sache ist und dass man dazu Durchhaltevermögen und nochmal Durchhaltevermögen braucht, aber so langweilig hatten sich die Jungs das nun doch nicht vorgestellt. Ihr Einsatzleiter hatte ihnen das alles auch schon auf der Erde gesagt: „Ihr werdet lange unterwegs sein", hatte er gesagt, „stellt euch das bloß nicht so aufregend vor, die Zeiten sind längst vorbei, heute ist alles Weltraumroutine." Alle hatten nur „Ja, ja" gesagt, weil sie endlich los wollten. Entdecker! Das war ein Traumberuf! Jeder auf dem Mutterschiff GAMMA 6 *hatte mal eine Zeitlang gehofft, dass es noch was zu entdecken gebe und dass das aufregend sei.*

Mit mieser Laune stieg Nick in sein Lanzett und schnallte sich an. Alles Routine. Sobald Nick außerhalb der Kontrollzone von GAMMA 6 *war, wollte er sich sowieso wieder losschnallen. Na gut,* LYDIA *4, dachte er, wird schon nichts Ordentliches sein, wieder so ein Stück sinnloses Etwas im Nichts, mehr nicht. Entdeckungsflug! Meine Güte! Das ist nichts anderes, als eine Ewigkeit alleine in dieser Kabine zu sitzen, nicht rauchen zu dürfen, bis dann endlich* LYDIA 4 *auf dem Bildschirm sichtbar wird, und dann war wieder nichts, wie immer.*

Für den Alleinflug waren die Entdecker gut ausgerüstet: An Unterhaltung sollte es nicht fehlen. Jedes Lanzett hatte ein gutbestücktes Archiv aller möglichen Video-Filme. Besonders beliebt waren sentimentale Liebesfilme aus den wilden neunziger Jahren des zwanzigsten Jahrhunderts. Die Bildqualität der Bordschirme war prima. Auch an Musik war alles abrufbar. Da war einfach nichts zu wünschen übrig.

Nick stellte die Video-Anlage ab, sobald er die Kontrollzone verlassen hatte, schnallte sich los und holte den Erste-Hilfe-Weltraumkoffer raus, um endlich wieder das Todesspiel zu machen. Er schraubte die Abdeckplatte zum Armaturenbrett ab und konnte so einen Kontakt unterbrechen, worauf die Computer-Kontrolle für sein Lanzett nicht mehr mit Energie versorgt war. So, knack, fertig, so

einfach war das, schon funktionierte die automatische Computer-Kontrolle nicht mehr.
Natürlich war, was Nick da machte, verboten, das heißt, es gab genaugenommen keine Vorschrift in den Entdecker-Verträgen, die untersagt hätte, die Abdeckplatte abzuschrauben und die automatische Computer-Kontrolle außer Kraft zu setzen. Natürlich gab es da keine Vorschriften, weil keiner damit rechnete, dass ein Entdecker je so was machen würde. Nick hielt auch geheim, dass er sich mit dem Todesspiel die Zeit vertrieb, wenn er so allein unterwegs war nach ANGELICA 38 *oder ganz weit* MARINA 40 *oder weiß Gott wohin.*

Was er da machte, war nicht ungefährlich. Ohne automatische Computer-Kontrolle war die Abwehr gegen Meteoriten nicht mehr gewährleistet. Die Chance, dass sein Lanzett von einem Meteoriten getroffen würde, war 1 : 100.000.000. Dieses Risiko nahm Nick in Kauf. Eine rote Signallampe blinkte auf, um anzuzeigen, dass die Computer-Kontrolle nicht mehr funktionierte, aber Nick lächelte die Warnblinklampe nur hinterlistig an, als wollte er sagen: Blöde Lampe, weiß ich doch längst, dass die Computer-Kontrolle nicht tut.
Jetzt, da der Computer stillgelegt war, konnte Nick in Ruhe weiterbasteln. Er setzte seinen Schraubenzieher an, unterbrach weitere Kontakte und konnte dadurch Ventile öffnen, die sofort in den Außenkammern den Druck erhöhten. Das war natürlich sehr gefährlich; die Außenkammern wurden aufgeblasen wie Luftballons, und wenn der Druck weiter so anstieg, dann würde alles platzen.
Sofort leuchteten verschiedene Alarmblinklichter auf, und der lebenswichtige Druckluftanzeiger sprang sofort auf 70. Aber wieder lächelte Nick seine Armaturen nur überlegen

an, öffnete die Ventile noch weiter, der Druckluftanzeiger hatte seine Nadel schon längst in der orangenen Zone, nun in der roten. Nick ignorierte sämtliche Warnblinkleuchten; er musste sich ganz auf den Druckanzeiger konzentrieren:

70
75
80
85

Nick wusste genau: Wenn der Druck auf 100 steigt, dann ist es aus, dann platzt das ganze Ding und wird ins Nichts gewirbelt, ins Nichts, Nichts, Nichts, jawohl ins Nichts, dann ist es nämlich echt aus, dann ist Bingo –

90
95

Nick lächelte, er gab mit dem Schraubenzieher etwas nach und konnte den Druck so auf 95 stabilisieren. Sein Armaturenbrett blinkte vor lauter Sicherheitsleuchten wie ein Flipper kurz vor dem Freispiel:

95
95
95
95
95

Nick hielt den Druck. Schön so, dachte er, schön so, alles, alles eine Frage der Geschicklichkeit im Handgelenk.
Dann hatte er genug; er baute den Druck wieder ab, stellte die Energieversorgung für die Computer-Kontrolle wieder her, und die Warnblinklichter verlöschten traurig eines nach dem anderen.

Nick überließ sich jetzt wieder der Computer-Kontrolle. Bis LYDIA 4 *war es noch eine Ewigkeit, mindestens 23*

Video-Filme. Er sah Frauen, die alles zeigten; brennende Dörfer; stolze Pferde, die über grüne Wiesen galoppierten; Raumschiffe explodierten, Computer ließen sich gegenseitig ermorden; Liebespaare hielten sich eng umschlungen. Nebelmörder, Duelle auf Leben und Tod, Zombies, Kannibalen ... Er döste. Zwischendurch unterbrach er mal einen Film, um zu sehen, ob auf dem Bildschirm schon LYDIA 4 *zu erkennen war: Nur ein ganz kleiner Punkt. Und er hatte schon viele kleine Punkte gesehen, weiß Gott, viele kleine Punkte ...*

Als LYDIA 4 *endlich nah genug war für den Vergrößerer, konnte Nick erkennen, dass es recht vielversprechend aussah. Er schaltete den Bildschirm von* LYDIA 4 *müde wieder auf Video um und sah noch einen Actionfilm aus dem 21. Jahrhundert. Der Bordbildschirm war wie ein Fernseher mit verschiedenen Programmen: eine Taste für Video, eine für das, was draußen zu sehen war. Er schaltete erst wieder um auf den Vergrößerer, als er schon so dicht um* LYDIA 4 *kreiste wie ein Aufklärungssatellit. Jetzt knipste er auch die Suchleuchte ein, mit der man Einzelheiten erkennen konnte, falls es Einzelheiten gab.*

Es gab Einzelheiten. Nick starrte ungerührt den Bildschirm an und war zu keiner Reaktion fähig. Dann gab er sich einen Ruck: Das muss ein Film sein, dachte er, das muss ein Film sein. Was er auf dem Bildschirm sah, war eine Landschaft mit Bergen, Seen, Flüssen. Nick holte seinen Entdeckerfragebogen, um ‚Wasservorkommen' anzukreuzen. Er hatte den Fragebogen noch nie gebraucht und fand sich gar nicht zurecht. ‚Luft' musste auch noch angekreuzt werden, ‚Bewohn-barkeitswahrscheinlichkeit", ja, was soll man da angeben? 90, 95 *...*

Nick hielt den Fragebogen in der Hand und starrte regungslos auf den Bildschirm: Das muss ein Film sein, das muss ein Film sein. Das habe ich schon mal gesehen, und zwar war das nicht der Film ‚Jimmy, der unbezwingbare Entdecker', den ich auf dem Flug zu ANGELICA 39 *gesehen habe? oder war das auf dem Flug zu* CORINNA 9 *oder zu* MONICA I, *oder 47? oder war es der Film ...*

Nick legte den Fragebogen unausgefüllt wieder weg und drückte sofort die Programmtaste zur Vorbereitung einer Landung.
„Ich will wissen, was hier gespielt wird", sagte Nick, obwohl der Bordcomputer nicht auf Sprechverkehr mit Piloten eingestellt war, „ich will wissen, was hier gespielt wird. Was wird hier gespielt? Ein Film, sag ich, wenn man mich fragt, ein Film und noch dazu ein zweitrangiger."

Das Lanzett hatte weich aufgesetzt, die Apparaturen zeigten an, dass die Atmosphäre auf LYDIA 4 *so menschenfreundlich war, dass Nick aussteigen konnte. Nick prüfte alle Reißverschlüsse an seinem Raumanzug und machte sich fertig,* LYDIA 4 *zu betreten. Ich will ja nur wissen, was hier gespielt wird, sagte sich Nick.*

Er betrat LYDIA 4. *Der Planet hatte eine Anziehungskraft wie die Erde. Erst wollte Nick gerne so langsame tapsige Schritte machen wie in dem Dokumentarfilm ‚Die Landung der ersten Menschen auf dem Mond der Erde', aber dann merkte er, dass das gar nicht nötig war, er konnte hier ganz normal Spazierengehen. Schade.*

Alle Anzeiger auf seinen Armbandarmaturen zeigten an, dass er nicht mal seinen Raumanzug brauchte. Vorsichtig aber ohne besondere Gefühle nahm er langsam den Helm ab, seine Käseglocke, wie die Jungs in ihrer scherzhaften Art und Weise immer sagten. Ohne Zweifel: frische Luft; er atmete sogar ein bisschen ein, seine Lunge war ganz erfrischt, es kam ihm fremd vor, er traute der Sache nicht. Jetzt ohne Käseglocke konnte er auch aus der Ferne Vogelstimmen hören, es hörte sich an, als würde die Platte ‚Exotic Birds in E-Major' von Tommaso Leddi laufen, seine Lieblingsplatte.
Eigentlich müsste ich jetzt meinen Fragebogen aus dem Lanzett holen, dachte Nick, und alles ausfüllen. Ach ja, er wusste überhaupt nicht, was er nun wollte und wie er sich fühlte, dies war eine Wiese, da war ein Wald in der Nähe und ein See.

Nick wollte sofort seinen überflüssigen Weltraumanzug ausziehen, sofort, und seinen Trainingsanzug auch, alles, ganz nackt wollte er sich auf der Wiese hier kugeln und rollen und hüpfen und springen und hopsen und alles, aber als er seine Finger an den Reißverschluss legte, fiel ihm ein, dass die Versicherung so was bestimmt nicht deckte, falls ihm als nackter Entdecker was passieren würde. Da würde die Weltraumbehörde einen Jenseitsärger machen, das war sicher, dafür hatten die gar kein Verständnis, für alles, nur dafür nicht, das wusste er genau, nein, nein, lieber nicht. Zwar gab es strenggenommen keine Vorschrift im Entdeckervertrag, die das verbieten würde, aber Nick war sich absolut sicher, dass er das nicht durfte.

Er ging lässig zurück zum Lanzett, legte eine Musik-Cassette ein und stellte dabei die Anlage so laut, dass er es auch draußen auf LYDIA 4 *hören konnte. Dass er die Käseglocke abgenommen hatte, war schon ein starkes Stück. Jetzt so ohne Käseglocke konnte er eigentlich eine rauchen. Der Nachteil von diesen Käseglocken war ja, dass man da drunter keine rauchen konnte. Wie viele Witze hatten die Jungs schon über dieses Thema gerissen, wenn sie auf dem Mutterschiff* GAMMA 6 *ihre lustigen Saufgelage machten. Da auf dem Mutterschiff konnte man rauchen. Nick zündete sich eine Zigarette an und spazierte in Hörweite um das Lanzett. Auf der Zigarettenpackung stand:*

Für das Echte gibt es keinen Ersatz.

Nick war sehr zufrieden. Jetzt fiel ihm die Flasche Sekt ein. Die war ihm sicher. Als er die Zigarette aufgeraucht hatte, war es nun auch gut, man soll ja nicht übertreiben. Es wurde auch ein bisschen langweilig, ehrlich gesagt. Nick stülpte wieder seine Käseglocke über und fühlte sich zum ersten Mal irgendwie wohl unter seiner Haube. Er bestieg wieder sein Lanzett und bereitete den Rückflug zum Mutterschiff vor.

Auf der Umlaufbahn sah er noch einmal LYDIA 4 im *Vergrößerer. „Mann, sieht aus wie ein Film, echt wie ein Film", sagte er, obwohl doch der Bordcomputer gar nicht auf Sprechverkehr eingestellt war, „wenn ich nicht selber da auf den Wiesen gestanden hätte, würde ich sagen, das ist ein Film", sagte Nick laut. Jetzt, wo er* LYDIA 4 *wieder auf dem Bildschirm sah, wurde er immer unsicherer.*
„Das ist ein Film, Mann, ich sage dir, das ist eine von den Video-Cassetten."

Er sprach immer lauter: „‚Jimmy, der unbezwingbare Entdecker', genau, ein Supererfolgsfilm aus dem 21. Jahrhundert. Supererfolgsfilm, hab ich doch vor kurzem hier auf diesem Bildschirm gesehen, hier genau auf diesem Bildschirm, doch, weiß ich genau, kann ich mich genau erinnern, an was ich mich genau erinnern kann, das ist auch echt", rief er jetzt so laut, dass die Kontrolllampe für unerwartete Geräusche im Innern des Raumschiffes aufleuchtete.
„An was ich mich erinnern kann, das ist auch echt" rief Nick extra laut, um die Kontrolllampe zu ärgern.

Nick stellte sich ein Programm mit Videos für den Rückflug zusammen, zwischendurch schlief er ein und träumte, während ein Film lief. Er murmelte im Schlaf und im Halbschlaf: „Ein Film, und noch dazu ein Zweitklassiger, ein zweitklassiger Film ..."
Er schnallte sich erst wieder an, als er in die Kontrollzone von GAMMA 6 *kam. Schluss jetzt mit Träumen! Im Weltall macht man sich nicht lächerlich wegen einer Flasche Sekt.*

Auf dem Mutterschiff gaben alle Entdecker wie üblich ihre knappen Berichte ab:
„Nichts!"
„Nichts!"
„Nichts!"
Nur von MARION 8 *lag kein Bericht vor, der Entdecker war nicht zurückgekehrt. Sein Lanzett war schon auf dem Hinflug aus noch ungeklärter Ursache geplatzt. Die Entdecker waren nun sehr im Nachteil; wenn sie das nächste mal wieder in verschiedene Richtungen ausschwärmen*

mussten, dann hatten sie jetzt einen Mann weniger, eine Richtung musste unerforscht bleiben.

„Wenn wir je irgendwas finden sollten, wenn hier je was zu finden ist, dann wird es bestimmt in der nicht erforschten Richtung liegen", witzelte einer der Entdecker. Die Jungs hatten einfach immer einen Scherz auf Lager. Keiner ließ sich was anmerken. Als sie die Nachricht vom Tod ihres Forscherkollegen erhielten, zündeten sich alle Zigaretten an.

„Was mich am meisten nervt an diesen Entdeckungsflügen, ist, dass man nicht rauchen kann unter der Käseglocke", sagte ein Entdecker, und Nick schmunzelte leise.

„Ich hab gute Filme gesehen unterwegs", sagte der Entdecker von REGINE 6.

„Ich auch."

„Ich auch."

2. Automatencenter

Als Thomas bei der nächsten Station ausstieg, ging er gleich los, als wüsste er wohin, so wie Hunde auch immer losrennen. Er war gut gelaunt. Alles war frisch.

Er reservierte im Hotel DEUTSCHER HOF ein Zimmer für eine Nacht. Seinen Namen gab er mit Thomas Westerhaus an, seinem richtigen Namen also, und sagte noch: „Falls eine Nachricht für mich kommen sollte, bitte, notieren Sie die", und kam sich natürlich sehr gerissen dabei vor.
Er ging nochmal kurz auf sein Zimmer und knipste, obwohl es noch taghell war, schon das Licht an. Seinen Koffer mit den Lieblingsplatten versteckte er unter dem Bett. Ein etwas altmodischer Trick, aber immerhin. Auf dem Flur verglich er die Uhr mit seiner: Uhrenvergleich, das müssen die Agenten auch immer machen, mal sehen, welche Uhr jetzt schneller ist.

Als er wieder draußen in der Fußgängerzone war, kam ihm ein Lied in den Kopf, das er vor sehr langer Zeit mal gehört hatte. Was man doch alles für Gerumpel im Kopf hat, da tauchen Dinge, die man schon längst vergessen geglaubt hat, wieder auf, und da merkt man erst, was man für eine verdunkelte Rumpelkammer mit sich rumschleppt, mit Plattenspielern, die schon seit Jahren ununterbrochen laufen und denen man nicht mal zuhört:

> Die Liebe ist ein seltsames Spiel.
> Sie kommt und geht von einem zum andern.
> Sie nimmt uns alles,
> doch sie gibt auch viel zu viel.
> Die Liebe ist ein seltsames Spiel.

Also ein seltsames Spiel, diese Liebe, Thomas schmunzelte vorsichtig. Sie nimmt uns alles, doch sie gibt auch viel zu viel, mit anderen Worten: Liebe nimmt mehr, als sie gibt; denn viel zu viel ist weniger als alles. Aha. Und dieses viel zu viel, was uns die Liebe gibt, ist auch ein hinterlistiges Geschenk. Es wäre besser, wenn uns die Liebe einfach viel geben würde, statt viel zu viel. Also wirklich: Was zu viel ist, ist zu viel! Was soll man damit anfangen?

Wahrscheinlich ist das Lied deswegen so melancholisch und bleibt im Gedächtnis kleben, oder es liegt daran, dass die Liebe als Spiel bezeichnet wird und wir gerne hätten, dass die Liebe eben mehr ist als nur Spiel, viel mehr. Wenn die Liebe aber nur ein Spiel ist, dann brauchen wir andererseits auch nicht wirklich traurig zu sein, wenn uns die Liebe unterm Strich mehr nimmt als gibt. Unterm Strich! In diesem Zusammenhang übrigens ein schöner Ausdruck.

Er schmunzelte verräterisch. So ging es ihm oft: Die Gedanken schweiften von selber ab, und

Stellen wie ‚unterm Strich' kamen ganz unabsichtlich; er hätte gut sein eigener Entertainer sein können.

Er ging nun einfach so in eine der Spielhallen, die schon von außen mit Kindheitserinnerungen lockten: Flackerlicht, wandernde Lichterketten in Lila und Rosa, wie Weihnachten, wie Kirmes. Nur eben für Erwachsene. Da gab es ein klares Hinweisschild, auf dem stand, dass der Zutritt für Jugendliche unter 18 Jahren streng untersagt ist, aber Thomas merkte gleich, dass dieses Verbot nur ein raffinierter Bestandteil der Verheißung war, um Männer über 18 anzulocken. Das Unterhaltungscentrum speziell für Männer hatte eine Abteilung mit Automaten – Lost World, Space Invaders, Star Wars, Kiss, Bingo Royal – und eine Abteilung Happy-Peep-Show und Filmkabinen. Es kostete fast nichts. An den meisten Geräten brauchte man nur 1 DM einzuwerfen. Dadurch war klar, dass alles nur Spiel war und dass man sich nicht nachher im richtigen Leben beklagen durfte.

Die Musik in seinem Kopf wurde sofort überdröhnt von der Musik, die hier lief: Queen of Chinatown. Muss wohl deshalb so laut sein, damit die Männer meinen, es gäbe einen Grund, um nicht miteinander zu reden; denn es war ihm sofort klar, dass hier die Männer nicht redeten und sich auch kaum anguckten.

Alle waren inkognito hier.

„Die Filme sind besser als die Frauen", hörte er ausnahmsweise einen Mann zu einem anderen sagen.
Die Kabinen, die hier aufgebaut waren, erinnerten an Kabinen, in die Weltraumfahrer einsteigen, um sich darin zu dematerialisieren. Auf den Einstiegsluken waren vergrößerte 1-DM-Stücke abgebildet. Nur einzeln eintreten, stand da. Es kam ihm vor wie: Nur einsam eintreten. Über den Luken waren kleine rote Leuchten, die anzeigten, ob die Kabine gerade besetzt war. Die Leuchten erinnerten an Alarmblinkanlagen auf einem Raumschiff, das auf Entdeckungsreise ist.

„Unsere Modelle zeigen alles", hörte er eine Mikrofonstimme durch die Queen-of-Chinatown-Geräuschkulisse, „unsere Modelle zeigen alles." Die Stimme kam von einem Angestellten in einer Schalterkabine mit künstlichen Blumen, von wo aus er die Musik und die Modelle fernsteuern konnte. Da mussten die Männer auch ihr Geld wechseln, damit sie 1 DM für 3-Minuten-Pornos oder für Live-Modelle hatten. Das Münzwechseln ging wortlos vonstatten. „Unsere Modelle zeigen alles." Aha, denen gehören die Modelle also?

Neben dem Schalter war eine Portrait-Galerie, Polaroid-Fotos von den Modellen, etwas unscharf, mit Namensunterschriften: Lydia, Regine, Nicole, Yvonne – wahrscheinlich falsche Namen. Über den Fotos waren kleine Glühbirnen, die anzeigten, welches Modell gerade zu besichtigen war.

„Unsere Modelle zeigen alles."
Da stimmt aber auch kein einziges Wort. Thomas musste aber zugeben, dass die Falschheit immerhin System hatte. Was soll das heißen: zeigen alles? Die Modelle können doch gar nicht alles zeigen, selbst wenn sie müssten. Klar, ‚alles' war hier nur eine Umschreibung für was anderes, aber er als Fachmann für Science fiction und Weltallfragen hatte das Gefühl, er müsste im Namen des Kosmos gegen den Missbrauch des Wortes ‚alles' protestieren.

Von der Portrait-Galerie führte ein Durchgang zu einem Nonstop-Erotik-Kino. Um Gottes Willen, Erotik ja, aber Nonstop ist das Ende der Erotik. Als Filmplakat hing dazu eine Zeichnung von einer Frau mit stilisierten Brustspitzen, die besonders hervorgehoben waren und in das All hinausragten. Das sieht doch aus wie – Thomas betrachtete das Filmplakat länger, es interessierte ihn mehr als die Fotos – das sieht doch aus wie zwei Knöpfe, an denen man einen Sender einschaltet und auf dem Frequenzband scharf einstellt, genau, die Einstellknöpfe für die Feinabstimmung. Das Plakat hatte Inschriften in allen Gastarbeitersprachen, besonders fiel ihm diese Passage auf:

ταινία - έκπληξη από τις ΗΠΑ
Απαγορεύεται αυστηρώς για ανήλικους
Μόνο για ενήλικους

Sehr kosmisch, dachte Thomas, weil er gerne das Wort ‚kosmisch' statt ‚international' gebrauchte und umgekehrt. Sehr kosmisch.

„Modellwechsel, jetzt wieder Modellwechsel, ein neues Modell, unser Teenagermodell Nicole, Modell Nummer vier, ein süßes neues Modell tanzt für Sie."
Thomas musste aufpassen, dass er sich nicht verriet. Hier durfte nicht gelacht werden. Aber, meine Güte: Das Modell ‚tanzt'! Gibt es denn keine echten Tänzer mehr, die dagegen Einspruch erheben könnten, oder gibt es keine Stelle, bei der man dagegen Einspruch erheben kann? Oder interessiert sich niemand für die Ehre des Wortes ‚Tanz'?
Und dann: tanzt für Sie! Also wirklich, die kennt mich gar nicht, wieso ausgerechnet für mich?

Die andern Männer hier schienen sich an den vielen falschen Wörtern nicht zu stören, und seitdem Thomas die kosmischen Plakatinschriften gesehen hatte, wusste er auch, warum: Die meisten Männer waren gar keine Deutschen, sondern kamen aus Ländern mit fremden Schriften und hatten mit den Wörtern nichts zu tun, die lernten ja erst die deutsche Sprache, dachten sicher, dass alles richtig sei, und versuchten vielleicht, sich das eine oder andere Wort zu merken.

„Unsere Modelle zeigen alles, wir haben Modelle aus aller Welt!" Wie der Ausrufer bei der Geisterbahn, der immer rufen muss: Das macht Spaß, das macht Spaß, kommen Sie, kommen Sie; oder wie bei manchen Sicherheitsraumschiffen, wo die Piloten alle soundso viele Minuten einen Knopf drücken müssen, damit gewährleistet ist, dass die Piloten nicht eingeschlafen sind, die müssen ja dauernd ins All starren, und das ermüdet.

„Modelle aus aller Welt."

Ein Modell kam gerade an den Schalter. Barfuß, sie hatte ein Badetuch umgeworfen. „Noch eine", sagte sie etwas ungeduldig, und der Mann vom Schalter reichte ihr gelangweilt eine Zigarette. Thomas hatte das Gefühl, er dürfe nicht so genau hingucken, als würde er im Treppenhaus einer Nachbarin im Nachthemd begegnen. Sie ging nun wieder, ohne sich umzublicken, auf die Tür mit der Inschrift PRIVAT zu.

„Unsere Modelle zeigen alles."

Und Thomas dachte: Das sind eigentlich ganz normale Männer und Frauen hier.

Frankie und sein Ungeheuer

Frankie N. Stone war ein guter Kerl, hatte aber keine Frau, keiner wusste, warum nicht. Es gab viele Frauen, die sich für ihn interessierten, aber die schickte er alle zum Teufel, da konnte er ganz schön grob sein, obwohl er sonst mehr ein zartfühlendes Gemüt war. Es hieß, dass er zu anspruchsvoll war, das sagen ja alle, die alleine bleiben, dass sie eben Ansprüche haben.

Dass Frankie wirklich Ansprüche hatte, ist schon möglich, es kann aber auch sein, dass es in seiner Vergangenheit eine ganz große Liebe gab, über die er nicht hinwegkam und der er jetzt hinterherliebte. Frankie hatte sehr genaue Vorstellungen von der Frau, die er – wenn überhaupt – einmal lieben wollte. Das wäre dann eine sehr große Liebe.

Er wohnte in einem Schloss, da gab es einen Keller, den ihm sein Großvater unaufgeräumt hinterlassen hatte, eine Art Hobby-Werkstatt, die aber schon lange nicht mehr benutzt worden war, mit allerhand altmodischen Geräten, die noch richtig funkten und glühten wie in einer alten Jules-Verne-Verfilmung, mit Reagenzgläsern, Streckbetten, diversen Sägen und weiß der Teufel was noch alles. Frankie machte sich nun daran, die Hobby-Werkstatt zu modernisieren: Neonbeleuchtung, alles neu gestrichen in Orange, und auch eine Stereo-Anlage wurde eingebaut, so dass er beim Basteln seine Lieblingsmusik hören konnte. Neue Sägen wurden angeschafft und eine Wasserspritzanlage, damit er das Blut besser wegspritzen konnte.

Frankie hatte auch die Aufzeichnungen seines Großvaters genau gelesen, wobei er sich allerdings für die mehr philosophischen Passagen überhaupt nicht interessierte. Was interessierten ihn die Menschheit als Ganzes oder das Schöpfertum als solches! Was kümmerten ihn die alten Griechen und das Pygmalionmotiv! Er war viel praktischer veranlagt, er wollte bloß eine Frau, mehr nicht.

Frankie fing erst mal ein paar tolle Frauen ein, an denen er Einzelteile ganz gut fand. Bei der einen liebte er beson-

ders die Beine, bei der anderen den Hals, bei einer wiederum die Augen und so weiter.
Frankie hätte sich da nie entscheiden können, die eine konnte gut rechnen, die andere konnte gut weinen, wie will man sich je auf eine Frau festlegen können? Es war auch nicht schwer, die Frauen einzufangen, die meisten kamen freiwillig (ohne allerdings zu ahnen, was ihnen bevorstand). Wenn ihm eine gefiel, die er auf der Straße sah, genügte es meist schon, sie aufs Schloss einzuladen. Er hatte bald 40 Frauen eingefangen, wobei noch dazu gesagt werden muss, dass es 40 echt tolle Frauen waren.

Dann machte er sich an die Arbeit. Er hatte nun eine genaue Übersicht über die Einzelteile, die er von den jeweiligen Frauen wollte, und machte sich daran, die Frauen zu schlachten und zu einer neuen Frau zusammenzubauen, die übrigens Eva beißen sollte.
Man kann sich kaum vorstellen, was das für eine schwierige Tätigkeit war, schon alleine von der Koordination, da musste alles klappen, bestimmte Innereien zum Beispiel mussten eine Zeitlang frischgehalten werden, ehe sie eingebaut wurden. Der Bau der Außenhülle war nicht so einfach, weil Eva ja auch besonders schön ausfallen sollte, da wollte er nicht pfuschen. Er hatte alles genau vermessen, es passte auch nicht jedes Einzelteil zu jedem anderen Einzelteil, schon von den Größenverhältnissen nicht, und dann musste alles nahtlos verschweißt werden; denn auf makellosen Teint legte Frankie nun mal besonderen Wert.
Kurz, er war sehr beschäftigt, machte Überstunde um Überstunde und hatte kaum noch Zeit, Tagebuch Zu schreiben über seine Fortschritte und seine Gedanken, die er sich dazu machte. Eine typische Tagebucheintragung sah so aus:

> *Heute Augen eingepasst aus Materialbestand 8. Stufenlos auf- und zuklappbar. Probeweise die Wimpern hellgrün getuscht.*
> *Dringend dunkelblaue Wimperntusche und Kleenex besorgen! Das Gesicht ist damit soweit fertig, natürlich fehlt noch das Gehirn. Morgen kommen die Brüste.*

Oder an anderer Stelle, eine eher nachdenkliche Passage:

> *Immer diese Unterbrechungen! Heute waren schon wieder zwei junge Männer da, die sehr traurig aussahen und nach ihren Freundinnen suchten. Wie kann man mich nur so bei der Liebe stören! Es ist ja keineswegs so, dass ich die vielen Frauen töte, nein, keineswegs, die leben ja alle in Eva weiter, und meine Liebe für Eva wird sich summieren. Schönheit ist immer stellvertretend. Da geht nichts verloren. Meine Liebe für Eva wird eben so groß sein und unser Glück so überdurchschnittlich, dass damit der ganze Abfall ausgeglichen wird.*

Nun war Eva fast fertig, das Gehirn war eingepasst, die letzte Naht verschweißt; jetzt musste Eva nur noch zum Leben gebracht werden. Wenn alles funktionierte, ging das automatisch mit den Maschinen, die Frankie angeschlossen hatte. Die waren so miteinander koordiniert, dass Eva in einer Stunde am Leben sein konnte und schlafen würde. Nach etwa zwei Stunden konnte Frankie sie dann wecken und schon mal mit ihr zu Abend essen. Sie wäre zwar dann noch sehr schwach und vor allem noch etwas irritiert, aber zu einem gemeinsamen Abendessen musste es eigentlich schon reichen. Und wenn sie sich lieber nochmal hinle-

gen wollte, dann wäre das auch egal. Er hatte jedenfalls schon ein besonderes Essen vorbereitet, und außerdem hatte er ihr auch schon einen ganzen Kleiderschrank voll wunderschöner Sachen gekauft, alles nach seinem anspruchsvollen Geschmack zusammengestellt. Da konnte sie sich aussuchen, was sie wollte.

Er weckte Eva sanft, sein Herz klopfte wild, er ließ sich aber nichts anmerken und sagte souverän, dass sie sich anziehen solle, das Essen sei fertig.

Als Eva in einem seiner Lieblingskleider, passend zum wunderschönen schwarzen Haar, zum Essen kam, merkte er gleich, dass ihm ein Konstruktionsfehler unterlaufen war: Sie knackte bei jedem Schritt in den Gelenken, und auch wenn sie das Weinglas anhob, machte es knack knack – wahrscheinlich hatte er zu wenig Gelenkschmiere eingebaut, aber er wollte sie deswegen nicht nochmal aufschneiden.

Sie sprach auch sehr, sehr wenig, was eigentlich so vorgesehen war, aber es war doch ein bisschen zu wenig. Vielleicht lag es auch daran, dass sie sich noch so neu waren und sich noch aneinander gewöhnen mussten. Das Essen schmeckte ihr immerhin sehr gut, und sie lächelte so süß, dass es Frankie glatt das Herz zerriss: Da war sie also, Eva, ach ja, er war schon sehr glücklich, es hatte sich gelohnt, die Mühen der letzten Wochen waren vergessen. Er liebte sie sehr.

Nach etwa einer Woche, in der Eva mehr und mehr zu Bewusstsein kam, nahmen auch die Spannungen zwischen den beiden zu. Erst gab es kleine Sticheleien, wie das so üblich ist, da wollte Eva die Kleider nicht mehr, sie behauptete, die würden ihr nicht stehen. Also gut, bitte,

wenn das so ist, dann soll sie natürlich neue Kleider kriegen. Aber da gab es überhaupt keine Einigung. Eva wollte immer was anderes als Frankie, sie gab sich überhaupt keine Mühe, sich irgendwie auf Frankie einzustellen. Sie war zwar sehr höflich zu ihm, aber es kam Frankie mehr und mehr so vor, als würde dahinter eine ausgekochte Gemeinheit stecken. Schließlich kam es zu einem Streit, und je mehr Eva dabei höflich blieb, desto mehr wurde Frankie wütend.
„Jetzt leben wir hier schon fast 14 Tage zusammen, und ich darf alles kochen und kaufen, kochen und kaufen, das ist wohl alles, oder wie soll ich das verstehen! Ist dir schon aufgefallen, dass wir noch kein einziges Mal zusammen geschlafen haben?"
„Nein, mein Lieber, das ist mir noch nicht aufgefallen", sagte Eva sehr freundlich und lächelte.

Frankie wurde sehr sauer und – wie er später zugab – auch ungerecht, er tobte und wollte furchtbar schimpfen, aber er wusste nicht, was, und deshalb tobte er nur und trat mit Wucht gegen seine Möbel und guckte dabei so vorwurfsvoll wie nur irgend möglich. Frankie merkte nun, dass er nichts hatte, wegen dem er Eva hassen konnte, seine Wut hatte überhaupt keine Angriffsfläche. Es fehlte etwas Wichtiges an Eva: Raum für seinen Hass. Eva stand nur da und lächelte still vor sich hin. Schließlich schrie Frankie sie an mit aller Wut, die er zur Verfügung hatte: „Du knackst!"

Eva sah ihn nur mit großen traurigen Augen an und sagte: "Ich möchte jetzt bitte schlafen gehen."
„Ja, Eva – – – sagst du denn gar nichts dazu?" donnerte Frankie.

Eva schüttelte nur den Kopf: „Ich möchte gerne, bitte, jemand anders sein, nicht fertig sein." Dann ging sie in ihr Schlafzimmer und ließ Frankie mit seinem Whisky alleine.
Frankie prüfte nochmal seine Baupläne, und ihm kamen Tränen und ein würgendes Gefühl im Hals; mehr und mehr wurde ihm klar, dass zwar außer dem Knacken alles an Eva gut gelungert war, aber dass sie ihn nicht liebte, sie war nett zu ihm, das war klar, und er hatte keinen Grund, sich zu beklagen, aber sie liebte ihn nicht. Die ganze Nacht ging Frankie auf und ab und entwarf einen Versöhnungsbrief, mit dem er ihre Liebe gewinnen wollte. Er legte ihn ihr auf den Nachttisch:

> *Liebe Eva,*
> *ich war heute etwas ungerecht, bitte entschuldige das.*
> *Ich liebe Deine schönen Augen.*
> *Ich liebe Deinen schönen Mund.*
> *Ich liebe Dein schönes Lächeln.*
> *Ich liebe Deine schönen Beine.*
> *Ich liebe Deinen schönen Hals.*
> *Ich liebe Deine schönen schwarzen Haare (einschließlich Frisur).*
> *Ich liebe Deine schönen Brüste.*
> *Ich liebe Deine schönen Hände.*
> *Ich liebe Deine schönen Ohren.*
> *Ich liebe diesen einen etwas vorstehenden Zahn (extra so gebaut).*
>
> *In Liebe*
> *Dein Frankie*

> *P. S.: Es macht mir überhaupt nichts aus, dass Du knackst.*

Am nächsten Morgen wurde Frankie durch Lärm geweckt, der aus Evas Schlafzimmer kam. Eva war schwer am Rumwirbeln, sie stellte das ganze Schlafzimmer um und warf alle Kleider aus dem Fenster.
„Hast du meinen Brief nicht gelesen?" fragte Frankie verstört und noch etwas unausgeschlafen.
„Doch", fauchte Eva und zischte an ihm vorbei und fuhr erst einmal in die Stadt.

Frankie fühlte sich wie tot: Die ist weg, die ist weg, um Gottes Willen, Eva ist mir weggelaufen!

Am Abend kam sie wieder, und Frankie hätte sie auf den ersten Blick gar nicht erkannt. Ihre Haare waren auf Streichholzlänge gekürzt und rot gefärbt, sie trug eine große Nickelbrille und eine lila Latzhose. Die Einkaufstüten wollte sie unbedingt alleine hochtragen; auf keinen Fall wollte sie sich helfen lassen. Da hatte sie Pumphosen gekauft und Perücken. Außerdem jede Menge Bücher, meist mit lila Umschlägen, die alle zum Thema Emanzipation und Selbstverständnis der Frau wichtige Texte enthielten: ‚Die Scham fängt erst an', ‚Das eine Geschlecht', und so weiter. Außerdem Musik-Cassetten von der Feminist Improvising Group.

„So, so", sagte Frankie, „also Latzhosen, hm!"
„Ja, Latzhosen und Turnschuhe", bemerkte Eva und bemühte sich um einen trotzigen Tonfall.
Frankie saß noch der Schreck in den Gliedern, dass sie einfach so weggegangen war und eingekauft hatte.

Er ging wieder auf und ab, trat aber diesmal nicht gegen seine Möbel, guckte ihr tief in die Nickelbrille und sagte ruhig, fast gönnerisch: „Also gut, von mir aus Latzhosen und Turnschuhe, du kannst von mir aus machen, was du willst, ehrlich, nur, du sollst nicht weggehen, das ist das einzige."
Eva blickte ihn an und schluckte: „Dann, dann ...", schluckte sie, „wenn das so ist, dann ..."
Frankie wusste genau, dass sie nicht weinen konnte, er hatte ihr keine Tränensäcke eingebaut, schließlich wollte er sie ja so lieben, dass sie nie weinen müsste, und statt dessen hatte er ihr etwas mehr Gehirn eingepackt, irgendwo müssen die Gefühle ja sitzen, jedenfalls, sie konnte nicht weinen und schluckte nur: „Wenn das so ist, dann gehe ich ..."
„Nein!"
„Doch!"
Eva ging.

Als sie aus der Tür war, ging ein Stich durch Frankies Herz. Das hat die nur gemacht, um mich zu ärgern, dachte er sich, nur um mich zu ärgern. Frankie wurde warm ums Herz. Ach, die gute Eva, die gute, gute Seele, das hat die nur gemacht, um mich zu ärgern, auch die ganzen Bücher hier, dieses lila Zeug, diese Latzhosen und so, nur, um mich zu ärgern, ach Eva, nur, um mich zu ärgern, wie schön, noch nie wollte mich jemand so ärgern, dachte Frankie, und die Tränen standen ihm am Augenrand kurz vor dem Überlaufen: Ach, das hat die doch nur gemacht, um mich zu ärgern.
Eva kam nicht wieder.
Frankie war schlapp und hatte zu überhaupt nichts Lust. Er legte sich immer wieder die Platte ‚My Fair Lady' auf,

weil er bei dem Lied ‚Ich bin gewöhnt an ihr Gesicht' so schön weinen musste. Das ging wochenlang so.

Erst nach drei Jahren wurde er endlich ungeduldig und schritt zur Tat: Er machte neue Pläne. Gut, wenn die nicht wiederkam, dann baute er eben ein neues, verbessertes Modell. Eins mit kurzen, roten Haaren und Nickelbrille, und außerdem hatte er schon ein neues System ausgedacht, wie die Knochen noch stärker knackten. Er schaffte alle lila Bücher an, die er besorgen konnte, und hatte schon einen großen Vorrat an Latz- und Pumphosen und Overalls angelegt und gestapelt. Jetzt konnte es wieder losgehen. Er gab seinem Butler Anweisungen, allen 40 Frauen, die zu seiner Geburtstagsparty – einer Überraschungsparty, wie es hieß – eingeladen waren, ein vergiftetes Getränk anzubieten. Und während die Frauen oben schon auf ihn anstießen, bereitete er ungeduldig im Keller die Kühlboxen vor.

Als er mit dem Butler die neuen Frauen auf die Kühlboxen verteilte, merkte er, dass eine Frau übrig war. „Ach so", sagte der Butler, „da kam noch eine, die war nicht eingeladen, die wollte nur was abgeben und gar nicht bleiben, aber die sah so aus, als würde sie gut in die Ersatzteillagersammlung passen, und da habe ich sie auch gleich bewirtet, Moment, wo ist sie denn? Ach, hier ist sie, und das wollte sie abgeben."
Der Butler hatte sie natürlich nicht wiedererkannt, sie sah jetzt auch sehr verändert aus, aber Frankie erkannte sie sofort an einem Stich in seinem Herzen, ohne auf Äußerlichkeiten zu achten, darauf kommt es sowieso nicht an, sondern nur auf die Stiche im Herzen.

„Geh sofort nach oben", sagte er dem Butler und wickelte mit zitternden Fingern das Paket aus, das Eva mitgebracht hatte: eine Flasche Sekt, mehr nicht, und ein Brief:

> *Lieber Frankie,*
>
> *Du bist sicher noch ein bisschen sauer auf mich, weil ich damals einfach so gegangen bin, aber warum soll man denn immer nur sauer sein? Wir haben ja schließlich damals auch eine ganz gute Zeit miteinander verlebt, nicht wahr? Ich denke manchmal noch gerne daran zurück. Mein Mann ist sehr eifersüchtig, wenn er das merkt, und sagt immer: Geh doch zurück zu dem, wenn du sowieso immer davon schwärmst. Ich kann auch nicht lange bleiben, sondern will das nur hier vorbeibringen und wollte mich mal wieder melden. Es geht mir ganz gut.*

An dieser Stelle kamen Frankie unaufhaltsam die Tränen, und er konnte durch den Tränenschleier kaum noch weiterlesen:

> *Ich dachte mir, warum können wir denn nicht einfach gute Freunde sein, ich meine, einfach gute Freunde, einfach so? Was meinst Du, Frankie?*
> *Alles Gute zum Geburtstag wünscht Dir*
>
> *Deine Eva*
>
> *P. S.: Ich mache jetzt regelmäßig Gymnastik bei einer Krankengymnastin, und mit meinem Knacken in den Knochen ist es schon viel besser geworden.*

3. How to make friends

Thomas ging in einen Buchladen. Ob die Kühe wohl keine Milch mehr geben würden, wenn sie vom Butterberg wüssten? Diese Menge hier! Aber vielleicht ist das alles gar nicht so viel, wie es aussieht, vielleicht steht in den meisten Büchern dasselbe drin.

Thomas stellte sich sofort vor, dass er selber einer von den Schriftstellern wäre: Er saß zu Hause über seiner Schreibmaschine und grübelte. Am liebsten wollte er Science fiction schreiben, weil er sowieso oft auf die Space-Taste drückte. Er kam gerade nicht mehr weiter, seine Romanhelden waren in dem gefürchteten schwarzen Tunnel des Weltalls eingeschlossen. Da klingelte das Telefon, direkt neben seiner Schreibmaschine. Ja, Hallo. Sein Verleger war am Apparat: Wann wird denn das Manuskript endlich fertig. Die Helden sind gerade im gefürchteten schwarzen Tunnel des Weltalls eingeschlossen, soweit bin ich erst, da ist noch keiner wieder lebend rausgekommen. Aber das Manuskript muss endlich fertig werden, nörgelte der Verleger. Bis wann muss es denn allerspätestens fertig sein, fragte Thomas vorsichtig, allerspätestens? Der Verleger am anderen Ende räusperte sich: Am liebsten bis gestern. O. K., antwortete er, dann muss ich eben schneller schreiben als Lichtgeschwindigkeit.

Thomas guckte noch mehr Bücher an, je mehr, desto ungeduldiger. Jetzt stellte er sich vor, dass er Lesungen machte. Die mussten natürlich gut organisiert sein und sehr seriös. In der ersten Reihe sollten alle weiblichen Bibliotheksangestellten sitzen, und ein Mikrofon sollte schon aufgebaut sein, damit er auch ganz leise lesen konnte an den spannenden Stellen. Nachdem er erst mal getestet hatte, ob das Mikrofon auch angeschlossen war, testing one two, testing one two, sagte er: Heute kommen mir meine eigenen Geschichten selber fremd vor, warum weiß ich auch nicht. Schon fühlte sich Thomas unwohl und brach hier seinen Lesungs-Tagtraum erst mal ab. Er ging weiter zu einem Regal mit politischen Büchern.

Im Anschluss an seine Lesungen sollte immer richtig toll diskutiert werden. Eine Frau mit lila Latzhose und roten Haaren sollte aus dem Publikum rufen: Sie sollten mal Ihr Frauenbild überprüfen, Sie! Und er konnte dann kontern: Ihr Frauen sollt mal lieber euer Bild von mir überprüfen. Alle mussten lachen, das war der erste Teil der Diskussion, jetzt kam der politische Teil.

Als erstes stand ein Diskussionsteilnehmer auf und hielt ein kurzes Referat zur Geschichte der Arbeiterbewegung, alle applaudierten, Thomas sprach leise in sein Mikrofon: Ich schäme mich. Da ging ein Sturm der Entrüstung durch den Saal: Was? Ist das alles? Ja, hm, erklärte er, ich möchte immer gerne tolle politische Geschichten schreiben, ehrlich – sofort waren alle wieder auf seiner Seite –, aber wenn ich dann an der Schreibmaschine sitze, kommt oft ganz was anderes dabei raus, ich weiß auch nicht ... Ausrede! Ausrede! Es bildeten sich Sprechchöre. Bei seinen Diskussionen ging es hoch her, kann man wohl sagen; einer hatte sich als echter Arbeiter verkleidet, stand nun auf und sagte: Ich als echter Arbeiter habe von dieser Diskussion einen Scheißdreck verstanden ...

„Kann ich Ihnen behilflich sein?" fragte ein freundlicher Buchverkäufer, „suchen Sie vielleicht

etwas Bestimmtes?" Dieser Mann hatte ihn sicher angesprochen, weil Thomas sich nun schon lange in der Buchhandlung aufgehalten hatte, ohne zu merken, wie die Zeit verging.
„Oh", suchte sich Thomas seine Worte zurecht, „ich weiß auch nicht", er blickte suchend über die Regale, „ich glaube, ich bitte Sie, nehmen Sie mir das nicht übel, ich glaube, das ist hier alles doch nicht das Richtige."
„Das nehme ich Ihnen keineswegs übel", sagte der Buchverkäufer. Er war ein Herr mit Tweed-Jackett, und man konnte auf den ersten Blick sehen, dass er noch einer von den Verkäufern war, die ihre Höflichkeiten nicht nur zur Tarnung aufsetzen. „Wenn Sie mögen, zeige ich Ihnen unser Antiquariat im ersten Stock."
„Gerne", Thomas überlegte, dass der Verkäufer vielleicht deshalb so freundlich war, weil er hier der einzige Kunde war und sich die ganze Höflichkeit auf ihn konzentrieren konnte. Im Hochgehen überblickte Thomas noch einmal die Buchregale: So viele Bücher!

Der Mann, der den Zufall verkaufte

Kapolto – der Name ist wahrscheinlich ein Pseudonym – betrieb eine ‚Agentur zur Herbeibeschaffung ersehnter Gegenstände'. Die Agentur lief sehr gut. Sie versprach, ersehnte Gegenstände zu beschaffen. Das wollten die Leute.

Kapolto hatte eine Theorie. Er glaubte, dass in den kleinen Zufällen des täglichen Lebens das Geheimnis des Daseins steckte – und eine Marktlücke. Da gab es so viel, was als lächerlich und unwesentlich angesehen wurde: Routine, Tagträume, magisches Denken, Angst vor verlorenen Lebensaugenblicken, Reste von Aberglauben und so weiter – alles Dinge, denen Kapolto große Wichtigkeit und religiöse Tiefe beimaß. „Das sind alles Daseinsfragen", pflegte er zu sagen. Deshalb wollte er auch den internationalen Welt-All-Tag proklamieren, um die Leute wieder auf die kleinen Dinge des Alltags aufmerksam zu machen.

Kapolto verstand es eben, den kleinsten Wehwehchen einen kosmischen Hauch von Bedeutung zu geben, einen metaphysischen Touch, den die Leute sehr mochten. Deshalb gingen sie gerne zu ihm mit ihren kleinen Sorgen, ließen sich die Probleme umformulieren, ließen ersehnte Gegenstände herbeibeschaffen und waren froh, wenn sie einen kleinen Hauch von Bedeutung spürten. So lief das.

Ein solcher Fall war die Herbeiführung einer Geschenkidee. Ein Kunde wusste einfach kein passendes Weih-

nachtsgeschenk für seinen Freund. Kleinigkeit. Kapolto sprach: „Geh hin und kauf einen Gartenschlauch."

Der Kunde war verwirrt. Ein Gartenschlauch? Sein Freund wohnte im Hochhaus, ohne Garten. Aber die Leute waren ja gerade auf dieses bisschen Geheimnistuerei scharf. Bestimmt ein Koan, wie es Zen-Meister verwenden, dachte der Kunde, mal sehen, was nun passiert. Er zahlte für die Beratung, ging und kaufte einen Gartenschlauch.

Am nächsten Morgen kam der Kunde wütend zurück und warf Kapolto den Schlauch vor die Füße: „Den können Sie sich ans Bein binden, rausgeschmissenes Geld! Kaum hatte ich den bezahlt, da sehe ich im selben Geschäft das ideale Geschenk: ein wunderschönes Blumengesteck, wie es mein Freund schon immer wollte."

Kapolto blieb in solchen Fällen sehr ruhig: „Sicher, das ist meine Methode."

„Was?"

„Wir mussten doch eine Idee herbeiführen. Nun? Wann haben wir Ideen?"

„Möchte ich auch mal gerne wissen."

„Wir haben Ideen, wenn wir sie nicht brauchen, und wir haben keine, wenn wir welche brauchen."

„Ja, das stimmt, und?"

„Also, um eine Idee zu kriegen, muss ich sie erst nicht mehr brauchen, ich muss sie überflüssig machen, damit sie sich freisetzen kann."

„Aha."

„So musste erst der Schlauch gekauft werden."

Der Kunde war beeindruckt und zahlte die zusätzliche Audienz. Guter Rat ist teuer.

Wieder zu Hause, wollte der Kunde sein so bedeutungsvoll herbeigeführtes Geschenk, dieses Blumengesteck, nochmal fotografieren, mit dem Schlauch dezent im Hintergrund, ehe er das Geschenk aus der Hand geben wollte, so als Souvenir für sich selber. Dabei fiel ihm ein, dass sein Freund sich schon immer eine Polaroid-Kamera gewünscht hatte. Genau. Das war das richtige Geschenk.

Ein schwerer Fall dagegen war die Wiederbeschaffung eines verlorenen Gegenstandes. Kapolto wurde von John Hillier, der sehr verzweifelt war, um Hilfe gerufen. Was war das Problem?
John Hillier hatte den Weltrekord im Gummistiefelweitwurf inne und dafür einen Wanderpokal erhalten, in dem auch die bisherigen Weltrekordinhaber eingraviert waren. Das war ein Wanderpokal, der von der Guinness-World-Record-Company verliehen wurde, und dieser Wanderpokal hatte bei John Hillier im Wohnzimmer gestanden, wie sich das so gehört für Wanderpokale. Nun war der Weltrekord wiederum gebrochen worden von einem weiteren Gummistiefelweitwerfer, und John Hillier musste den Pokal weiterreichen, damit der neue Weltrekordinhaber ebenfalls eingraviert werden konnte und damit der sich den Wanderpokal in sein Wohnzimmer stellen konnte. Und das Unvorstellbare und Banale war nun, dass eben dieser Wanderpokal weg war. Einfach weg.

John Hillier hatte das Haus schon x-mal auf den Kopf gestellt, aber der Wanderpokal war nicht mehr aufzufinden.
„Glauben Sie mir, Kapolto, ich war so verzweifelt, dass ich an denselben Stellen schon zum vierten Mal nachguckte, ist das nicht ein schlimmes Misstrauen gegen mich selber, man erklärt sich doch für unzurechnungsfähig oder

tot oder beides, wenn man an denselben Stellen mehrmals nachsucht."

John Hillier hatte auch schon Privatdetektive engagiert, Spezialisten für verlorene Gegenstände, die hatten systematisch das Haus durchgekämmt, aber mit System war der Wanderpokal nicht mehr herbeizuschaffen. Nun versuchte es John Hillier eben mit Chaos, mit der letzten Notbremse, mit der ‚Agentur zur Herbeibeschaffung ersehnter Gegenstände'.

„Es ist so merkwürdig", jammerte John Hillier, „erst wollte ich den Pokal unbedingt haben, ich habe geübt und trainiert und von der Guinness-World-Record-Company die Gummistiefel wiegen lassen, alles, ich wollte den Pokal unbedingt haben. Aber als der dann hier so rumstand, da habe ich ihn gar nicht mehr in Ehren gehalten, da habe ich ihn gar nicht mehr beachtet, deshalb kann ich auch gar nicht sagen, seit wann er weg ist. Ich glaube, schon lange. Ich kann mich nicht erinnern, wann ich ihn zum letzten mal gesehen habe. Ist das nicht furchtbar? Sie müssen von mir den Eindruck haben, dass ich gar nicht richtig lebe, aber wie gesagt, ich habe den Pokal gar nicht mehr beachtet, weil das irgendwie auch lächerlich ist: Pokal für Gummistiefelweitwurf. Wenn es moderner Zwölfkampf wäre, oder Vierer mit Steuermann, da hätte ich besser aufgepasst."

Kapolto lächelte weise. Ein Fall für ihn. „Ja, ja, die lächerlichen Dinge", nickte er.

Kapolto ließ sich eine genaue Beschreibung des Pokals geben. War nicht so einfach. An die Form konnte sich John Hillier zwar noch erinnern, aber nicht mehr an die Einzelheiten der Inschrift. Das einzige, was er von den

Eingravierungen noch in Erinnerung hatte, war das, was ihn selbst betraf, also:

> *Weltrekord im Gummistiefelweitwurf Gummistiefelgröße 40*

Und dann:

> *John Hillier: 44,15 Meter*

Das war alles. Die Namen der anderen Weltmeister, seiner Vorgänger, waren ihm entfallen.

„Wir müssen uns beeilen, fangen Sie an zu suchen, los, Kapolto. Schon nächsten Dienstag muss ich den Wanderpokal zurückgeben, suchen Sie!"
„Nur Ruhe„, sprach Kapolto, „wer sucht, der findet nicht."

An dem fraglichen Dienstag kam Kapolto in der Morgenfrühe zu John Hillier. Der war schon vollkommen aufgelöst.
„Haben Sie den Pokal? Ja? Ja? Ja?"
Kapolto zeigte lächelnd ein Päckchen vor, hastig wickelte es John Hillier aus. Darin war ein Pokal, der sah genauso aus wie der Wanderpokal für Gummistiefelweitwurf, dieselbe Größe, dieselbe Form, an oberster Stelle der eingravierten Namen stand John Hilliers Name, darunter die anderen Weltrekordinhaber:

John A. Sinclair
Mike J. Mauradian

John Hillier hatte noch Nachwirkungen von dem Wiedererkennungsschreck: „Ich konnte mich an die anderen Namen wirklich nicht mehr erinnern. Wo zum Teufel war denn nun dieser verfluchte Blecheimer?"
Kapolto lehnte sich zurück und erläuterte: „Die Namen der Weltrekordinhaber habe ich mir ausgedacht."
„Ja, aber .. ."
„Der Pokal ist natürlich eine Fälschung", bemerkte Kapolto, als wäre das die natürlichste Sache von der Welt.
„Das habe ich gleich gemerkt", sagte John Hillier noch ganz verstört, „um Gottes Willen, was sollen wir denn mit einem gefälschten Pokal mit falschen Weltrekordinhabern?"
„Dies ist die einzige Art, die uns noch übrigbleibt, den richtigen Pokal wieder zu beschaffen", bemerkte Kapolto sehr gelassen.
„Soll das heißen, dass der richtige Pokal einfach auftaucht, sobald ein falscher Pokal da ist?"
„Ja."
John Hillier war wirklich wütend: „Sie glauben, es klingelt jetzt einfach und draußen steht der verlorene Pokal und sagt: Hier bin ich!"
„Schon möglich."

Zufällig klingelte es gerade in diesem Augenblick. John Hillier stürzte an die Tür, draußen stand ein Herr von der Guinness-World-Record-Company und wollte den Wanderpokal abholen.
„Warten Sie noch ..., das heißt, kommen Sie doch bitte rein", brachte John Hillier hervor; der Mann trat ein und sah gleich den Pokal auf dem Tisch stehen.
„Ich sehe, Sie haben mich schon erwartet und schon Verpackung für den Pokal organisiert, darf ich nochmal im

Namen der Guinness-World-Record-Company gratulieren und aussprechen, dass es uns eine Ehre war, Sie in den Reihen der Weltrekordinhaber zu schätzen."
John Hillier stand verdutzt da und brachte kein Wort heraus, Kapolto lächelte höflich, der Mann packte schließlich den Pokal ein und verabschiedete sich.

Als er aus der Tür war, fing John Hillier an zu toben. „Eine Fälschung als Pokal, und ich der einzige Echte, da haben Sie mir aber was Schönes eingebrockt. Oh, ich wusste ja, dass mir das Gummistiefelweitwerfen kein Glück bringen würde, ich wollte auch viel lieber modernen Zwölfkampf machen, nur Unglück, nur Unglück, ich werde nie mehr einen Gummistiefel anfassen .. ."
„Nur Ruhe", sprach Kapolto und präsentierte die Rechnung für die Anfertigung der Pokal-Imitation. „Das ist die richtige Methode, den Pokal zum Wiederauftauchen zu bewegen. Jetzt, wo er nicht mehr gebraucht wird, wird er sicher ganz unerwartet auftauchen."
„Dann will ich ihn auch nicht mehr haben", schimpfte John Hillier.

Kapoltos schwerster Fall war die Herbeibeschaffung eines ersehnten Briefes ohne Hilfsmittel.
Ein Mann namens Willi Wagner empfing Kapolto in seiner Luxusvilla. Er hatte einer Freundin ein nicht unbedeutendes Geschenk übermitteln lassen, und die hatte sich noch nicht dafür bedankt. Das wars. Kapolto war solche Fälle gewohnt, er fand das keineswegs läppisch. Dafür wurde er bezahlt.
Weitere Nachfragen ergaben, dass es sich bei der Freundin um eine gewisse Lydia handelte, die gerade sieben Jahre alt geworden war und in der Nachbarschaft wohnte. Herr

Wagner hatte sie einmal beim Rollschuhlaufen beobachtet und wollte sofort ihre Liebe gewinnen. Deshalb hatte er ihr ein kleines Mofa schenken lassen. Das durfte sie zwar erst fahren, wenn sie sechzehn wurde, aber sie könnte doch wenigstens vorbeikommen und sich bedanken. Das fand Kapolto auch: „Liebesgeschenke sind in der Regel einige Nummern zu groß."

Diese Lydia könnte doch auch wirklich einen kleinen Dankesbrief schreiben, so richtig rührend mit Kinderhand in ganz großer Schrift und vielleicht ein Bild dabei mit Filzstift gemalt: Lieber unbekannter Onkel. Vielen Dank für das Mofa. Wenn ich groß bin, heirate ich dich.

So einen Brief könnte er doch wohl mit Recht erwarten, nicht wahr? Er, Wagner, der schon so viele unglückliche Lieben hinter sich hatte, so viele, er hatte doch regelrecht Anspruch auf ausgleichende Gerechtigkeit, und eine kleine Aufmerksamkeit von dieser Lydia würde ihn für alles entschädigen.

Herr Wagner hatte aber gehört, dass die Agentur manchmal mit Fälschungen arbeite, um den ersehnten Gegenstand überflüssig zu machen. Das wollte er auf keinen Fall zulassen. Er bestand auf einem echten Brief. Ihr durfte auch kein dezenter Tipp gegeben werden, es musste alles von selber kommen, das waren seine Bedingungen, weil er der Meinung war, dass man bei Liebesdingen nicht fälschen dürfe. Kapolto sollte nur das Warten auf den Brief erträglicher gestalten. Mehr nicht. Wagner litt an der Briefkastenkrankheit und konnte es kaum noch ertragen.

Der Fall ist leicht, dachte Kapolto. Hier liegt ein klarer Fall von Verstopfung durch Sehnsucht vor. Der Brief wird so lange nicht eintreffen, solange er mit solcher Sehnsüch-

tigkeit erwartet wird. Erst wenn keiner mehr damit rechnet und Herr Wagner eines Tages ahnungslos in seinem Bademantel zum Briefkasten schlendert, wird er dort wie zufällig den Brief finden.

Wagner musste also dahin gebracht werden, den Brief nicht mehr zu erwarten, weil seine Erwartungshaltung – und das sah Wagner vollkommen ein – tatsächlich sein ganzes Seelenleben blockierte. Kapolto konnte ihn da trösten: „Ein normaler Fall. Bei den meisten Leuten ist das Seelenleben durch selbstgemachte Erwartungshaltungen blockiert. An dieser Stelle muss man ansetzen, alles andere ist gepfuscht."

Wagner war ein extremer Fall. Er zitterte jeden Morgen auf dem Weg zum Briefkasten und warf sich heulend aufs Bett, zerriss alle anderen Briefe angelesen und musste schon mit Valium behandelt werden. Keine Frage, für ihn hing das Leben davon ab.
Er konnte nichts mehr genießen, was das Leben an Köstlichkeiten bereithalten mochte. Essen wollte er nicht. Filme angucken wollte er auch nicht, weil da Frauen drin vorkommen könnten, und so vegetierte er dahin und seufzte dabei so laut, dass es jeder im Haus hören konnte, worauf er auch Wert legte: „Aua. Aua, nur die Prinzen aus Tausend-und-eine-Nacht hatten solche Sehnsucht wie ich. Aua, Aua.

Kapolto hatte die Theorie, dass die Verbockung seines Klienten auf den Mangel an sinnvoller Arbeit zurückzuführen war. Daran lag es. Kapolto wusste zu gut, dass sich seine Kunden gerne solche Probleme bereiteten, weil ihnen eine richtige Arbeit fehlte und vor allem der Glaube an den Sinn einer Arbeit. Für diesen Fall gab es schließlich die bewährte Black-Box-Methode.

In der Gartenanlage von Wagner wurde eine riesige schwarze Kiste aufgestellt, deren Sinn und Zweck keiner kannte. Innen war sie ganz dunkel und hatte nur ein paar Pedale wie bei einem Fahrrad, die relativ leicht zu treten waren, und zwar deshalb, weil sie nichts in Bewegung bringen mussten. Außer der Tretkabine gab es noch andere Aufbauten und Seitenkammern, die alle streng geheim waren. In diesen Nebenkammern wurde angeblich die geleistete Tretarbeit verzeichnet und angeschrieben.
Kapolto verordnete seinen Klienten meistens, vier Stunden am Tag in diese Kabine zu gehen und dort zu strampeln. Nach täglich vier Stunden Strampeln ohne Licht und ohne Musik im Hintergrund sei dann die Schuld gegenüber der Welt abgestrampelt und der Rest des Tages stände zur freien Verfügung. Damit hatte er gute Erfahrungen gemacht. Wenn sich seine Klienten erst mal eingebildet hatten, dass ihre Schuld gegenüber der Welt abgestrampelt war, dann waren sie nämlich tatsächlich in der Lage, die restliche Tageszeit neu zu gestalten, und sie fanden mehr Freude an Vergnügungen und kamen bei regelmäßiger Anwendung zu einem unblockierten Seelenleben. Ganz einfach.
Manche Klienten engagierten sogar kleine Einsatzkommandos, von denen sie morgens aus dem Bett geworfen und unter Anwendung mittlerer Gewalt in die Black-Box gesperrt wurden. Dieser Hauch von Opfer-einer-Gewalt-Sein gab einen beliebten zusätzlichen Kitzel.

Nur bei Wagner hatte die Black-Box-Methode keinen Erfolg. Statt dass er wenigstens Dankbarkeit zeigte für die Bemühungen um sein Seelenleben, fing er an, auf eine gemeine Weise zu sticheln und Kapolto zu beleidigen. So sagte er gerne nach seinen vier Stunden Schuldabstrampeln: „Na, wo bleibt der Brief?" Als ob nicht er auf diesen unmöglichen Brief warte, sondern Kapolto selber.

Kapolto war langsam sauer. Auch weil Wagner auf so provokante Weise täglich mehr Geldmittel zur Verfügung stellte, immer mit dieser Na-mach-schon-Geste, die Kapolto so gar nicht leiden konnte. Er wünschte wirklich – Geld hin, Geld her –, dass dieser verfluchte Brief endlich eintreffen oder nicht mehr ersehnt würde, damit der Fall endlich abgeschlossen werden konnte.
Mich tröstet keiner bei meinem harten Job, dachte Kapolto immer öfter, ich brauch auch mal einen, der mir was Nettes sagt, mir die Haare aus dem Gesicht streicht und mir einen netten Brief schreibt, den ich dann ganz unvermutet im Briefkasten finde. Ich kann allen helfen, wer hilft mir?

Im Fall Wagner musste dringend etwas geschehen. Kapolto beschloss, seinen größten Behandlungstrick anzuwenden: Umleitung der Sehnsucht in eine neue Dimension. Er wusste, dass Klienten, wenn sie sich ohnmächtig fühlten, am besten mit einer Prise Größenwahn behandelt wurden. Geld spielte ja keine Rolle, also los, sein größter Trick.

Kapolto ließ ein unbekanntes Flugobjekt herstellen, das täuschend echt aussah. Die Außenwände hatten so etwas metallisch Gleißendes, ein Leuchtring rotierte um das Objekt wie der Ring beim Saturn. Dieses unbekannte Flugobjekt mit Nummernschild vom Titan sollte in den Gartenanlagen von Herrn Wagner landen und mit ihm Kontakt aufnehmen. Wagner musste dabei den Eindruck

kriegen, das Raumschiff sei extra für ihn gelandet, für ihn, den Auserlesenen. Es fiel ihm bestimmt leicht, sich das einzubilden.
Kapolto durfte da nicht zu plump vorgehen, aber er war ja Experte in der Fernsteuerung anderer Leute Gedanken und Wünsche. Das Ufo musste Wagner die Schönheit einer ganz neuen Dimension verheißen; eine, für die er Lydia sofort vergessen konnte. Eine Art von Schönheit, die sich Wagner hier noch gar nicht vorstellen konnte. Das war sehr wichtig, weil Wagner schon alle Arten von Schönheiten durchprobiert hatte und keine toll genug fand.

Es musste also eine neue Art von Schönheit sein, wie es sie nur auf dem Titan gab. Die musste alles Irdische in den Schatten stellen, und Wagner musste den Eindruck kriegen, dass dies alles nur für ihn bestimmt sei. Kapolto zweifelte nicht, dass Wagner blöd genug wäre, daran zu glauben. Wenn es schmeichelhaft ist, glauben es die Leute. Es musste nur viel Unklarheiten enthalten, damit sich Wagner viel selber denken musste, wobei dann beim Selberdenken natürlich seine Wünsche durchkamen. Diesen Prozess nannte Kapolto ‚Selber-Wunschdenken'. Das Ufo brauchte nur Selberwunschdenkanstöße geben, und zwar durch möglichst genau kalkulierte Unklarheit. So sollte Wagner Klänge aus dem Ufo hören, die er nicht erkennen konnte, und eine Sprache, die er nicht verstand. Es musste so klingen, als würden Astronauten sich unterhalten: „Zonte Horros, Hudevel ..." Er gab auch der Presse einen dezenten Tipp, damit Wagner wie zufällig nachlesen konnte, dass ein besonders unbekanntes Flugobjekt, wahrscheinlich vom Titan, möglicherweise bei Privatleuten gelandet sei. Alles eine Frage der Organisation.

Die Ufo-Aktion war ein Volltreffer. Wagner wollte sofort los zu einer Tagung über ‚Weiße Stellen im Kosmos unter besonderer Berücksichtigung des Titans'.
„Das interessiert mich eben", log Wagner, ohne was von dem Ufo zu verraten, und Kapolto freute sich heimlich.

Kapolto saß nun allein in der Villa und konnte eigentlich zufrieden sein. Er war nicht zufrieden.
Jeden Tag ging er im Bademantel zum Briefkasten und guckte nach, ob nicht doch vielleicht, jetzt wo Wagner nicht mehr darauf wartete – der hatte ja die Sache ruckartig vergessen –, ob da nicht endlich dieser Brief eintreffen würde. Aber jeden Tag legte er sich ohne Brief wieder traurig ins Bett. Am liebsten wäre ihm ein Brief mit etwa folgendem Inhalt gewesen:

> *Vielen Dank für das Mofa ...*

und so weiter, und dann:

> *In letzter Zeit habe ich schon öfter so einen lieben Menschen in der Villa gesehen. Wer ist das? Ich träume jede Nacht von diesem schönen Unbekannten ...*

So was stellte er sich gerne vor, wenn er in der Black-Box saß und strampelte. Die Black-Box stand ja praktischerweise immer noch im Garten, und Kapolto wollte einfach mal ausprobieren, wie man sich so fühlt nach täglich vier Stunden Schuldabstrampeln ohne Licht und Musik.
Kein Wunder, dass es bei mir nicht wirkt, sagte er sich, ich glaube ja auch nicht dran und weiß, dass in den gehei-

men Zusatzkabinen nichts, nichts und wieder nichts drin ist.
Trotzdem war Kapolto fast süchtig danach, mindestens vier Stunden zu strampeln. Wenn diese verdammte Lydia doch endlich schreiben würde, aber er wollte auf keinen Fall rübergeben zu ihr und um einen Brief bitten. Er musste schon von selber kommen, sonst wollte er ihn auch nicht.

Mehr und mehr wurde ihm klar, in welche Patsche er sich reinmanövriert hatte. Die Sehnsuchtsverlagerung hatte gut geklappt, alles was recht ist, wenn er an Wagner dachte, wie der sich langweilige Referate über mögliche weiße Stellen im Weltraum unter besonderer Berücksichtigung des Titans aufhörte und dazu Dias anguckte. Nur, wohin habe ich die Sehnsucht verlagert? Auf mich selber, ich Idiot. Operation geglückt, Arzt tot.
Diese Sehnsucht, unter der Wagner litt, kann ich nur wegkriegen, wenn ich mich selber auch wegkriege, dachte Kapolto konsequent weiter. Ich müsste mich selber aus den Angeln heben, an den Haaren aus dem Sumpf ziehen. Für Wagner konnte ich einen Eingriff von außen organisieren – von sehr weit außen sogar, aber für mich kann ich das nicht. Ich weiß dann ja immer, dass ich selber der Organisator bin, genauso wie ich weiß, dass die Black-Box nur ein alter, leerer Kasten ist und das Raumschiff nur Attrappe.
Irgend etwas muss von außen kommen, Ich darf nicht mal eine Fahne HILFE *an der Villa bissen, es muss von außen kommen, ohne dass ich es herbeigelockt habe, ja, ohne dass ich darauf warte. Ach, käme es doch nur. Es muss von außen kommen und mich überrumpeln. Das ist meine einzige Rettung.*

Im Antiquariat im ersten Stock fiel Thomas sofort eine Art griechische Statue ins Auge, die hier zu Dekorationszwecken stand: Bildnis eines Jünglings, der durch und durch vollkommen war. Man konnte allerdings sofort merken, dass dies keine echte griechische Statue war, natürlich nicht, sondern nur angelehnt an griechische Vorbilder, und zwar konnte man das daran erkennen, dass die Statue makellos war, sogar poliert, da war also nicht irgendein hervorstehendes Körperteilchen abgebrochen, wie beispielsweise die Nase, überhaupt war daran nichts beschädigt. Außerdem – und vor allem daran konnte man sofort erkennen, was los war – war die Statue eben nicht ganz nackt, sondern nur nackt bis auf eine Stelle, und gerade an dieser Stelle war ein Blatt. Dieses Blatt brachte so etwas wie Scham in die Vollkommenheit der Statue, gerade weil dieses Blatt versuchte, eine Stelle an dem schönen Körper des Jünglings zu verdecken, die von manchen Leuten als ‚alles' bezeichnet wird, eine wichtige Stelle also. Und so war die Vollkommenheit des schönen Jünglings durch die Scham seines Bildhauers in Frage gestellt, also, wie gesagt, nichts Echtes, sondern nachgemacht, Jugendstil oder Gründerzeit oder Neoklassizismus. Thomas kannte sich in diesen Dingen nicht sonderlich aus, ihm kam es vor, als wäre er mit einem Raumschiff durch eine Zeitschleife gebraust und nun in irgendeiner Vergangenheit gelandet, egal in welcher.

Der Buchverkäufer ging an eine Schublade und kramte dort Blätter heraus: „Dies sind zur Zeit unsere wertvollsten Artikel." Dabei legte er verschiedene Briefe auf einen kleinen Tisch.

„Aha", sagte Thomas zustimmend, „Originalbriefe von richtigen Dichtern."
„Leider nicht ganz, erklärte der Buchverkäufer, und man merkte, dass ihm das ein wenig unangenehm war, „dies sind Originalbriefe der berühmten Hemingway-Imitatoren, und zwar von allen vier."
„Na", versuchte Thomas eine Art Fachgespräch zu führen, „es gibt doch sicherlich mehr als vier Hemingway-Imitatoren; Hemingway war doch regelrecht stilprägend, an dem haben sich doch viele Dichter orientiert."
„Tja", lächelte der Buchverkäufer höflich schmerzhaft, „dies sind ja auch nicht die Hemingway-Imitatoren, die versucht haben, seinen Stil zu kopieren, dies sind die berühmten Hemingway-Imitatoren, die versucht haben, seine Person zu imitieren."
„Aha!"
„Wissen Sie, zu Lebzeiten von Hemingway gab es vier Imitatoren, die damit ihren Lebensunterhalt bestritten, dass sie eine gewisse Ähnlichkeit mit Ernest Hemingway hatten, die hatten auch einen Bart und sahen ihm eben ähnlich. Und da Hemingway schon zu Lebzeiten weltberühmt war, konnten die sich leicht als der echte Hemingway ausgeben und wurden von allen eingeladen, und allen war es natürlich eine Ehre, Hemingway Geld zu leihen, schließlich hofften ja die Leute, dass sie vielleicht in der nächsten Shortstory vorkommen,

vielleicht als schmieriger, mieser Kellner, oder was weiß ich ..."

Der Buchverkäufer hatte das alles mit einer seltsamen Wehmut erklärt, mit einer kaum erkennbaren Verachtung im Unterton.

„Das ist ja sehr interessant, und gleich vier Fälscher."
„Ja, sehr interessant", stimmte der Buchverkäufer zu, „die haben sich durchfüttern lassen, haben in den Armen von schönen Frauen gelegen, nur weil sie ein bisschen Ähnlichkeit hatten und ein paar spanische Brocken aufgeschnappt hatten: Siesta, Gracias, Camerado. Nun ja, dieser Brief hier ist der wertvollste."

Der Buchverkäufer hielt Thomas einen Brief hin, auf dem nicht besonders viel zu erkennen war:

> Dear Amigos,
> No puedo pagar mis deberes en este momento. No dollar! Que mierda monumentales.
> Estoy luchando peleas importantes. Que el diablo me busca. No voy olvidaros jamás.
> Adiós,
>
> Sincerely
> Ernest Hemingway

„Noch dazu schlecht imitiert", erklärte der Verkäufer, „aber dennoch ist dies das wertvollste Stück in unserer Sammlung; denn es stammt von

demjenigen Hemingway-Imitator, der insgesamt nur diesen einen Brief geschrieben hat, weil er – wenn wir uns einmal das Denken der Imitatoren zu eigen machen würden, so gesehen – der Dümmste unter den Imitatoren war, weil er nämlich nicht gemerkt hatte, dass sich mit Briefen das beste Geschäft machen ließ. Die anderen drei haben das natürlich sofort erkannt und haben einen schwunghaften Handel mit Briefen betrieben. Dadurch ist die Sache schließlich auch aufgeflogen, weil sie einfach zu viele Hemingway-Briefe in Umlauf gebracht hatten."
„Ach, sehr interessant, das wusste ich nicht."

„Ja, durch übertriebenen Briefhandel ist die Sache dann aufgeflogen und natürlich auch deshalb, weil einer noch nicht gemerkt hatte, dass Hemingway schon längst Selbstmord begangen hatte, und er immer noch in heruntergekommenen Spelunken zusammen mit alten Stierkämpfern versuchte, brennende Zigaretten aus dem Mund von spanischen Bardamen zu schießen, aus der freien Hand natürlich, obwohl Hemingway schon tot war, und so ist dann eben alles rausgekommen, aber doch hauptsächlich wegen der zu vielen Briefe, und zwar deshalb, weil Hemingway selber, also der echte Ernest Hemingway, längst keine Briefe mehr schrieb. Denn schon zu Lebzeiten waren seine Briefe über dreitausend Dollar wert, und Hemingway wusste das und hatte deshalb bei jeder Brieffreundschaft ein großes Misstrauen, ob nicht der Freund in Wirklichkeit nur hinter dem Geld her war. Berühmt ist ja der echte Heming-

way-Brief, in dem es heißt: Lieber einen echten Feind als zu viele falsche Freunde."
„Hat er denn wenigstens einen echten Feind gehabt?"
„Ja, einen marxistischen Kritiker."
„Immerhin."
„Wie mans nimmt. Hemingway verzweifelte ja nachher an seinen Freunden, und daran ist er auch gestorben."
„Aha."
Es entstand ein Schweigen, das ein gewisses Einvernehmen unter den beiden herstellte.

„Und ein echtes Hemingway-Requisit haben Sie nicht?" fragte Thomas, um das Gespräch wiederaufzunehmen, und der Buchverkäufer antwortete mit trauriger Stimme: „Nur ‚Der Sieger geht leer aus' in der Taschenbuchausgabe unten", und dieses ‚unten' hörte sich fast ein bisschen verächtlich an.

„Bitte, seien Sie mir nicht böse", sagte Thomas und versuchte sich der Höflichkeit des Buchverkäufers anzupassen, „ich muss sagen, also ich bin alles andere als ein Hemingway-Fan ..."
Der Verkäufer gab durch ein Nicken zu verstehen, dass ihm das überhaupt nichts ausmachte, also gut.
„ ... aber wenn ich diese Geschichte höre von den vier Fälschern, dann möchte ich dem armen Hemingway nachträglich helfen, möchte nachträglich sein Freund sein. Ich habe dann keine Lust, die Briefe der Imitatoren zu kaufen."

„Ach, wissen Sie", sagte der Buchverkäufer mit einem Seitenblick auf die Statue, „diese Imitatoren-Briefe sind eben auch eine Art Sensationsliteratur, und Sensationsliteratur macht ja doch, leider, heute einen großen Teil des Angebotes aus, nicht wahr: Enthüllungen, Tagebücher, Geheimberichte, die alles sagen wollen." Er machte dazu eine gelangweilt wegwerfende Handbewegung, als wollte er dazu sagen: Das ist doch alles gar nicht so gemeint, das sollte man nicht so ernst nehmen. Thomas machte ein besonders zustimmendes Gesicht, weil ihm plötzlich der Gedanke kam: Dieser Mann könnte mein Freund sein, es muss ja nicht gleich Hemingway sein, mit diesem Mann könnte ich ja mal anfangen. „Ja, ja, ganz recht."

„Wissen Sie, wenn so ein Buch eine Zeitlang wie eine Nutte – entschuldigen Sie bitte den Ausdruck ..."

Wurde sofort entschuldigt.

„ ... ja, kann man nicht anders sagen, wie eine Nutte im Schaufenster liegt und sich anbietet, und keiner will es kaufen, und wenn ich es dann wieder rausnehme, dann ist das auch jedes Mal ein bisschen peinlich und ..." Der Verkäufer warf wieder einen verlegenen Blick auf die Statue. „ ... Wissen Sie, mir persönlich wäre es dann auch lieber, wenn die Bücher nicht so schonungslos wären. Auf den Klappentexten steht so oft das Wort ‚schonungslos', besonders bei den Büchern unten."

Thomas: „Ich meine auch, dass man nicht alles sagen soll. Es gibt eine falsche Kultur, die immer alles sagen will. Die Superkultur. Die wollen alles bieten, damit nichts anderes mehr übrigbleibt. Das wird uns übergestülpt wie eine Käseglocke, falls Sie verstehen, was ich meine, eine Käseglocke, und die kommt über uns her, und mit dem Vorwand, uns alles zu geben, will sie uns in Wirklichkeit alles nehmen und uns nichts zu wünschen übriglassen."

Der Buchverkäufer blickte auf die Statue und wollte das Gespräch jetzt abschmettern. „Aber wir haben ja nicht nur Sensationsliteratur."
Sie stiegen beide die Treppe wieder runter. Die Fläche auf dem Treppenabsatz war ausgenutzt, um Buch-Cassetten auszustellen, Gesammelte Werke von Brecht, Shakespeare, Hauptmann, Walser, Tucholsky, Morgenstern, Dürrenmatt, Chekhov, Bloch, Hesse.

4. Stille im Frühstückszimmer

Er machte sich auf den Weg zurück zum Hotel. Es war schon dunkel geworden, und die Telefonzellen leuchteten wie Räume aus einer anderen Welt. Es war nach sechs, alle Telefonzellen waren besetzt, und es gab sogar Warteschlangen. Im Zwischenlicht der Zellen gestikulierten die Leute unsynchronisiert ins Nichts.

Er kam in die Nähe des Hotels DEUTSCHER HOF und konnte das Licht erkennen, das er im Hotelzimmer angelassen hatte. Da wohne ich, da leuchtet mir ein Licht wie ein heimatlicher Schein. Die Neonleuchten an der Front des Hotels waren jetzt auch angeschaltet, ein Neonschimmer, in dem alle Menschen noch hässlicher aussehen als sonst schon und manche sogar wie kleine Monster:

Hotel DEUTSCHER HOF

Ja, ja, weiß ich doch.

„Ist Post für mich gekommen oder ein Anruf?"
„Nein, Herr, äh ... Herr Westerhaus", sagte der Mann an der Rezeption. Thomas musste vorsichtig schmunzeln: Natürlich war kein Anruf gekommen, woher auch? Er fragte ja nur, um dem Mann eine Chance zu geben, ein Gespräch anzufangen.
„Neu hier die Tapeten", fragte Thomas nochmal nach und guckte wie interessiert die Tapeten an. Die waren so geklebt, dass sie von oben bis unten reichten, nichts Besonderes mehr. Früher mal gab es die Mode, unten und oben eine kleine Anstandskante freizulassen, ist aber lange her. Auch die Decke war tapeziert in dazu passendem Muster.
„Das ist heute wohl Mode, dass man alles zuklebt", bemerkte Thomas in einem Tonfall, der mehr nachdenklich als spöttisch war.

„Jawohl", sagte der Mann sofort, „richtig, das hat man heute viel, wird heute gerne so gemacht, finde ich auch gut, hat man jetzt viel so, genau wie diese Wall-to-wall-Teppiche, nicht wahr, so nennt man doch die Teppichböden, Wall-to-wall, wird auch heute sehr viel gemacht, da ist dann auch alles schön abgeschlossen, und man hat das Gefühl, dass es endlich fertig ist. Ich kann Ihnen sagen, wir haben ja alle Räume oben neu renoviert, oben, alles Wall-to-wall, sieht gut aus, und dann sind noch überall Fernscher reingekommen, oben, Fernseher, wird heute viel verlangt, Zimmer mit Fernsehn, verlangen die Leute viel, wenn die so den ganzen Tag mit dem Auto fahren und rausgucken, dann wollen die abends ein bisschen fernsehn."

„Hm, hm", Thomas überlegte, ob er von den Indianern erzählen sollte, die sich auf die Erde legen, damit die Seele nachkommt – wohl nicht. Warum redete der Mann bloß immer noch so, als wollte er seine Zimmer anpreisen? Kann wohl nicht anders. Thomas gab nochmal Stichwort: „So, so, alles neu renoviert."

„Ja, alles, haben Sie schon das Frühstückszimmer gesehen? Oben zweiter Stock? Ist als Bauernstube eingerichtet, aber mit Teppich, ordentliche Bauernstube, hat man heute sehr viel, da habe ich auch richtiges Fachwerk an die Seiten machen lassen, im zweiten Stock, keine Attrappe, richtiges Fachwerk, hat ein Innenarchitekt gemacht aus Stuttgart, habe ich extra kommen lassen; denn wenn man schon renoviert, dann muss man das auch ordentlich machen lassen, ich sag immer, lieber einen Fachmann ranlassen, und dann hat man was Ordentliches, als selber rumzupfuschen."

„Haben Sie auch Musik zum Frühstück?" fragte Thomas mit verstelltem Unterton, um sich nicht anmerken zu lassen, dass er regelrechte Spionagefragen stellte.
„Radio, alles Radio, das wollen die Gäste, da kommt immer Musik und Nachrichten, ich habe ja keine große Meinung von Musik…"
Thomas nickte eifrig, aber nicht zu verräterisch.
„… also ich habe ja keine große Meinung von Musik, aber bei der Renovierung der Bauernstube habe ich gleich eine Stereoanlage reingenommen, Sie können sich gar nicht vorstellen, wie leise das sonst im Frühstückszimmer ist, ohne Musik ist es leise im Frühstückszimmer, das kann man gar nicht aushalten. Da habe ich gleich ne richtige Stereoanlage in so eine Truhe einpassen lassen, wissen Sie, so eine alte Truhe, wie man es heute viel hat, und die Kabel zu den Lautsprechern, die kann man auch nicht sehen, die sind alle verlegt."
„Dann kommt also die Musik aus unsichtbarer Quelle wie eine Handvoll Konfetti plötzlich aus dem Weltall?"
„Ne, ne, nichts Modernes, Radio, alles Radio, immer dieser eine Sender, weiß auch nicht, welcher das ist, nur der eine Sender, da wo auch immer die Verkehrsberichte kommen."

Thomas wusste nicht, ob der nur so viel mit ihm redete, weil gerade kein anderer Gast da war, ob er es als Teil seiner Berufspflicht ansah oder ob es

vielleicht sogar ein freiwilliges Privatgespräch war. Er schwenkte um auf eine unverfängliche Frage: „Wo kann man denn hier in der Nähe nett essen?"
Als würde der Mann ‚jawohl' sagen, antwortete er sofort: „Gegenüber beim Ochsen, gute Küche!"
Das hat er also drauf, dachte sich Thomas und hakte nach: „Gibt es hier in der Nähe was Griechisches, Griechenland soll sehr schön sein."

„Gibt es, gibt es auch; aber, verstehen Sie mich nicht falsch, nicht wahr ..."
„Nein, nein", versprach Thomas bereitwillig.
„Nicht, dass Sie denken, ich hätte was gegen die, das dürfen Sie natürlich nicht denken, aber ich finde, die machen sich das zu einfach, die machen sich das zu einfach ..."
„Ist das Essen nicht so, nicht so ...?"
„Och, wissen Sie, das ist Geschmackssache, da kann ich nichts zu sagen, das ist nun jedermann sein Geschmack, nicht wahr, der eine mag das, der andere das, ich versuche ja auch zum Frühstück Verschiedenes anzubieten, aber die machen sich das zu einfach, schon wie der Laden aussieht."
„Griechisch?"
„Einfach ne Musikbox in der Ecke, einfach so, und dann haben die so ein großes Bild, haben die, so groß, das so eine Bucht darstellt. Kindermalerei sag ich immer, ehrlich Kindermalerei, da stimmt auch nichts auf dem Bild, also von Malerei habe ich ja keine große Meinung, aber so viel kann ich auch sehen, dass der Mann einfach

nichts gekonnt hat, der das Bild gemalt hat, das war ein Sonntagsmaler, ein Bekannter von denen war das, kein Experte. Und auf dem Bild ist ein Leuchtturm gemalt und da ist eine Glühbirne dran und wenn es Punkt acht Uhr ist, dann geht der Wirt hin und knipst die Leuchtturmlampe da oben an. Also ich meine, es kann ja jeder einen Geschmack haben wie man will, ich sage immer: Über Geschmack kann man nicht streiten, aber wenn ich mal meine Meinung sagen darf, ist ja nur meine Meinung, ich meine, wird man ja wohl noch sagen dürfen, kann einem ja keiner verübeln, eigene Meinung, also ich finde das Kitsch, einfach Kitsch, ist meine Meinung. Finden Sie nicht? Leuchttürme, die passen hier doch gar nicht in die Gegend. Fernsehtürme vielleicht, aber Leuchttürme gehören hier nicht hin."
Thomas musste lächeln, trügerisch freundlich, so dass es ordentlich ermutigend wirkte.

„Ich kann mir auch nicht vorstellen, dass die Gäste so was wollen. Ich meine, jeder hat so seinen Geschmack, der eine den, der andere den, aber die Gäste da sind doch alle Deutsche, und glauben Sie, die finden alle auf einmal griechische Landschaften mit Leuchttürmen schön? Die haben vielleicht alle mal in Griechenland Urlaub gemacht, das glaube ich schon, wird ja viel gemacht heute, Urlaub in Griechenland. Für mich ist das ja nichts, aber wird ja viel gemacht heute, aber ich finde eben, dass auch mal Schluss sein muss mit Urlaub. Jetzt kommen die Leute aus dem Urlaub zurück, und was tun sie? Gehen hier

in ne griechische Kneipe, können die doch da viel besser haben, nicht? Die können doch nicht immer so tun, als wären die auf Urlaub, da muss doch mal Schluss sein mit, sagen Sie doch mal selber: Immer Urlaub, das geht doch nicht!"
Da konnte Thomas getrost zustimmen: „Immer Urlaub, das geht nicht, da gebe ich Ihnen vollkommen recht."

„Und soll ich Ihnen mal was sagen. Für mich sind diese Griechen hier auch Touristen. Wenn die auch länger hier sind und hier ihre Gaststätten aufmachen, ich sag immer: Für mich sind das Touristen, verstehen Sie, nicht dass ich was gegen die hätte, das sind Touristen für mich, sind das."
„Vielleicht ist bei den Griechen irgendwie noch alles echt", schlug Thomas hinterlistig vor.
„Ach, wissen Sie, das sagen meine Studenten auch immer, aber ich hab da keine große Meinung von. Ich hab ja Studenten, müssen Sie wissen, die ganze Etage unterm Dach, das vermiete ich alles auf Monatsbasis, müssen Sie auch mal so sehen: Immer sind die Zimmer hier auch nicht voll belegt, und ehe ich die leerstehen lasse, da vermiete ich die lieber an Studenten. Kommt mir ja viel günstiger, und wo die doch alle von der Wohnungsnot schreiben immer, kann man doch gleich was Gutes tun, verstehen Sie? Ich bin ja ein sozial denkender Mensch, und meine Studenten, die gehen da auch oft rüber, obwohl ich hier ja auch mal ne Zeitlang Studentenfrühstück angeboten hab, für fünf Mark, bis elf Uhr, kann man nichts sagen, aber ich sag Ihnen, echt ist das bei denen da drü-

ben nicht. Die haben Plastik-Tischdecken. Haben die! Sodas gibt es bei mir nicht. Da können die mir viel von wegen echt erzählen. Die kaufen ihre Zutaten auch bloß im Supermarkt."

Thomas versuchte möglichst nachdenklich auszusehen. „Ich hab ja auch einen Sohn, wissen Sie, und den hab ich auch mal gefragt, was ist denn da dran an diesem Leuchtturm, und das wusste der auch nicht, wusste der nicht, und soll ich Ihnen mal was sagen: Mein Sohn wohnt selber nicht so, sein Zimmer, was der hat, ist oben, können Sie von hier nicht hin, da wo die Tür ‚Privat' hingeht, sein Zimmer sieht anders aus als bei denen da. Wall-to-wall und eine bunte Tapete, wie das die Jungens ja heute viel haben, wollte der so haben, haben wir ihm zu Weihnachten geschenkt, die Zimmereinrichtung. Ich meine, eingerichtet haben wir das schon vorher, schon im November haben wir das eingerichtet, als wir die Renovierungen gemacht haben, haben wir das gleich mit gemacht, und dann zu Weihnachten haben wir gesagt: So die Zimmereinrichtung, die hast du nun zu Weihnachten gekriegt, hat er sich ja selber so gewünscht, hat er sich, und ich sag immer: Über Geschmack kann man nicht streiten, wenn der sein Zimmer so will, der eine will das so, der andere will das so, aber ordentlich muss es schon sein, und wenn man sich das zu leicht macht, dann ist das nicht ordentlich, das hat mit Geschmack nichts zu tun, man darf sich das nicht leicht machen, sag ich immer, das hat sich mein Sohn auch merken müssen. Hab ich ihm schon früh gesagt; denn wenn man Gäste haben will, dann muss man denen was bieten und muss ordentlich sein. Und wenn mein Junge nicht ordentlich sein will, dann frag ich mich, wozu ich mich mein Leben lang abgerackert habe, mein Leben lang, sag ich Ihnen ..."

Herzen so heiß wie die Hölle

Es war einmal ein kleines Dorf, da gab es nur vier Liebespaare, das war alles, und von den vier Liebespaaren hauptsächlich eins: Linda und Paul. Die waren die jüngsten Liebhaber, und die anderen drei Liebespaare im Dorf nahmen alle ein bisschen Anteil an ihrem Glück; die älteren Liebespaare blickten sich wissend an, wenn sie das Glück aus den Augen von Linda und Paul schimmern sahen, und sie waren nicht neidisch, sondern nur nochmal um so zufriedener mit ihrer eigenen Liebe. So war das. Es

war schon ein besonderes Glück mit diesem Dorf und seiner gesamten Bevölkerung und konnte wohl auch nicht lange gutgehen.

Bald brach das Unglück über das Dorf herein: Die Männer mussten in den Krieg, alle. Da wurde die ganze Nacht geweint, geredet und geschwiegen, und die Paare umarmten sich, aber am nächsten Morgen war es unweigerlich soweit: die Männer mussten los, da half nichts mehr, es reichte gerade noch zu einer herzhaften Umarmung, und da die Gesamtbevölkerung nicht so groß war in dem Dorf, durften die Männer, die nun in den Krieg mussten, auch alle anderen Frauen kurz umarmen. Dann mussten sie aber los; eigentlich wollten sie noch gemeinsam ein Lied anstimmen, aber keiner brachte einen Ton raus. Oben auf der Bergkuppe drehten sich die vier Männer ein letztes Mal um und sahen, dass unten noch alle vier Frauen vor den Häusern standen und winkten.

Kaum waren die vier Männer über den Berg, fingen sie schon an, über das Dorf zu reden, ihre Heimat, ihre Frauen. Sie mussten lange Fußmärsche zurücklegen, ehe sie Anschluss an die Truppe finden konnten. Nachdem sie schon ein paar Nächte zusammen verbracht hatten, fingen sie an, anstößige Witze über Frauen zu erzählen, erst ganz vorsichtig mit prüfendem Seitenblick auf Paul, dann aber immer deftiger. Keiner weiß, wo die Männer plötzlich die Witze her hatten.

Kriege sind schrecklich. Dieser war auch noch schlecht organisiert. Kaum waren die Männer aus dem Dorf gezogen, kam der Feind von hinten und fiel über das schutzlose Dorf her und machte alles nieder.

Linda war gerade zufällig Pilze suchen; als sie zurückkam, fand sie von dem Dorf nichts mehr vor. Die vier schönen Gehöfte waren zerstört, das Vieh geschlachtet, und die drei Mitbewohnerinnen, mit denen sie sich doch gerade in letzter Zeit bei gemeinsamen Singabenden, wo sie von ihren Männern erzählten, richtig dick angefreundet hatte, waren alle drei vom Feind grausam getötet worden.
Nur noch rauchende Stümpfe waren vom Dorf übrig, verkohlt und abgebrannt. Linda konnte vor Schreck gar nicht weinen. Da hatte sie einen Vorgeschmack vom Krieg gekriegt, der ihr schon zu viel war.
Um Gottes Willen, dachte sie, das also ist der Krieg, um Gottes Willen, so ist der Krieg, und dahin ist Paul gezogen. Linda setzte sich, nachdem sie sich etwas gefasst hatte, auf einen verkohlten Stumpf und weinte bitterlich um ihren Paul. Dann legte sie sich schlafen und wollte am liebsten auch tot sein und nicht wieder aufwachen.

Als sie am nächsten Morgen aufwachte, schien die Sonne so schön, als wäre überhaupt nichts passiert. So überkam Linda eine Art Trotz, und sie wollte doch weiterleben. Sie hatte sofort große Pläne: Sie wollte ihr Haus wieder aufbauen und dann die der anderen. Solche Plane sind schön und geben einem viel Hoffnung und Kraft.
Linda hatte vor, das Dorf genau so wieder aufzubauen, wie es einmal war, nichts sollte an die fürchterliche Vernichtung durch die Feinde erinnern. Alles sollte genau so aussehen wie früher. Und wenn eines Tages die Männer wiederkommen sollten, dann würden sie nichts merken, dann würden sie oben auf der Bergkuppe stehen und ins Tal schauen, das Dorf sehen, wie früher, und die Männer würden ausrufen: Unser Dorf, unser Dorf, Heimat, Heimat! und würden im Laufschritt runterlaufen, und sie

würde ihren Paul in die Arme schließen, und alles wäre wie früher.

Dazu musste sie natürlich auch das getötete Vieh irgendwie ersetzen, vielleicht konnte sie ja ordentlich sparen und dafür genauso viel Vieh kaufen, wie das Dorf ursprünglich gehabt hatte, und keiner würde was merken, und sie wollte auch den Männern, wenn sie doch endlich vom Krieg zurückkämen, nichts erzählen von diesem furchtbaren Tag, die Männer sollten sich zu Hause fühlen, sonst nichts. Das wäre auch ihr größter Liebesbeweis für Paul, der sollte mal zurückkommen, und sie würde sagen: Es ist alles wie früher!
Es gab nur ein großes Problem. Sie konnte vielleicht das Dorf wieder aufbauen und das Vieh ersetzen, aber es würden dann immer noch drei Frauen fehlen, als Liebhaberinnen für die anderen drei heimkehrenden Männer. Das war ein echtes Problem; denn ohne die drei anderen Frauen war es dann doch nicht mehr so wie früher, und ohne die drei anderen Frauen würden die drei anderen Männer unglücklieb sein, und dann wäre auch kein richtiges Glück mehr zwischen ihr und Paul möglich, das spürte sie genau; sie hatte die feste Vorstellung, dass ihr Glück nur als gemeinsames Glück aller Dorfbewohner möglich war. Außerdem ließ sich die furchtbare Zerstörung des Dorfes nicht verschweigen, wenn ein Dreiviertel der Frauen fehlte.

Da gab es also keine andere Möglichkeit. Wenn sie ihr Glück je wieder erleben wollte, dann musste sie die drei Frauen auch ersetzen. Die Zeit kam ihren Plänen entgegen; denn es gingen mehr und mehr Frühlinge ins Land, ohne dass die Männer schon an der Bergkuppe erschienen wären, und wenn Linda manchmal beim Waschen morgens in ihre Wasserschale sah, dann musste sie zugeben, dass sie auch immer älter wurde und sich veränderte mit der Zeit; und da war sie einerseits traurig, denn sie hatte natürlich Zweifel, ob Paul sie auch wieder genauso lieben würde und ob sich Paul nicht auch durch das Älterwerden verändert hätte, andererseits lächelte sie ihr Spiegelbild in der Wasserschüssel vielsagend an und sagte sich: Von Jahr zu Jahr wächst meine Chance, die anderen Frauen auch ersetzen zu können.

Jahre waren vergangen, und das Dorf war ganz gut wieder aufgebaut. Linda zog in die Nachbardörfer, die zum Teil auch zerstört waren, und hielt nach Frauen Ausschau, die sie als Ersatzfrauen in ihr Dorf holen konnte. Dabei versuchte sie schon welche zu finden, die den ehemaligen echten Dorfbewohnerinnen ähnlich sahen, aber darauf kam es ihr immer weniger an; denn damals gab es natürlich keine Fotoapparate, und das Aussehen der Frauen war nicht festgehalten. Nur in der Erinnerung der Menschen war es festgehalten. Und da sich Linda von Jahr zu Jahr weniger erinnern konnte, meinte sie, dass die Männer sich bestimmt auch kaum noch erinnern konnten. Außerdem waren Jahre vergangen. Da verändern sich die Menschen.

Sie zweifelte nicht im geringsten daran, dass die Männer eines Tages wiederkommen würden, besonders Paul. Sie glaubte fest, dass irgendwie die Götter ihre schützende Hand über die Liebenden halten. Obwohl sie doch einen Eindruck von der Grausamkeit des Krieges hatte und drei tote Nachbarinnen ihr eigentlich hätten zeigen müssen, dass die Götter nicht jedes Paar beschützen konnten, hatte sie fest das Gefühl, dass doch nicht einfach alle Liebe zerstört werden konnte und dass sie von daher rein glücksverteilungsmäßig eine Chance hatte, dass wenigstens Paul zurückkäme und sie noch liebte. Sie glaubte fest an einen Sonderschutz für ihre Liebe, schließlich hatte sie vorher auch schon einen unverschämten Glücksvorsprung gehabt. Sie fand schnell drei Frauen, die sich bereit erklärten, mit ihr auf das Dorf zu ziehen, andere Namen anzunehmen und auf heimkehrende Männer zu warten. Es war wirklich nicht schwer. Es gab viele Frauen, die auf nichts mehr warteten, und die Aussicht, in einem fertigen Dorf auf zurückkehrende Liebhaber zu warten, war gar nicht so unattraktiv.

Was war inzwischen aus den Männern geworden? Sie waren losgezogen, hatten sich unanständige Witze über Frauen erzählt und waren mehr und mehr kameradschaftlich verbunden. Auch wenn sie gelegentlich mal, besonders auf Paul, ein bisschen rumhackten, weil er ja der Jüngste war und die schönste Frau zu Hause hatte, so waren sie insgesamt gesehen doch richtig gute Freunde geworden unterwegs, und es war für alle ein schwerer Schlag, dass Paul eines Tages zufällig von einer verirrten Kugel getroffen wurde und sofort tot war. Ansonsten gab es nicht viel an Kriegserlebnissen; sie konnten gar nicht viel erzählen, es war nämlich so, dass sie nie den Anschluss zu der Haupttruppe fanden, immer waren sie hinterdrein. Mal hörten sie aus dem Nebental Schüsse, dann versteckten sie sich lieber, manchmal zogen sie auch durch ein zerstörtes Dorf, dann waren alle sehr still und guckten nicht so genau hin. Ihren Kameraden Paul hatten sie unterwegs begraben, mit einem schlichten Holzkreuz, in das

Für unseren Freund

eingeritzt war.

Nun zogen sie zurück in Richtung Heimat, aber sie waren nicht froh. Allen tat es sehr leid, dass sie manchmal etwas auf Paul rumgehackt und gestichelt hatten, und sie freuten sich gar nicht, ohne ihn in das Dorf zurückzukommen. Was sollte denn Linda dazu sagen? Alle konnten Linda gut leiden und erinnerten sich gerne an die Umarmung zum Abschied. Die arme Linda, das können wir ihr nicht zumuten, ohne Paul zurückzukommen, sagten sie sich. Den Männern war, als hätten sie eine andere Art von Krieg verloren, so als hätte ihre größte Aufgabe darin bestanden, für Paul und Linda zu sorgen und alles zur Erhaltung ihres jungen Glücks zu tun, und obwohl sich keiner direkte Versäumnisse vorzuwerfen hatte, war es ihnen doch so, als hätten sie auf eine grundsätzliche Art und Weise furchtbar versagt. Der Krieg war total verloren, das war ihnen klar, und es lag ihnen schwer in den Knochen. Keiner erzählte mehr Witze.

Auf dem Heimweg trafen die Männer einen Jäger, der etwa das Alter von Paul hatte. Da sagte gleich der älteste der Männer: „Mensch, komm doch mit, Jäger. Wir wohnen in einem Dorf, das dir bestimmt gut gefällt, und wenn du mitkommst, dann findest du in dem Dorf eine Geliebte, die auf dich wartet, eine wunderschöne Geliebte, Ehrenwort."
Der Jäger war sofort einverstanden. Die Männer erklärten ihm, dass er – jetzt Paul hieße, und steckten ihn in die Kleider von ihrem toten Kameraden und gaben ihm Anweisungen, dass seine Geliebte Linda hieße und dass er niemals verraten dürfe, wer er wirklich sei, sonst würde ein großes Unglück über das Dorf kommen. Der Jäger war einverstanden und war sehr gespannt auf seine Geliebte.

Eines Tages standen nun die vier Männer auf der Bergkuppe und schauten runter ins Dorf.
„Unser Dorf, unser Dorf, Heimat, Heimat!" riefen sie und konnten ja nicht ahnen, dass alles nachgebaut war. Sie liefen im Laufschritt den Berg hinunter. Die Hunde bellten.
„Ruhig Pluto, Assi, Daffi, Abele, wir sinds doch!"
Aber die Hunde erkannten sie nicht wieder. Die Frauen hatten sich vor den Häusern aufgestellt, damit es zu keinen Verwechslungen der Liebhaber im letzten Moment kam. Die Männer liefen auf ihre Hütten zu und umarmten ihre Frauen. Die Frauen waren sehr zufrieden. Die ganze Nacht wurde geweint, geredet, und die Paare umarmten sich. Alle wussten zwar, dass mindestens einer aus der Dorfbevölkerung sich inzwischen verändert hatte, und alle stellten auch Veränderungen an ihren Partnern fest, schon in der ersten Nacht, aber ein allgemeines Freudegefühl herrschte vor. Wer kann sich auch nach so vielen Jahren noch genau erinnern. Nicht mal die Hunde. Die Männer mussten aus dem Krieg erzählen und die Frauen vom Frieden. Alle logen ein bisschen, aber das ist ja sowieso bei Wiedersehen so üblich.
Alle bereiteten ein kleines Fest vor und sangen Lieder. Viele hatten inzwischen Strophen, ja ganze Lieder völlig vergessen, hatten nun aber große Lust, die Lieder nochmal neu zu lernen. Zum Schluss der Feier sangen alle das Lied, wo die Zeile vorkommt „Wo wir uns finden, wohl unter Linden", und die Paare hielten sich an den Händen und waren warm berührt. Nun war alles wieder gut.

Soweit diese Geschichte. Keiner weiß, ob sie wahr ist oder nicht. Eines Tages stieß zufällig der bekannte Filmproduzent Pack auf den Stoff. Das muss ich verfilmen, das muss ich verfilmen, sagte er sich. Er hatte schon so erfolgreiche Filme gedreht wie ‚Die Nacht der reitenden Leichen', ‚Horrorhotel der verlorenen Mädchen' und ‚Das lange Messer zum kurzen Abschied', aber diese Geschichte von dem Dorf, das konnte der totale Knüller werden. Dazu musste der Stoff nur noch ein bisschen filmgerecht aufgemacht werden, das war alles. Er ließ sich gleich seinen Stab Autoren kommen und hielt ihnen folgenden Vortrag:

„So, Jungs, das ist der Stoff, jetzt brauch ich noch das Drehbuch, am liebsten bis gestern, also da müssen Dialoge her und packende Szenen. Denkt daran, dass die Besetzung erstklassig sein soll. Für die Rolle von Linda will ich Nicole Mareen verpflichten und als Paul und Jäger, als Doppelrolle, Leonard Eden, also gute Namen, schreibt denen ordentliche Dialoge, kann ruhig ein bisschen dick aufgetragen sein, nur der Schluss muss anders. Harmonische Schlüsse kommen heute nicht mehr an, heute laufen Katastrophenfilme, Happy-end kommt nicht in Frage. Glück kaufen uns die Massen nur noch als Erinnerung ab, das machen wir so, dass wir dieses Bild von dem Dorf – das ist unheimlich wichtig und wird alle sehr rühren – dieses Dorf im Sonnenuntergang, das blenden wir einfach zum Schluss, wenn alle tot sind, nochmal ein in die Schlusssequenz, quasi als Erinnerung, klar?"

Die Autoren nickten zustimmend. Das war ihre einzige Chance. Wenn sie nicht schrieben, was Pack wollte, dann wurden sie rausgeschmissen. Autor sein war ein hartes Brot.

„Also dieses Dorfbild als starker bildhafter Eindruck, das kommt auch auf das Poster, klar. Nur zum Schluss,

da müsst ihr euch was einfallen lassen; am besten alle erschlagen sich gegenseitig mit Äxten, weil sie eifersüchtig sind oder so, tragischer Neid, Kleinigkeiten, ich hab da Wahnsinns-Szenen vor Augen, wo Äxte geschwungen werden, das gibt auch einen starken bildhaften Eindruck. Also zum Schluss, Jungs, will ich Morde: Äxte und Morde. Das muss rein in den Film, sonst habt ihr natürlich, wie immer, volle künstlerische Freiheit, aber Mord und Axt, alles klar. Ach so, und die Kriegserlebnisse müssen wir auch noch etwas aufmotzen. Wir haben da noch Material aus ‚Höllenkommando der wilden Gänse', da können wir noch ordentlich Szenen verbraten, also da muss Action her, Action, Action, während wir das ganze sonst mehr als Psycho-film aufziehen, alles klar. Und denkt euch einen ordentlichen Titel aus, was mit Genetiv, so was wie ‚Dorf der brennenden Liebe' oder ‚Heimat der schwingenden Äxte' oder „Herzen so heiß wie die Hölle', so was in der Art. So nun ran, Jungs."

Pack fing sofort an, die Filmidee zu realisieren. In erster Linie war alles eine Frage der Organisation. Die Schauspieler waren schnell verpflichtet. Doppelrollen sind auch eine echte Herausforderung an Schauspieler. Nicole Mareen war terminlich zu kriegen, und damit war schon alles so gut wie gewonnen; denn die war zur Zeit der absolute Kassenfüller, die war so schön, dass selbst abgebrühteste Kameramänner gelegentlich seufzen mussten. Die sollte nun ganz auf Folklore-Mädchen drapiert werden. Dann aber auch mit scharfe Sex-Einlagen. Mensch, ist der Stoff ergiebig, sagte sich Pack immer wieder, der Stoff gibt echt was her, und er begann eine großartige Organisation.
Besonderen Wert legte er als alter Hase auf den bildhaften Eindruck. Das Dorf war sehr wichtig, das wurde so

aufgebaut, als Kulisse, dass es von der Bergkuppe aus am besten aussah, darauf kam es an, auf die Perspektive von der Bergkuppe. Die musste mehrmals ins Bild und, wie gesagt, zum Schluss, wenn alle tot waren, nochmals eingeblendet werden. Wenn die Bergkuppen-Perspektive einschlug, war eigentlich alles gelaufen.

Jedes Kind weiß inzwischen, dass Filme nicht in der Reihenfolge gedreht werden, in der sie nachher gezeigt werden – alles eine Frage der Organisation. Die ersten Szenen, die gedreht wurden, waren die Kriegserlebnisse der vier Männer mit Leonard Eden in der Rolle von Paul und später vom Jäger. Nicole Mareen war noch bei Dreharbeiten zu „Wollust der blutjungen Sünderinnen' beschäftigt und konnte erst später einsteigen, dennoch war Nicole in allen Drehpausen Gesprächsthema Nummer eins unter Schauspielern und Kameraleuten. Alle kannten das Drehbuch und warteten auf ganz andere Sachen als die Kriegsszenen. Die Schauspieler in der Rolle der drei anderen Dorfbewohner machten vom ersten Tag an spitze Bemerkungen zu Leonard.
„Na, weißt du schon, ob Nicole einen fleischfarbenen Bikini trägt bei der Badewannen-Szene? He?"
In Wirklichkeit hing ihnen der Geifer zum Mundwinkel raus, die waren alle neidisch wie die Sau, dass Leonard mit Nicole zusammen die Badewannen-Szenen spielen durfte, einmal in der Rolle von Paul, einmal in der Rolle des Jägers. Auch die Kameramänner hatten sich gleich mit den Badewannen-Szenen beschäftigt, und der Kameramann, der die zweite Badewanneneinstellung filmen durfte, wurde von allen so beneidet, dass es wirklich nicht mehr schön war. Das Klima in der Mannschaft war total vergiftet, obwohl Nicole noch gar nicht da war.

Leonard selber wies alles von sich.
„Ehrlich, mir wäre es viel lieber, ich könnte mit einer anderen drehen, diese Nicole mag ich gar nicht, ein arrogantes Arschloch, die Frau, weiß doch jeder, bildet sich wer weiß was auf ihre Schönheit ein, alles nur Oberfläche."
„Dann lasse mich doch mit Nicole baden, ich vertrete dich gerne", witzelten die Männer, aber die Besetzung der Rollen war ganz die Sache von Pack, dem Produzenten. Die Schauspieler mussten froh sein, wenn sie überhaupt einen Job hatten.

Als Nicole nun endlich zu den Dreharbeiten einflog, wurde als erstes die Abschiedsszene gedreht. Leonard musste sie küssen, scharfer Filmkuss, Marke Dauerbrenner, und vorher hauchen: „Ich liebe dich ganz und gar", und die Kamera würde dann im Kuss langsam zurückgehen und die Bergkuppen-Perspektive einblenden, so dass im Kuss wieder dieser starke bildhafte Eindruck da war und ein kleines bisschen ein Gefühl von Ewigkeit in den Kuss eingeblendet wurde, das war alles. Die Kulisse für das Dorf war fertig und gut gelungen. Nicole musste sich auf die eine markierte Stelle stellen und Leonard auf die andere, dann mussten sie aufeinander zu und los.

„Ich liebe dich ganz und gar", hauchte Leonard und zog seinen Filmkuss ab, ihm machte das nichts aus, er mochte ja Nicole nicht besonders leiden, und das war hier Beruf, sonst nichts. Harter Job.
„Nochmal!" rief Pack, „etwas mehr feeling bitte und die Kamera mehr nach links, ja, noch etwas, nochmal bitte!"
„Ich liebe dich ganz und gar", hauchte Leonard und machte seinen Filmkuss nochmal. Die Einstellung musste dann noch ungefähr vierzehnmal wiederholt werden, so ist

das bei Erfolgsfilmen. Endlich sagte Pack: „Gestorben, Jungs, gestorben."
Das sagen Produzenten immer gerne bei einem Film: „Gestorben, und morgen drehen wir hier genau an dieser Stelle die Wiedersehensszene, Klappe 204."

Leonard hatte profimäßig geküsst, ohne innere Beteiligung, weil er Nicole nicht besonders mochte, es war reines ‚going through the motions'[i]*, wie die Amerikaner dazu sagen, mehr nicht.*
Nach dem arbeitsreichen Kusstag fragte Nicole: „Gehst du noch mit einen Tee trinken in der Kantine?"
„Och, nee, danke, ich habe noch zu tun", murmelte Leonard und ließ Nicole stehen. Aber schön sieht sie doch aus, musste er im Weggehen vor sich selber zugeben, schön war die schon.

Am nächsten Tag war die Wiedersehensszene, Klappe 204, dran mit Leonard in der Rolle des Jägers. Diesmal musste Nicole in der Rolle von Linda auf ihn zustürzen und ausrufen „Ich liebe dich ganz und gar", und dann wieder Filmkuss, volles Rohr.
Was für eine gute Schauspielerin dieses Biest Nicole doch ist, dachte Leonard, als Nicole zum neunten Mal „Ich liebe dich ganz und gar" ausrief und ihr Filmkuss-Ding abzog. Die kanns wirklich, dachte Leonard, die hats gelernt, zwar alles geschauspielert, wirkt aber echt. Mann, oh Mann. Es tat ihm fast leid, als Pack nach elf Einstellungen „Gestorben" rief – na ja, sie hatten ja noch Gelegenheit genug, sich zu küssen, und außerdem kamen ja noch die Badewannenszenen Eins und Zwei.
Als Nicole diesmal ging, freute sich Leonard schon ein bisschen auf die nächsten Drehtage mit ihr; nicht, dass er

sie etwa mochte, oh nein, ganz und gar nicht, sie war sehr schön und eine gute Küsserin, wenn auch alles geschauspielert, aber eben auch sehr gut: Nein, doch, nein, doch, sehr gut geschauspielert, jedenfalls diese Nicole – na ja, dachte Leonard.

Sogar die Kameraleute waren aufgeregt und mussten immer wieder die Einstellung überprüfen.
„Das Badewasser spiegelt", ärgerten sie sich; diese Badewannenszenen gaben echt rein kameramäßig unheimliche Probleme. Leonard stand im Bademantel und überflog nochmal die diesmal etwas umfangreicheren Dialoge, der letzte Witz über den fleischfarbenen Bikini war gerissen, Produzent Pack ging schon ungeduldig auf und ab, Nicole war nun schon zehn Minuten zu spät.

„Frauen!" fluchte Pack und guckte auf die Uhr.
„Lasse man, die kommt schon noch", murmelte Leonard über seinem Textbuch. Nach weiteren zehn Minuten kam endlich das Fräulein, das für Nicoles Garderobe zuständig war, atemlos vor die schussbereiten Kameras gelaufen und rief schon von weitem: „Nicole ist tot, sie treibt drüben im Swimmingpool!"

Das war ein Fall für die Sensationspresse, wie man es sich kaum schöner vorstellen kann: Mysteriöser Selbstmord. Überdosis Rauschgift? Orgien? Eifersucht? Nicole hatte, ehe sie in den Pool ging, ihr Textbuch zerrissen und mit fleischfarbenem Lippenstift an den Spiegel vom Schminktisch geschrieben: Go fuck yourself.
Die Fotoreporter waren ganz zufrieden damit, dass keiner eine Erklärung wusste. „Die wird nochmal ein Mythos", sagten sie, zogen die Leiche nackt aus und fotografierten

sie von allen Seiten, „schöne Leiche, wirklich schöne Leiche".

Pack musste nun schnell alles umorganisieren und erst mal weitere Kriegsszenen einschieben, damit die Produktion weitergehen konnte. „The production must go on", war eine seiner stehenden Redewendungen.
Der unerwartete Tod von Nicole hatte die Dreharbeiten ernsthaft zurückgeworfen.
„So ein Scheiß!" fluchte Pack, „die war unzuverlässig, unzuverlässig."
Endlich hatte seine Sekretärin die Telefonverbindung hergestellt, und er konnte mit dem Manager von Yvonne Heaven verhandeln. Die war zwar gerade mitten in den Dreharbeiten von ‚Heiße Hexen am Horizont', aber Yvonne war die erste, die ihm als möglicher Ersatz für Nicole einfiel. Der Manager zeigte sich nicht abgeneigt. Schwierigkeiten kriegte Pack an einer ganz anderen Stelle. Damit hatte er nun gar nicht gerechnet. Als er Leonard mitteilte, dass die Wiedersehensszene und Abschiedsszene nochmal gedreht werden müssten, und zwar diesmal voraussichtlich mit Yvonne Heaven in der Rolle von Linda, da bockte Leonard plötzlich.
„Echt, Pack, ich kann jetzt nicht so einfach nochmal dasselbe Ding abziehen. Irgendwie hat mich der Tod von Nicole doch mitgenommen, ich brauch jetzt erst mal eine Pause – wenn ich gut arbeiten soll, und der Film braucht gute Küsse."
„Kommt gar nicht in Frage", sagte Pack. „The production must go on."
„Dann will ich mal was sagen", erwiderte Leonard, „Nicole war in Wirklichkeit einsam, die hat keiner richtig verstanden, die hatte keinen, mit dem sie mal einen Tee

trinken konnte, in Wirklichkeit, und nur weil sie so gut aussah, hat das keiner gemerkt, die Schönheit war ihr Fluch, die war verzweifelt, in Wirklichkeit war das eine ganz einsame Frau mit viel Sinn für Nuancen. Für die hätte ich Gefühle haben können."

„Lasse mal gut sein, Junge", sagte Pack. „Yvonne wird dir auch sehr gut gefallen, die ist auch sehr schön, hab dich mal nicht so, es gibt nämlich viele schöne Frauen, ich weiß das, ich hab da den Überblick." Pack legte die Füße auf den Tisch, er hatte Turnschuhe an.

„Dann will ich mal was sagen", kam Leonard jetzt über, „für mich ist das nicht nur so ein Film. Zuerst war das für mich ein Job wie jeder andere, aber inzwischen fange ich an, den Stoff ernst zu *nehmen, ich mach mir auch meine Gedanken, verstehste – oder was heißt Gedanken, mehr so Gefühle, und ich finde, dass der Film sehr, sehr ernst genommen werden muss ..."*

„Dann sind wir uns ja einig", fiel ihm Pack ins Wort, „ich muss dir nämlich auch mal was sagen, du denkst vielleicht, ich wäre der kühle Produzent mit dem Äxtefimmel, aber im Vertrauen kann ich dir sagen, dass mir dieser Film mehr bedeutet als meine früheren Produktionen. Ich kann dir auch sagen warum: Ich habe schon alles organisiert. Dieses Tal, in dem das Kulissendorf aufgebaut ist, habe ich gekauft, und wenn der Film fertig ist, dann bleibt das Kulissendorf hier stehen, wie es ist, mit dem starken bildhaften Eindruck von der Bergkuppe, und hier wird ein Touristenziel draus gemacht, da neben der Scheune, da kommt eine Gaststätte hin, alles im selben Stil, und wenn der Film ein Erfolg wird, dann werden hier die Liebespaare aus aller Welt nur so hinströmen, über die Bergkuppe kommen die und werden sich vor dem Bauernhaus, wo wir die Abschiedsszene gedreht haben, mit Pola-

roid-Kameras fotografieren lassen, und alle werden da drüben in die Eiche ihre Initialen schnitzen und werden sich Souvenirs kaufen, was glaubst du, das wird ein Reiseziel, wie du es dir schöner nicht denken kannst, hunderttausende von glückliehen Touristen! Hier wird was los sein. Und dann muss ich sagen, dass dieses Thema mir auch persönlich zu Herzen geht. Und ich habe mir noch ein Tal gekauft etwa hundert Kilometer von hier, und ich bin schon dabei und baue diese vier Bauernhäuser original nach, nicht als Kulisse, sondern echt, und da werde ich meinen Sommersitz hinverlegen, und aus dem Dorfteich mach ich einen Swimmingpool, und wenn dieser Film ein Erfolg wird, dann werde ich mich dahin zurückziehen."

Leonard fing an zu weinen, was man sich schwer vorstellen kann, wenn man ihn in den Filmen ‚Als Zombie unter Kannibalen' oder ‚Ein Mann jagt seinen Mörder ' gesehen hat.

„Nicole, Nicole", weinte er und putzte sich die Nase mit seinem Bademantel. Pack war gerührt, er legte den Arm auf Leonards Schulter und sagte: „Komm, Junge, ist doch nur Spiel, the production must go on."

5. Im Zonengebiet

Aha, so ist das also, Thomas ging durch die Fußgängerzone und guckte Geschäfte und Dekorationen an, als sähe er das zum ersten Mal. Ich muss mir das merken, ich werde nochmal als Kronzeuge gebraucht und werde gefragt, was ich bei meiner langjährigen Agententätigkeit beobachten konnte und ob ich Beispiele nennen kann.
Thomas hatte verschiedene Gefühle gleichzeitig. Er wusste genau, dass nichts passieren würde hier, das war sicher, er fühlte sich wie in einem Schutzgebiet, in dem keine Erlebnisse stattfinden dürfen. Er wusste, dass das Einerlei in seinem Kopf, das hier mehr und mehr aufgedreht wurde, nur außerhalb dieser Zone aufhörte. Innerhalb der Zone konnte es nur Matscheintopf geben und bestenfalls ein Gefühl wie: Na ja, ist ja auch mal ganz bequem. Alles ging durcheinander in seinem Kopf, ohne Richtung.

ALLE REISEN stand bei einem Reisebüro, dazu eine Liste von Ländern und Städten mit Inklusivpreisen.
JAMAICA: In a world of bad air, poisoned water and litter, there are still a few virginal places. Enjoy. Quickly.
Na ja, dachte Thomas, ich kannte mal einen, der ging in ein Reisebüro, vielleicht in so eins, und

fragte ganz leise, weil es ihm natürlich peinlich war, also er fragte: Sagen Sie doch bitte, wohin fährt man eigentlich, wenn man eine Weltreise macht? Wohin?

Vor einem Kaufhaus in der Zone spielte eine Gruppe. Drei muntere Burschen in Folklore-Hemden mit Instrumenten, die Thomas nicht kannte, wahrscheinlich alle echt und alt, eines wahrscheinlich eine Mandoline. Die drei versuchten ein durchgehend sonniges Gemüt zu mimen, sie lächelten nonstop und flirteten nach allen Seiten. Neben der Gruppe war auf einem handgemalten Plakat in altdeutscher Schrift angeschrieben:

> Heute spielt für Sie die Weltschmerzcombo
> Ihr Kaufhaus HORTEN.

Eine Menschentraube hatte sich gebildet, und Thomas stellte sich vorsichtig hinten an und lauschte:

> Was ich alles mehr oder weniger tu,
> ich lauf neben mir her
> und guck mir selbst dabei zu.
> Ich kenn mich selber bei mir nicht mehr aus.
> Mal geh ich in mich, mal aus mir heraus.
> Tralalalalalala Tralalalala.. .

Das genügte. Er ging weiter, ohne 1 DM in den aufgestellten Gitarrenkasten zu werfen. Die meisten anderen zahlten auch nicht. Es gefiel ihm gut, dass er sich hier verhalten konnte, ohne aufzufallen.

Erster kurzer Überblick: Modegeschäfte, Boutiquen, Drogerien und Möbelgeschäfte dominieren, sagte sich Thomas, als würde er auf ein eingeschaltetes Bordtagebuch sprechen, wie es sie auf Raumschiffen gibt.

Er brauchte nur ein Pelzgeschäft sehen, schon fiel ihm ‚pelziges Gefühl' ein. Ein pelziges Gefühl hat man – jedenfalls meint das der Zahnarzt –, wenn die Spritze ihre Wirkung tut und man seinen Mund nicht mehr fühlt. Dann kann der Zahnarzt loslegen. Thomas konnte sich die Pelzmäntel nicht angucken, ohne an das pelzige Gefühl zu denken. Die Zahnärzte machen das immer so, dass sie im Unterkiefer nicht beide Seiten gleichzeitig mit dem pelzigen Gefühl abtöten, weil es sonst passieren kann, dass die Leute auf ihre Zunge beißen, ohne das zu spüren, und wenn dann die Wirkung der Spritzen nachgelassen hat, merken sie erst, dass sie ihre Zunge gegessen haben.

Da musste Thomas wieder grinsen, er war ja sein eigener Entertainer, aber nicht doch direkt vor diesem Pelzgeschäft. Man kann sich doch nicht einfach auf den Boden legen und vor Lachen wälzen, hier doch nicht. Mich darf keiner erkennen, bloß nicht, wenn die Leute erkennen, dass ich das hier alles nicht ernst nehme und nicht als die erste Welt anerkennen will, dann verfolgen die mich. Bloß nicht jetzt schon alles verraten. Lieber angepasst und hektisch oder aber gelangweilt in überheblicher Siegerpose rumlaufen, so als könnte man alles kaufen, wenn man nur wollte.

Im Schaufenster eines Schreibwarengeschäftes lag ein Leuchtquader mit der Inschrift: Olympia.

Aha, da sitzen also die Götter. Was ihn wunderte, war nur, dass das Geschäft auch tagsüber seine Leuchten anhatte, und Olympia leuchtete auch am helllichten Tag. Ob sich hier einer einsam und heimatlos fühlt und dieses Lichtlein brennen lässt, zu dem er dann wie nach Hause heimkommen kann? Vielleicht ein Dichter? Warum nur brennt im Schaufenster das Licht Tag und Nacht? Etwa um die Leute zu beschwören: Dies ist hier nicht die Hölle, keinesfalls, im Gegenteil, in der Hölle ist es dunkel und heiß, und hier ist es immer klimatisiert und hell, Tag und Nacht, immer hell, immer leuchtet der Olympia-Quader, deshalb kann das auch nicht die Hölle sein, weil immer was leuchtet, nonstop, wie in den Gefängnissen, in denen man politische Gefangene hält. Da geht das Licht auch nicht aus, die sitzen in ihren Gefängniszellen wie in Schaufenstern: Licht, Licht.

Ich darf mir meine Hintergedanken nicht anmerken lassen. Thomas wollte seine Vergleiche, die sich ihm aufdrängten, stoppen, so wie man sich sonst auf die Zunge beißen würde, nur gab es keine Stop-Taste für die Bilderflut in seinem Kopf, die Bildersintflut. Ich fordere Assoziationsstop für mein Innenkino, sagte sich Thomas leise, totalen Stop!

Kinoplakate: ‚Die gelbe Todespranke', ‚Wollust der blutjungen Sünderinnen', ‚Ein Mann jagt seinen Mörder', ‚Als Zombie unter Kannibalen'. Thomas sah die Bilder an, und plötzlich fiel ihm auf, was das Geheimnis bei den Kung-Fu-Kämpfern ist: Die können aus dem Stand über sich selber springen. Ja, aus dem Stand über sich selber springen, wer will das nicht.

Ein Mann, der unschlüssig neben Thomas gestanden hatte, drückte sich nun an ihm vorbei und kaufte an der gemeinsamen Kinokasse eine Karte für einen Sex-Film, möglichst leise, um bloß nicht erkannt zu werden.

Ach, immer ich, wieso immer ich? Der schämt sich, in so einen Film zu gehen, na gut, aber wieso vor mir? Ich bin doch selber fremd hier. Die schämen sich vor Fremden; wie bei Zeitungskiosken, wo das Nackttitelbild nach innen gerollt wird, und wie bei Sex-Shops, die alles in neutrales Papier einschlagen. Dabei machen sich die Leute mit neutraler Verpackung doch nur verdächtig in dieser Zone, wo auf allen Plastiktüten HORTEN, SATURN, MONTANUS steht. Die Namen wollen doch mit Schamlosigkeit auftrumpfen. Die warten doch nur darauf, dass ein richtiger Menschenname zur Bezeichnung für eine Sache wird. Die Namenlosen sind verdächtig.

So, und das hier ist das Hauptquartier der Partisanen. Er ging langsam an einem US-Warenlager vorbei. Hier konnten sich die Spionagetouristen voll militärisch ausrüsten für den Einzelkampf in fremden Ländern. Da gab es Jeans, Schlafsäcke, Gaskocher, Klappmesser, Kochgeschirr, Regenjacken.
Über der Tür, an einer schmiedeeisernen Halterung, hing ein Ladenschild, eine große Hand in Schwurhaltung, und zwar als amerikanische Flagge gemalt. Die beschwörenden Finger zeigten die Stars, der größere Teil der Hand waren Stripes.
Ob hier die Touristenpartisanen auch gleich vereidigt werden? Nicht nur Jeans kaufen, sondern auch schwören müssen?

Vor lauter Namen und Farben hatte er bisher kaum die Leute in dieser Zone beachtet, aber ein erster allgemeiner Überblick sagte ihm, dass die meisten für das, was auf den Bildern unter Sex und Musik verstanden wurde, selber gar nicht in Frage kamen. Die Leute waren ihre eigene Minderheit, wenn man sie mit den Bildern verglich.

Ich gehöre nicht dazu, beschwor sich Thomas. Wenn mich einer fragen würde, wie spät es ist, könnte ich antworten: Ich bin hier selber fremd. Für mich selber behaupte ich immer noch die Möglichkeit, dass ich nochmal von vorne anfangen kann, von mir aus könnte alles anders sein, ich bestehe nicht auf diesem Leben hier.

Langsam wurde er matschig im Kopf, auf diese bunte Art matschig und leer, wie wenn man zu viele Filme hintereinander anguckt oder zu lange am Kosmos-Flipper die Todeslämpchen aufleuchten lässt oder wie wenn man zu ausgiebig geweint hat oder mit übervollem Magen im überheizten Zimmer schläft.

Einfach zu viel. Er guckte sich das Schallplattengeschäft an: Ein Supermarkt nur für Schallplatten, und vermutlich auf allen dasselbe drauf. Wie viele Lieblingsplatten brauchen die Leute hier?

Und was soll diese Vielseitigkeit in der Brotboutique! Merken die denn nicht, dass die Angebote sich durch ihre Vielzahl nur gegenseitig Unrecht geben, sich bestreiten, nicht ergänzen. Zwei Liebhaber ist doch viel weniger als einer. Da: Schuh-Schnellservice. Kopiercentrum. Oft kopiert, nie erreicht. Da, ein Würfel ist abgebildet, der auf jeder Seite eine 6 hat, das soll wohl das Glück darstellen.

Neu Blaupunkt LIVE Farbbildröhre. Lebensechte Farben.

Ein Musikgeschäft für klassische Musik und Notenblätter mit Büsten von berühmten Komponisten, Beethoven, Mozart ... Mann, oh Mann, nur Köpfe! Und das bei Musikern.

Immer Schilder dabei: Preiswert, ‚Neu', Sonnenpreis oder Rrrrrrrrrrrrrrrradikal heruntergesetzt, als könnten die Leute in dieser Zone nicht mal das selber beurteilen. Alle Schilder, die anfingen mit: ‚jetzt noch', zeigten doch, dass es vorher nicht richtig war.

Eine Sparkasse mit dem Slogan: Älleweil do für d'Leut. Was soll nur dieses Älleweil bedeuten? Ewige Öffnungszeiten? Sparkasse des Weltalls?
Ich muss hier unbedingt was kaufen, er ging an den nächsten Kiosk: „Ich möchte, bitte, Illustrierte, und zwar, äh, diese hier, diese und diese, vielen Dank."
Es wäre ihm schäbig vorgekommen, nur eine zu kaufen.

Ein Mann fiel ihm auf, weil er dasselbe Hemd anhatte wie er. Die beiden hatten unabhängig voneinander ein Hemd mit dem gleichen Muster gekauft, kann ja mal passieren, sind ja keine Einzelanfertigungen; dennoch erschrak Thomas, als er das Hemd an einem anderen sah, und mochte sofort sein Hemd nicht mehr leiden.

Die schreiben hier alles so oft hin wie bei einer Strafarbeit:

Frucht-Shop
Frucht-Shop
Frucht-Shop
Frucht-Shop

Und weiter:

Frucht-Shop
Frucht-Shop
Frucht-Shop
Frucht-Shop
Frucht-Shop
Frucht-Shop
Frucht-Shop
Frucht-Shop

Frucht-Shop
Frucht-Shop

Ihm erschien die Worttapete als ernste Bedrohung, zwar als Design getarnt, klar, schön zurückgezogen und dezent, wie eine Tapete eben, aber andererseits waren darin alle Droher, ob Eltern oder Lehrer, vertreten, alle Droher, die ihm klar sagten: Pass auf, Früchtchen, ich hab es dir oft genug gesagt, oft genug! Ich hab es dir einmal gesagt, ich hab es dir nochmal gesagt, ich hab es dir im Guten gesagt ...
Und dann: Nochmal sage ich es nicht!

So sah das nämlich aus. Die vielen Wiederholungen waren eine Begründung für mögliche Strafen. Wer die Leute hier dafür strafen wollte, dass sie die Worte nicht beachtet hatten, der konnte immer sagen: Bitte, es wurde oft genug gesagt, mehr ging wirklich nicht, bis jetzt haben wir es durchgehen lassen, aber wer jetzt immer noch nicht ...
Und die hatten es wohl auch nötig, immer dasselbe zu sagen; denn wer einmal lügt, dem glaubt man nicht, aber wer immer, immer und immer lügt, der hat System.
Deshalb war er auch ganz sicher, dass das auf keinen Fall ein echter Frucht-Shop sein konnte, sondern etwas ganz anderes.

R6R6R6R6R6R6R6R6R6R6R6R6R6R6
R

Na bitte! Das war doch was, das konnte man nämlich auch so schreiben:

$$\frac{R6}{R6}\ \text{Periode}$$

Oder aber:

R6 strebt gegen Unendlich

Das war ja genau die Sprache, in der sich Weltraumfahrer unterhalten. Das waren hier sicher Hinweisschilder für eine Weltraumfahrer-Rallye, die von den Menschen missverstanden wurden, oder Wegweiser für ein militärisches Manöver von Weltraumtruppen, so wie bei uns an Bäumen auch manchmal Schilder hängen mit Geheimzeichen. Auch Förster bringen Schilder im Wald an, die von Rehen und Hasen nur missverstanden werden können. Die Weltraumfahrer können sich sicher mit den Zeichen verständigen, dass sie diese Zone hier völlig unter Kontrolle haben und das Experiment mit den Ersatzmenschen jederzeit abbrechen können.

Thomas ging nun in eine Pizzeria und dachte nur: Ich bin allein; statt: Ich habe Hunger; er wusste beim besten Willen nicht, ob er Hunger hatte.
Nur einsam eintreten.
Im Hintergrund hörte er sofort Musik, ‚Die vier Jahreszeiten'. Klar, die Leute brauchten eine Beruhigungstherapie zum Essen, man hat ja auch festgestellt, dass die Kühe bei solcher Musik mehr

Milch produzieren. Bloß die armen Kellner, die armen, müssen sicher so oft ‚Die vier Jahreszeiten' hören, bis sie gar nicht mehr wissen, was draußen für Wetter ist.

Die Speisekarte war original italienisch mit Untertiteln: Antipasti caldi, Pizza Regina, Pizza Atomica, Pizza Segreto, Zuppa di pesce misto.
Thomas wurde abgelenkt, weil er vom Nebentisch ein Wort mitgehört hatte, das ihn sofort interessierte. Dort saßen Schüler mit T-Shirts von der University of Alabama, tranken Bier und rauchten, und einer von ihnen hatte gerade das Wort ‚Fiction' gesagt.
„Heute kommt wieder ein Fiction im achten, mit Video, gucken wir Fiction, sagt Paul immer: Schönen Fiction gucken, tollen Porno und dann fickt schön."

Thomas hörte schnell wieder weg: In dem Alter habe ich noch nicht so viel ins Nichts gestarrt. Er bestellte Pizza Quattro Stagioni; er fühlte sich wohl hier. Die Entfernung der Menschen zueinander war festgelegt, nur der Kellner rannte rum und bewegte sich, sonst kam sich niemand nahe, das war schon mal ganz beruhigend, dann noch die Musik.
Außer den Schülern saß noch ein Mann allein an einem Tisch. Der dachte wahrscheinlich auch so. Hier war man schön alleine und doch unter Menschen. Thomas legte seinen Koffer mit den Lieblingsplatten neben sich, um sein Revier abzuste-

cken, damit sich auch keiner zu ihm gesellte. Er lehnte sich zurück. Er war unter Menschen.

Zu dem Kellner sagte er später aus Versehen: „Pagar por favor". Oh, eine kosmische Verwechslung, er bezahlte seine Pizza Quattro Stagioni, Tee und Sambuca. Wie immer war er in großer Verlegenheit mit dem Trinkgeld. Es lag ihm nichts daran, für 1 DM Aufpreis ein besonderes Lächeln zu erwarten. Das kam ihm vor wie ein veraltetes Zirkuskunststück, eine entwürdigende Dressur: Man legt 1 DM hin, und der Kellner muss sich dafür bedanken: Hops, hops!

Ernst Zedermann wird in der Literaturgeschichte als „Ludel-Dichter"[2] bezeichnet. Zwar versucht Dencker ihn als Unsinns-Dichter – „wenn auch ein sehr schwieriger Fall"[3] – zu interpretieren, und Borowsky bezeichnet ihn als „Scharlatan"[4], aber die große Mehrheit der Zedermann-Forscher betont die Ernsthaftigkeit und Qualität seiner Dichtung[5]. Dies um so mehr bei Interpreten, die einen biographischen Ansatz verfolgen und aus dem Wer-

degang Ernst Zedermanns deutliche Hinweise darauf sehen, dass hier mit dem „Einsatz des Lebens"[6] versucht wurde, „neue Ausdrucksformen"[7] zu erarbeiten.

Ernst Zedermann machte bereits auf sich aufmerksam, als er das naturwissenschaftlich-neusprachliche Gymnasium für Jungen in Osnabrück besuchte, weil er gelegentlich Worte und ganze Sätze bildete, die bei anderen auf Unverständnis stießen. So sagte er zum Beispiel statt „Das verstehe ich nicht" einfach „Da habe ich mich verludelt", oder statt „Mach bitte die Tür zu" sagte Ernst Zedermann „Der Kosmos kommt". Außerdem gebrauchte er Worte wie „Rabotti" oder „Rattafungu", denen keiner eine besondere Bedeutung beimessen konnte. Dies fiel zunächst nicht sonderlich auf, und Eltern und Lehrer teilen übereinstimmend mit[8], dass sie dieser Fehlentwicklung von Ernst Zedermann zunächst keine Beachtung schenkten, schließlich sei es in einer gewissen Altersstufe üblich, Mode- und Slangworte zu gebrauchen wie zum Beispiel „Ramba Zamba", „Rucki Zucki oder „Balla Balla".
Nur musste man natürlich zugeben, dass bei Ernst Zedermann dieser Hang zu bedeutungslosen Worten bzw. zur Falschanwendung von Worten besonders ausgeprägt war. Hagenbuch formuliert es so, dass „schon im pubertären Alter eine ausgesprochene Sensibilität für sondersprachliche Ausdrücke bis hin zur Ausprägung eines Idiolektes feststellbar"[9] seien.

Bald kam es zu ersten Zusammenstößen mit den Lehrern, die es sich beispielsweise nicht bieten lassen wollten, dass die Frage nach dem Tod von Sokrates von Ernst Zedermann mit

> *„Ramelken wir doch keine Kuhsteinbohrer in Siebel"*[10]

beantwortet wurde. Und es konnte natürlich nicht als Übersetzung von Caesars ‚De Bello Gallico' anerkannt werden, wenn er schrieb:

> *„Ah Galle Galle mirher gedreimausert wahrhaftbare Kurzschwerthauer den Sippen der Ältermannen versprechend."*[11]

Auf einem Elternsprechtag einigten sich Eltern und Lehrer, die Ernst Zedermanns Verhalten als eine Art freundliche Trotzreaktion beurteilten, vorerst auf Strafmaßnahmen zu verzichten und eine besondere Toleranz walten zu lassen, da sich wahrscheinlich alles von selber wieder einrenken werde. Dass damals die Lehrer in Übereinstimmung mit der Schulleitung diese Milde walten ließen, mag darauf zurückzuführen sein, dass niemand im Lehrkörper den Eindruck hatte, dass der Schüler Ernst Jedermann mutwillig provozieren wolle, sondern man habe sogar einen insgesamt „positiven Eindruck"[12] *von dem Schüler, der lernwillig und höflich sei. Möglicherweise läge hier eine bisher unbekannte Sprachstörung vor.*

Die Schwierigkeiten nahmen indes immer rascher zu. Schließlich musste der Deutschlehrer bei allem guten Willen zugeben, dass er nicht mehr in der Lage sei, die Aufsätze von Ernst Zedermann zu bewerten. Da hieß es zum Beispiel in einem Aufsatz, bei dem die Schüler die Dramen ‚Die Physiker' von Dürrenmatt und ‚Galileo' von Brecht vergleichen sollten, bei Zedermann:

> *„Zong der Wald, Folter Bazillen wohin Schwäne, Nordrhonwost-Fragebieger zupp Leichen verblitzt. Allwer Bewegung holch Zongplus! Hinweg! Zontehorros-Horroszonte Nichts, wohinher, Notklemme gefilmt.. .“[13]*

Der Deutschlehrer riet, Ernst Zedermann zunächst von der Schule zu nehmen. Zwar hatten alle den Eindruck, dass sich der Schüler Zedermann die größte Mühe gebe, was sich unter anderem daran zeige, dass seine Aufsätze immer sehr lang seien und er bis zum Klingelzeichen durchschreibe; aber schon von der Interpunktion her könne der Lehrer nicht anders, als die Arbeiten mit ‚ungenügend' zu bewerten, selbst wenn man über die vielen inhaltlichen Unklarheiten hinwegsehe.

Hinzugekommen war, so der Schuldirektor, dass sich die disziplinarischen Probleme nicht länger verschweigen ließen, wobei zugestandenermaßen die Disziplinlosigkeit nicht allein auf Seiten von Ernst Zedermann zu suchen sei, der – wie erwähnt – einen durchweg ernsthaften Eindruck mache und, so berichten seine Freunde aus der Zeit, selber nie lachte und auch mit Witzen nicht zum Lachen zu bringen war und bei einem Versuch von Teilen der Mitschüler, ihn durch Vorlesen aus dem Witzbuch ‚200 freche Witze'[14] zum Lachen zu bewegen, ungefähr beim 70. Witz in Tränen ausbrach und sagte: „Koskoskanone zum Futter!“

An ihm jedenfalls läge die zunehmende Disziplinlosigkeit nur indirekt, sie läge vielmehr in seiner Wirkung. Einige Lehrer beklagten sich, dass die Klasse schon zu grölen anfing, sobald der Schüler Zedermann nur aufgerufen war oder sobald er sich nur meldete. Dann riefen alle „Zedermann meldet sich" und forderten dadurch die Lehrer auf, Zedermann dranzunehmen, damit sie wieder was zu lachen hatten, und so griff die reine Anwesenheit Zedermanns in nicht mehr vertretbarer Weise in den Unterrichtsablauf ein.

Zu dieser Zeit war es auch, dass Ernst Zedermann zu zweifelhaften Partys eingeladen wurde, wo sich die Gäste an seinen Bemerkungen ergötzten. Dort machte er auch, wie Hagenbuch in ‚Werdegang eines gescheiterten Dichters'[15] *nachweist, früh Bekanntschaft mit pseudointellektuellen Kreisen mit Sinn für schwarzen Humor. Dort wurde Zedermann auch mit alkoholischen Getränken in Berührung gebracht, besonders nachhaltig aber, so vermutet Hagenbuch, habe ein „gewisser Zynismus, der in solchen Kreisen herrsche"*[16] *einen tiefen Eindruck auf den Heranwachsenden hinterlassen.*

Die Partys, von denen Ernst Zedermann in Wirklichkeit nur insgesamt zwei besucht hat[17]*, werden auch als einer der Gründe für das plötzliche Verstummen von Ernst Zedermann angesehen.*
Eines Tages im Mai 1965 war aus Zedermann kein Wort mehr herauszubringen; auch nicht als der Vater in einem Wutanfall, der dadurch ausgelöst wurde, dass Zedermann keine Antwort auf die Frage gab, ob er, Zedermann, ihn, den Vater, verstanden habe, Ernst Zedermann prügelte. Bisher war es bei aller Unverständlichkeit der Ausdrucksweise Zedermanns immer noch gewährleistet, dass die ihm nahestehenden Menschen immerhin das Gefühl hatten, dass Zedermann sie wenigstens richtig

verstehe. Aber auch unter Prügel ließ Zedermann nun kein Wort mehr heraus und verweigerte auch zustimmende oder ablehnende Gesten.

Zur Zeit seines Verstummens konnte man erstmals feststellen, dass sich bestimmte Ausdrücke von ihm inzwischen durchsetzten. Die Schulklasse, aus der er entfernt worden war, benutzte gerne bestimmte Ausdrücke wie „Rabotti" oder „Zonteborros". Auch in der Familie waren inzwischen „Der Kosmos kommt" oder „Zong der Wald" stehende Redewendungen geworden. Am bekanntesten wurde das von ihm geprägte „verludeln", das sich in weiten Kreisen durchgesetzt hat und praktisch in den Wortschatz eingegangen ist.
Das Verstummen von Ernst Zedermann ist nach der Auffassung von Hagenbuch, wie er wörtlich sagt, „nur konsequent"[18], es sei eine notwendige Entwicklung, da der konsequent durchgeführte Idiolekt letztlich zum Verstummen führen müsse[19].

Die Eltern berichten, dass ihnen ein stummer Ernst Zedermann angenehmer im Umgang gewesen sei. Früher habe er verwirrend dazwischengeredet, ohne dass man einen Sinn darin sehen konnte, und die vielen Ausdrücke, die er früher von sich gegeben habe, hätten die Eltern nur erschreckt, weil sie mit großer Ernsthaftigkeit vorgetragen wurden, aber andererseits vollkommen ohne Sinn waren.

Dennoch schrieb Ernst Zedermann heimlich weiterhin Texte, die eines Tages von seinem Vater gefunden wurden. Als der Vater ihm das Schulheft, vollgeschrieben mit Zedermann-Texten, abnahm, habe Ernst Zedermann nur laut geschrien – ein letztes Mal.

Der Vater habe das Heft deswegen an sich nehmen wollen, um zu sehen, ob er oder Fachärzte in der Lage wären, aus den jüngeren Texten, die Zedermann nach seinem Verstummen geschrieben haben musste, eine Erklärung für eben das Verstummen herauszulesen, oder ob man vielleicht Aufschluss erhalten könne darüber, ob Sohn Ernst Zedermann noch wegen der derzeitigen Prügelstrafe grolle oder ob er die Entschuldigung des Vaters akzeptiert habe.

Diese Texte von Zedermann sind es, die später als die sogenannten „Texte der Schweigeperiode'[20] *eine gewisse Berühmtheit erlangten und in Fachkreisen z. T. heftig diskutiert wurden.*

Hagenbuch sieht in diesen Texten den Versuch, „ ... ein eigenes, in sich stimmiges Weltbild herzustellen"[21]*, da das alte nicht mehr als tauglich angesehen werde. Hagenbuch erkennt gewisse ordnungsbildende Prinzipien in den Texten und schließt daraus, dass Zedermann auf dem Wege sei, eine „Theorie der Isolation*[22] *zu entwickeln; besonders stützt sich seine These auf den folgenden Text, der die Werknummer* XXII[23] *trägt:*

> *„Hudelver beide Leibesprachter Rabotti die Tonne holch mein Hermodel versemmelte Jumpe, oh Bernika zwiefach gedulpertes Schweifeln dermorgen vergelblichbar moster Schimpose… "*[24]

Hyram T. Marshall dagegen schließt sich zwar der Auffassung von Hagenbuch bis zu einem gewissen Grade an, sieht aber die Texte mehr im Zusammenhang mit seiner Gesamtpersönlichkeit und einer Haltung, die er als die

„Haltung der durchgeführten Verweigerung"[25] *bezeichnet, worin er, Marshall, ein Protestpotential sieht, das noch aufgearbeitet werden müsse. Immerhin bedeute das Leben und Werk von Ernst Zedermann eine Stellungnahme zur heutigen Gesellschaft, die ernst genommen sein wolle, und Marshall erinnert in diesem Zusammenhang an die vielen Insassen von Heilanstalten und andere „an der Gesellschaft Gescheiterte, ... die sich auch nicht mehr verständlich machen können."*[26]

Breuer dagegen hält den Ansatz von Hagenbuch für „völlig verfehlt"[27]*, es sei sinnlos, so Breuer, in den Texten Zedermanns nach einem System zu suchen – wenn auch nur nach einem sich eben erst bildenden –, wenn man gleichzeitig behaupte, dass sich die Texte jeglichem System und jeglicher Systembildung entziehen wollten, wie Hagenbuch das selber an anderer Stelle tue.*
Marsballs Ansatz dagegen hält Breuer für „zu platt politisch"[28]*. Zwar läge es auf der Hand, eine gewisse Verweigerungshaltung zu konstatieren, aber nur soweit man sich selbst auf das Niveau von Zedermanns Denken begebe, was aber „völlig uninteressant"*[29] *sei, so Breuer, da ja schließlich die Aufgabe der Literaturwissenschaft darin bestehe, über die „subjektive Befangenheit des Autors hinaus"*[30] *die Texte nicht nur besser zu verstehen, als es der Autor selber tut, sondern vor allem, die Texte im Kontext zu betrachten, und das heißt für Breuer insbesondere, die Wirkung der Texte – auch „völlig losgelöst vom Autor"*[31] *– zu berücksichtigen.*
So gesehen erkennt Breuer, dass Zedermanns Texte den Falschgebrauch der Sprache und die Achtlosigkeit in der Wortwahl von einer radikalen Position aus beleuchten, wobei die Texte „unversehens eine gesellschaftskritische

Aussage"[32] *hätten, nämlich als Warnung. So ergehe es uns, will Zedermann uns – gemäß Breuer – sagen, wenn wir auf unsere Sprache nicht aufpassen.*

Breuer weiter: „Da, wo bürgerliche Sprachpfleger und der große Karl Kraus noch korrigierend eingreifen wollten, führt Zedermann die schonungslose Konsequenz an sich selber vor, ohne Hoffnung auf Korrekturmöglichkeit. Er (Ernst Zedermann, T. W.) ist einer der letzten großen Mahner und einer der letzten wahren Individualisten."[33]

Wiesenthal betont in seinem Buch ‚Ästhetik und Innovation[34] *mehr die literarischen Qualitäten Zedermanns und stützt sich dabei besonders auf das Werk mit der Kennnummer* XVI, *ein Werk, das auf den Sommer 1968 datiert wird:*

> *„Hazunga do Rafelti Raschzett*
> *Nopasta nopolko nikaltum belz*
> *Maltscheck Hochsieben Woda Weh ..."*[35]

Hier könne man das Bestreben sehen, zu „eigenen ästhetischen Kategorien"[36] *zu gelangen, wenn auch ganz „anders als Hagenbuch sich das vorstellt."*[37] *Schließlich sei in einer falschen Welt die Wahrheit höchstens im Abseits als Ahnung möglich: „Allein die Unverständlichkeit der Texte garantiert, dass sie gegenüber dem gesellschaftlich Falschen immun bleiben"*[38]*, und so gesehen hat Wiesenthal überhaupt keine Schwierigkeiten, die Texte zu verstehen.*

Scharf kritisiert wird Wiesenthal von einer Arbeitsgruppe Marburger Studenten, die in einer Polemik die spitze

Bemerkung machen, dass Wiesenthal sich „wohl selber nicht ganz verstehe"[39]. Außerdem machen die Marburger Studenten geltend, dass „Arbeiter mit den Texten von Zedermann nichts anfangen können"[40] und dass die Progressivität, die den Texten Zedermanns von „Wiesenthal, Marshall und deren Nacheiferern"[41] unterstellt werde, nur angedichtet sei, weil sich damit die Professoren selber „in Progressivität sonnen"[42] wollten und hier „endlich eine prima Ausrede (sic!) für ihre eigene Unverständlichkeit"[43] gefunden hätten.

Erwähnenswert bliebe noch eine Interpretation, die jedoch einen gewissen Außenseiterrang innehat, nämlich die im ‚Mitteilungsblatt für Christen'. Hier wird vom Verfasser Jänichen die „Arroganz der Texte"[44] gegeißelt, hier „kümmert sich jemand nicht mehr um seine Mitmenschen"[45], schreibt Jänichen. Aus einigen Texten könne er die Aufforderung, sich nackte Frauen anzugucken, herauslesen, ansonsten sind die Texte für ihn „weitestgehend unverständlich"[46].

Ernst Zedermann war nun herangewachsen, hatte aber noch nicht wieder angefangen zu sprechen. Dennoch gelang es ihm, sich die verschiedensten Aufsätze und Veröffentlichungen über ihn zu besorgen, die ihm z. T. auch zugesandt wurden, und man hatte den Eindruck, als würde er sogar verstehen, was da über ihn geschrieben wurde, zumindest hatte er verstanden, dass über ihn allerhand veröffentlicht worden war.

Nun machten sich die verschiedensten Interpretationsrichtungen Hoffnungen, dass Zedermann vielleicht durch sein Verhalten andeuten würde, ob er mehr der einen oder mehr der anderen Richtung zustimme, und man hoffte, dass sein Verhalten Licht auf die Interpretation werfe, wenn Breuer auch die Meinung vertrat, dass „jegliches weitere Verhalten von Zedermann selber nichts mehr an der Bedeutung der bisherigen Texte ändert."[47]

Am 15. April 1975 *fand die berühmte Bücherverbrennung von Bebenhausen statt. Ernst Zedermann verbrannte alle ihm zur Verfügung stehenden Aufsätze über ihn zusammen mit neueren Texten auf einem öffentlichen Platz in Bebenhausen. Dort wohnte er inzwischen mit einer Cousine, die ihn pflegte. Sein literarischer Rang und seine gute Führung hatten ihn vor einer Einlieferung in ein Sanatorium bewahren können, nun aber wurden erneut Stimmen laut, die eine Einlieferung für notwendig erachteten, zumal die Bücherverbrennung, wie Wiesenthal es nennt, „gegen jeglichen guten Geschmack"*[48] *verstoße, und auch wenn man sie als „polyvalente Aktion"*[49] *ansehe, wie Marshall dies tut, könne man doch nicht darüber hinwegsehen, dass diese symbolische Aktion in ihrem „Symbolgehalt belastet" sei, was „Zedermann hätte wissen müssen"*[50].

Hagenbuch sieht in der Aktion Zedermanns „eine Fortsetzung der Theoriebildung mit anderen Mitteln"[51], *während Breuer von einer „völlig neuen Kategorie"*[52] *spricht.*
Unter allen Interpreten sticht nun besonders der Aufsatz von Wilderfeld hervor, der von einer „Defensive eines Verzweifelten"[53] *spricht und in seinen Ausführungen alle bisherigen Interpretationsrichtungen scharf angreift. Seine Angriffe geben sogar, wie Hagenbuch meint, über „den Rahmen des Üblichen"*[54] *hinaus. U. a. wirft Wilderfeld den verschiedenen Richtungen vor, dass sie, wie er es nennt, aus „Anstand"*[55] *die Texte gar nicht erst hätten interpretieren dürfen, „ ... wo sie doch sowieso alle der Auffassung*

sind, dass der Sinn der Texte in der Unverständlichkeit liegt."[56] Die Erklärungsversuche machten die Texte „auf neue Weise sinnlos".[57] Die Interpreten hätten, so Wilderfeld, nicht begriffen oder nicht begreifen wollen, dass Zedermann eben das Angebot, in ihren Interpretationen aufgehoben zu sein, ablehnen müsse, wenn er wirklich unverständlich sein wolle. Die Interpreten hätten aber dem Sichentziehenwollenden regelrecht nachgestellt mit ihren Theorien, die doch nichts anderes als neues Entziehen hervorrufen könnten. Wilderfeld wirft den Interpreten ein „von starkem Eigeninteresse geleitetes Herangeben"[58] vor und fordert schließlich „einen totalen Interpretationsstop"[59].

Nur kurze Zeit nach Erscheinen dieses bemerkenswerten Aufsatzes, der für ein neuerliches Aufleben der Diskussion um Zedermann sorgte, wurde Wilderfeld erschossen aufgefunden. Als Tatverdächtiger wurde Ernst Zedermann festgenommen, der die Tat zwar nicht gestand, sondern von seinem Schweigerecht Gebrauch machte, aber durch eine Kette von Indizien mit an Sicherheit grenzender Wahrscheinlichkeit als Täter angesehen werden kann. Die Motive für die Tat sind den zuständigen Behörden allerdings unklar.

Die bekannte satirische Zeitschrift ‚Hände hoch' spricht in der Septembernummer von einem „makabren Werbegag"[60], da die Reprintausgabe der ‚Texte der Schweigeperiode' inzwischen von einem renommierten Verlag als Faksimile herausgegeben wurde. Die Texte werden von einer breiten Leserschaft als eine Art Geheimsprache von Verliebten verstanden, ungeachtet der Tatsache, dass Zeder-

mann selber keine Begegnung mit dem anderen Geschlecht hatte,
Breuer bezeichnet die Tat Zedermanns als „deutlichen Kommentar zu dem Aufsatz von Wilderfeld"[61], der, so Breuer, „insgesamt etwas zu derb" ausgefallen war und „beleidigend nicht nur für Zedermann"[62].
Hagenbuch dagegen sieht hier seine Konsequenztheorie nur bestätigt; denn Zedermann hätte mit der „ihm eigenen tragischen Folgerichtigkeit versucht, denjenigen aus der Welt zu schaffen, von dem er noch verstanden würde."[63]
Marshall dagegen hält den Ausdruck ‚folgerichtig', den Hagenbuch hier verwendet, für verfehlt und für „reines Wunschdenken"[64].

Inzwischen gab Roth den Sammelband ‚Die Zedermann-Debatte in Texten und Dokumenten' heraus, und dort heißt es u. a. im Vorwort:

„Dieser Band versucht, die unterschiedlichsten Richtungen zu Wort kommen zu lassen und auch neuere Aufsätze der Textlinguistik zu berücksichtigen. Das Phänomen Zedermann, der Wortspiel-Dichter bis zur letzten Konsequenz, der Herausforderer des Systemdenkens, kann nicht auf einen einfachen Nenner gebracht werden; so versucht der vorliegende Band, der zugestandenermaßen unvollständig bleiben muss, durch das disparate Aneinanderreihen der verschiedensten und z. T. widersprüchlichen Aufsätze dem Gegenstand insgesamt mehr gerecht zu werden, als eine der einzelnen hier zusammengestellten Theorien das für sich alleine könnte."[65]

Mensch, den kenn ich doch, Thomas erlebte eine Wiedererkennungs-Verwirr-Sekunde, na klar: Das

ist doch der Buchverkäufer von gestern, Antiquariat, erster Stock. Tatsächlich, das muss er sein. Es war auch gerade die Tageszeit, in der gut Mittagspause sein konnte, warum soll ein Verkäufer nicht auch mal außerhalb des Bauchladens in der Fußgängerzone rumlaufen? Thomas hatte ihn natürlich nicht erwartet, in seinen Gedanken stand der Buchverkäufer immer noch neben der Statue im Antiquariat.
„Hallo, hallo, wie gehts!" rief Thomas überschäumend, aber der Buchverkäufer tat, als hätte er Thomas nicht bemerkt, vielleicht hatte er ihn auch tatsächlich nicht bemerkt. Thomas war eher der Meinung, dass er nur so tat als ob, aber woher soll man das schon wissen.

Der Verkäufer war weitergegangen, und Thomas war noch verdattert, dass der andere nicht zurückgegrüßt hatte, dass er nicht mehr der freundliche Verkäufer von gestern war, sondern jemand, der es möglicherweise einfach eilig hatte; vielleicht musste er auch schnell wieder in den Laden zurück. Ja, ja, Thomas ertappte sich dabei, wie er Ausreden für seinen Freund bereitlegte, nur damit er nicht daran glauben musste, dass der ihn einfach ignoriert hatte. Ist ja auch eine bodenlose Arroganz, anzunehmen, dass jemand, der im Laden freundlich war, auch auf der Straße freundlich zu dir sein muss. Ich kann ja auch nicht von Kellnern, wenn ich sie auf der Straße wiedertreffe, erwarten, dass sie mich ansprechen und fragen, ob ich Wünsche hätte und ob sie mir was bringen können.

Die verschiedenen Räume sind eben verschiedene Welten, und ein Verkäufer oder Kellner muss auch das Recht haben, außerhalb seines Pflichtraumes muffig zu sein – na ja, auch innerhalb, ich würde es am liebsten allen Verkäuferinnen erlauben, muffig bis dorthinaus zu sein, und den Damen in der Kosmetikabteilung sagen, sie brauchten sich meinetwegen nicht zu schminken, und die Herren von der Herrenbekleidungsabteilung brauchten meinetwegen nicht mit Anzug und Bügelfalten arbeiten, und Jungs von der Schallplattenabteilung brauchten meinetwegen nicht den ganzen Tag mit dem Fuß zu wippen, die sollten meinetwegen ruhig alle jederzeit und jederorts so sein, wie ihnen zu Mute ist, so, Zong, alle sollen das, Zong, Zong, weil ich das so will. Ich will das so, und alle sollen ab jetzt nur noch das machen, was sie wollen.

Nein, nein, das konnte alles nicht darüber hinwegmogeln, dass Thomas sich schlicht und einfach beleidigt fühlte von dem Buchverkäufer: Der sollte zu seiner griechischen Statue gehen und sich daneben auf den Sockel stellen und überhaupt ...

[1] *Viele glauben, dass der Ausdruck 'motion picture' von daher kommt. Besonders gutgläubige Leute meinen sogar, dass ‚motion picture' die Kurzform von ‚emotion picture' ist – stimmt aber nicht.*

[2] *Eine Übersicht über Erwähnungen und Einschätzungen von Ernst Zedermann findet sich bei: Roth, Gottlieb: Die Zedermann-Debatte in Texten und Dokumenten. Köln 1979 Hier findet sich auch ein ausführliches Literaturverzeichnis.*

[3] *Dencker, Klaus Peter: Deutsche Unsinnspoesie. Stuttgart 1978. S. 14*

[4] *Borowsky, Kay: Goethe liebte das Seilhüpfen, Eine sehr vertrackte Literatur-*

geschichte der Eigenarten von Goethe bis Handke. Tübingen 1950. S. 42 f.
[5] *Vergleiche dazu auch: Liede, Alfred: Dichtung als Spiel, Studien zur Unsinnspoesie an den Grenzen der Sprache, Bd. 1. Berlin 1963*
[6] *Breuer, Thomas: Individualität und Sprache, Das Beispiel Zedermann. Trier 1974. S.* 55
[7] *Marshall, Hyram T.: Medien, Mode und Meinung, Die Grenzen der Individualität. München 1975. S. 214*
[8] *Biographische Hinweise sind entnommen aus: Schulz, Gerhard: Ernst Zedermann, Leben und Werk eines gescheiterten Dichters. München 1974*
[9] *Hagenbuch, Hanns Dieter: Sondersprachen. Köln 1968*
[10] Schulz: Ernst Zedermann, a. a. O., S. 122
[11] *ebenda, S. 136*
[12] *ebenda, S. 148*
[13] *ebenda, S. 171*
[14] *Keuler, Gerd (Hg.): 200 freche Witze. Stuttgart* 1951 *Der Hinweis auf das Witzbuch entstammt ebenfalls: Schulz:*
Ernst Zedermann, a. a. O., S. 184
[15] *Hagenbuch, Hanns Dieter: Chronik des Verstummens, Zum Werdegang von Ernst Zedermann. Köln 1976*
[16] *ebenda, S. 240*
[17]*, ebenda S. 106*
[18] *Hagenbuch: Sondersprachen, a. a. O., S. 204*
[19] *ebenda, S. 244*
[20] *Ihme, Reinhard (Hg.): Ernst Zedermann, Das Gesamtwerk. Stuttgart 1968*
[21] *Hagenbuch: Sondersprachen, a. a. O., S. 208*
[22] *ebenda, S. 311*
[23] *Die Werknummern beziehen sich auf die Ausgabe von Ihme, siehe auch Anmerkung 20*
[24] *Ihme (Hg.): Ernst Zedermann, a. a. O., S. 412*
[25] *Marshall: Medien, Mode und Meinung, a. a. O., S. 202*
[26] *ebenda, S. 324*
[27] *Breuer: Individualität und Sprache, a. a. O., S. 48*
[28] *ebenda, S. 98*
[29] *ebenda, S. 105*
[30] *ebenda, S. 107*
[31] *ebenda, S. 133*
[32] *ebenda, S. 154*
[33] *ebenda, S. 155, 156*
[34] *Wiesenthal, Ernst: Ästhetik und Innovation. Frankfurt* 1973
[35] *Ihme (Hg.): Ernst Zedermann, a. a. O., S. 152*
[36] *Wiesenthal: Ästhetik und Innovation, a. a. O., S. 44*
[37] *ebenda, S. 44*

[38] *ebenda, S. 82*
[39] *Arbeitsgruppe Marburger Studenten (ohne nähere Namensangabe): Thesen zu Zedermann, Ms. Marburg o. J., o. S.*
[40] *ebenda*
[41] *ebenda*
[42] *ebenda*
[43] *ebenda*
[44] *Jänichen, Erhard: Viel Wirbel um wenig Worte. In: Weiner u. a. (Hgg.): Mitteilungsblatt, Jg. 16, Heft 4. Rottenburg seit 1949. S. 53. Vergleiche auch: Jänichen, Erhard: Irrlehren des Kapolto. In: Weiner u. a. (Hgg.): Mitteilungsblatt, Jg. 10, Heft 2. Rottenburg seit 1949. S. 12 ff.*
[45] *Jänichen: Viel Wirbel um wenig Worte, a. a, O., S. 54*
[46] *ebenda, S.* 56
[47] *Breuer: Individualität und Sprache, a. a. O., S.* 77
[48] *Wiesenthal, Ernst: Die Grenzen der Verstehbarkeit. In: Roth, Gottlieb (Hg.): Die Unverstandenen. Stuttgart 1980. S. 211*
[49] *Marshall, Hyram T.: New Light on Zedermann's works. In: University of Michigan Papers, Ann Arbor 1980. S. 101*
[50] *Wiesenthal: Die Grenzen der Verstehbarkeit, a.a.O., S. 211*
[51] *Hagenbuch, Hanns Dieter: Das Recht anders Zu sein. Die Vereinzelung des Ernst Zedermann. In: Roth, Gottlieb (Hg.): Die Unverstandenen. Stuttgart 1980. S. 68*
[52] *Breuer. Thomas: Über den Gipfeln ist keine Ruhe, Zur Interpretation von Ernst Zedermann. In: Roth, Gottlieb (Hg.): Die Unverstandenen. Stuttgart 1980. S. 205*
[53] *Wilderfeld, Martin: Das Elend der Interpretation, Oder: Lasst Ernst Zedermann in Ruhe. In: Simon, Bert (Hg.): Temperamente, Eine literarische Illustrierte, Jg. 2, Heft 1. Berlin seit 1979.* S. 23
[54] *Hagenbuch, Hanns Dieter: Das System im Chaos, Von Schelling bis Zedermann. In: Wagner u. a. (Hgg.): Zeichen der Zeit, Jg. 22, Heft 2. Hamburg seit 1958. S. 114*
[55] *Wilderfeld: Das Elend der Interpretation, a. a. O., S.* 27
[56] *ebenda.* S. 28
[57] *ebenda.* S. 31
[58] *ebenda.* S. 32
[59] *ebenda.* S. 33
[60] *Dimus, Albert (Hg.): Hände hoch, Die große deutsche Satire-Zeitschrift, Jg.* 25, *Heft 11. Frankfurt seit 1955. S. 44*
[61] *Breuer, Thomas in einem Interview im SWF III für die Sendung ‚Notizen aus der Provinz' am 2.* 3. *1980*
[62] ebenda
[63] *Hagenbuch, Hanns Dieter: Konsequente Isolation, unveröffentlichtes Manu-*

skript, o. J. S. 4. Vorgetragen bei einer Germanisten-Tagung in Göttingen im März 1980
[64] *Marshall, Hyram T.: Die Herausforderung des Systemdenkens. In: Bayer, Jan (Hg.): Stilepochen der Jetztzeit, Von Pop bis Punk. Stuttgart-London 1980. S. 122*
[65] *Roth: Die Zedermann-Debatte, a. a. 0., S. 7*

6. In Zeiten von Not und Pest

Thomas geriet in die Nähe einer Reisegruppe, die durch die Fußgängerzone geführt wurde. Sie folgten einem Fremdenführer, der aussah wie ein Student: Stiefel, Jeans, T-Shirt mit abgebildetem Stadttor, halblange Haare, Bart. Klar, die Touristenführer von heute sehen anders aus als Museumswärter in Uniform.

Thomas merkte gleich, dass der Fremdenführer offensichtlich den Auftrag hatte, im Dialekt zu sprechen, und zwar so, dass es echt klang und doch verständlich blieb. Außerdem musste er möglichst oft sagen: Des isch tibbisch; was wohl heißen sollte: Das ist typisch.

Die Reisegruppe formierte sich vor einem Haus, an dem Thomas nichts Besonderes bemerkt hatte, zu einem Gruppenbild, und Thomas hatte seine diebische Freude daran, sich einfach dazuzustellen. Es ist wohl einer der Standardwünsche von Spaßmachern, auf Gruppenbildern mit drauf zu sein, als einer, der nicht dazugehört, und sich vorzustellen, wie die andern nachher das Foto angucken und sich fragen: Ja, wer ist denn das da mit dem blöden Grinsen, der grinst so blöd, wer kann denn das sein? Alle kenne ich, bloß den mit dem blöden Grinsen kenn ich nicht.
So einen Scherz wollte Thomas gerne machen.

Der Fremdenführer konnte erstaunlich gut mit den verschiedenen Fotoapparaten umgehen, vielleicht gehörte es zu seiner Spezialausbildung. Eine ganze Sammlung von Apparaten lag auf einem Brunnenrand, und er nahm eine Kamera nach der anderen vor und fotografierte die Gruppe.
Schließlich war er fertig, verteilte die Kameras wieder, die Führung war hiermit beendet.

„So, jetzt noch schnell ein Bild von Ihnen”, sagte ein Tourist, als ihm die Kamera wieder ausgehändigt wurde.

„Das war so nett, wirklich, das haben Sie so nett gemacht, können Sie nicht nochmal den Witz von dem Mönch und seinem Sohn erzählen? Ach, bitte, erzählen Sie den nochmal, den fand ich so herzig."
Einige gaben Trinkgeld, viele legten Wert darauf, sich mit Handschlag zu verabschieden.

Ruckartig breitete sich Hektik unter der Mannschaft aus, das Gefühl, dass es nun aber gut sei, dass man schnell zurück zum Bus müsse, die Gruppe hatte es mit einenmal eilig und ließ den Fremdenführer stehen. Der zählte sein Trinkgeld am Brunnenrand. Nur Thomas war übrig.
„Eene goht no dr Bus naus."
„Ich gehöre nicht zur Gruppe, ich stehe hier nur zufällig." Thomas hatte das Gefühl, dass er hier besonders auf seine Worte aufpassen musste. Für ihn war das da ein Agent von der Gegenseite oder ein unschlüssiger Doppelagent, jedenfalls spürte Thomas gleichzeitig Wesensverwandtschaft und Unverbrüderlichkeit, ein Gefühl wie ein mixed package, wie die Amerikaner sagen. „Sind Sie von hier? Sie sprechen den Dialekt so gut."
„I wohn scho do."
„Deshalb kennen Sie auch die Häuser hier wie Ihre Westentasche."
„I be zwoar scho lang do, abr dass des des berihmde Geedehaus isch, han i au lang ed gwißt."
„Was für ein Haus?"
„Des berihmde Geedehaus."
„Goethehaus?"
„Ja."

„Und Sie wussten selber nicht, dass das hier das Goethehaus ist?"
„Han i lang ed gwißt."
„Weiß man das nicht, wenn man hier wohnt?"
„Do ben i lang oifach so dra vorbeiglaufa."
„Ja, ja, so geht das oft. Man sieht nur, was man weiß."
„Desch abr ed woar."
Thomas stockte: Na so was: „Nicht? Ich dachte, Sie geben Wissen an die Leute weiter, damit die auch was sehen."
„D Leit sehet sowieso nix, weil se wellet, dass mr glei älles fodografierd."
„Wieso sehen die nichts?"
„I han doch vorhin des Grubbefodo voram Geedehaus gmacht."
„Ja und?"
„Von dene hot koinr des Geedehaus agucka kenne."
„Wieso nicht?"
„Na die send doch alle mit m Buckel zom Geedehaus gstanda."
„Was?"
„Mit m Buckel. Die hend doch henda koine Auga. Wenn se henda Auga hettat, no kenntat se sicher gleichzeitig s Geedehaus agucke ond sich voram Geedehaus fodografiera lassa, wie se grad en d Kamera lächlad. Weil se abr bloß vorne Auga hend, gucked se lieber en d Kamera."
„Das stimmt. Doch, richtig. Die hätten natürlich auch die Möglichkeit, das Goethehaus anzugucken und sich dabei von hinten fotografieren zu lassen."

„Noi, des wellet die abr ed. Die wellet sich selber seha. Des isch tibbisch."

„Was ist das für ein schönes T-Shirt mit dem Stadttor drauf? Verkaufen Sie die?"
„Noi."
„Und was ist das für ein Tor?"
Der Fremdenführer fischte betont unlustig eine Tüte Gebäck aus einem tragbaren Bauchladen, der auf dem Brunnenrand abgestellt war: Märtyrer-Gebäck, nur 7 DM. Thomas war fast erleichtert, dass er mal wieder was kaufen konnte und gleichzeitig für seine Fragen bezahlen durfte. Auf der Tüte war ein Stadttor abgebildet, schematisch; quer aufgedruckt war der Hinweis: hergestellt nach alten Rezepten; und in altdeutscher Schrift stand ganz unten:

> Altes Brot ist nicht hart –
> Kein Brot, das ist hart.

Die Tüte knisterte ganz schön, gut, dass Thomas damit nicht gerade im Kino saß. Auf der Rückseite war die Legende vom Märtyrer nacherzählt. Thomas riss die Tüte auf, probierte ein Stück Gebäck – es schmeckte etwas trocken – und überflog die Tütenaufschrift möglichst schnell. Er wollte das Gespräch mit dem Fremdenführer nicht allzu lange unterbrechen.

> Das Märtyrer-Tor
> In unserem Städtchen trug es sich zu, dass vor langer, langer Zeit die Pest ausbrach

> und ein Mann sich retten wollte vor der Plage und sich also anschickte zu fliehen. Da aber erschien ihm die Stimme Gottes, gerade als er im Torbogen stand, und redete ihm ins Gewissen, derart, dass er in Zeiten von Not und Pest das Städtchen nicht verlassen dürfe. Aus Angst vor der Pest wollte der Mann aber auch nicht in dem Städtchen bleiben, und da er also weder rein noch raus wollte, blieb er im Torbogen stehen. Die Pest kam und ging, und die Hälfte der Bevölkerung starb, die andere aber überlebte. Da hätte er wieder zurückkehren können, aber er schämte sich, weil er halb geflüchtet war, und er bestrafte sich nun selbst, auch den Rest seines Lebens im Torbogen zu bleiben. Seit dieser Zeit trägt das Stadttor den Namen Märtyrer-Tor. Die Bevölkerung des Städtchens brachte ihrem Märtyrer im Torbogen Wasser und altes Brot. Daran erinnert das Märtyrergebäck – hergestellt nach alten Rezepten.
>
> Breuers Märtyrer-Gebäck
> Hm, das schmeckt.

Thomas kaute und schluckte.

„Für mi als Fremdenführer wars no halt des Problem, dass mr s Heutor halt ed so gut fodografiera ka, s Schdeintor abr richtig schee isch zom fodografiera."
„Was? Das Heutor ist schlecht zu fotografieren? Aber das Steintor sieht gut aus?"

„Ja, ond d Leit hend sich emmer voram Schdeindor fodografiera lassa, ond wenn i no gsagt hen, des isch abr gar net s sogenannte Tor des Märtyrers, no warat se sauer ond hend sich ogern halt au no voram Heutor fodografiera lassa."
„Also zweimal ein Gruppenfoto?"
„Ond no han i halt oimal nemme mitgemacht ond han glei gsagt, dass s Schdeintor au des sogenannte berihmde Tor des Märtyrers isch."
„Aber in Wirklichkeit ist das Heutor das Tor des Märtyrers?"
„Isch jo jetzt au egal, in welchem Tor der gschtanda isch, isch au lang gnug her, die Legende isch von anno 1430, ond seither send die Tore sowieso neu baut worda."
„Beide sind neu gebaut worden?"
„Des send koine Originaltore mehr aus dr Zeit von dr Pescht, die send nachbaut, ond no han i halt geschwind aus m Schdeintor s berihmde Tor des Märtyrers gmacht."
„Und keiner hat was gemerkt?"
„Noi."

„Ich muss mich wirklich beeilen jetzt. Mein Zug geht gleich. Können Sie mir vielleicht sagen, wie ich am schnellsten zum Bahnhof komme, oder können Sie das als Fremdenführer nicht?"
Die letzte scharfe Bemerkung hatte der Fremdenführer wohl nicht verstanden, jedenfalls ließ er sich nichts anmerken. Natürlich hatte Thomas nur gefragt, um zu testen, ob er nun auch noch in Dialekt reden würde. Außerdem wollte er schnell weg von hier.

„Da gangat Se gradaus bis zum Hosacenter, no bei dr Brotboutique links bis zur Märtyrer-Apothek. Do weiter links auf da City-Sex-Shop zu, bei dr Raga-Boutique rechts bis zur Dresdner Bank, da isch au a Gschäft für neue Mebel, ond do frogat Se am beschta nomol."
„Danke."

Das stärkere Gift

Alte Gymnasialklassen waren im Theater. Gegeben wurde ‚Hamlet' von Shakespeare in der Originalübersetzung von Schlegel und Tieck, also ordentlich klassisch. Der Stoff wurde allgemein für die humanistische Bildung gebraucht und speziell für die Englischklassen. Außer einigen echten Shakespeare-Verehrern und Abonnementsbesuchern war auch ein Kritiker einer größeren Lokalzeitung anwesend. Dieser Kritiker war freier Mitarbeiter und hatte das Kürzel U. F.; er hatte seinen Notizblock schon weggepackt, denn er konnte ja nicht ahnen, dass sich zum Schluss die Ereignisse noch dramatisch verdichten würden.

Das Stück ‚Hamlet' enthält bekanntlich verschiedene Botschaften, und verschiedene Interpretationsrichtungen haben sich bereits an diesem vieldeutigen Thema versucht. Für die anwesenden Gymnasiasten hatte das Drama vor allem die Aussage, dass man niemals zwei Ausreden auf einmal verwenden soll. Das war die konkrete Bedeutung für Schüler.

Bei ‚Hamlet' versuchen ja die Bösen, also König Claudius und Laertes, den jungen Hamlet umzubringen, und dabei machen sie eben den Fehler, dass sie mit zwei gezinkten Karten gleichzeitig spielen wollen. Erstens wird der Degen vergiftet, so dass Laertes im Duell den armen Hamlet nur kurz anpieksen muss, und Hamlet muss sterben, und dann wird zu allem Überfluss noch, zweitens, das Erfrischungsgetränk vergiftet, das Hamlet zwischendurch in der

Duellpause trinken soll. So meinen die beiden unfairen Verräter, dass doppelt genäht nichts schiefgeben kann, und das ist eben genau falsch! Die Schüler kannten diese Problematik gut: Verwende niemals zwei Tricks gleichzeitig. Wenn einer sagt, er hätte seine Hausaufgaben nicht gemacht, weil er sich unwohl gefühlt hätte, und er hätte außerdem das Heft vergessen,, dann ist eben alles gepfiffen, das geht nicht! Man muss sich auf eine Strategie einigen und die durchziehen, sonst endet alles tragisch, wie bei ‚Hamlet'.

Die Schüler guckten immer häufiger auf ihre Digital-Uhren. Die berühmte Sein-oder-nicht-sein-Stelle war schon lange vorbei. Da hätten einige beinah gelacht, wenn der Englischlehrer nicht gewesen wäre mit seinem strengen Präventivblick. Das Stück zog sich nun sehr in die Länge.

Erst im letzten Akt wurde es wieder interessant; denn jetzt konnten die Schauspieler zeigen, ob sie auch fechten konnten. Der letzte Akt von ‚Hamlet' bringt bekanntlich rasante Fechteinlagen mit dem berühmten Duell: Laertes vs. Hamlet.
Hamlet kann besser fechten, aber in Wirklichkeit ist sein Tod besiegelt, sobald er den kleinsten Stich mit dem vergifteten Degen abgekriegt hat.
Alle im Publikum wissen, dass Hamlet bald sterben muss, nur er selber weiß noch nichts und gewinnt ordentlich im Fechten, und seine Mutter, die Königin Gertrude, ist ganz begeistert von ihrem Sohn, weil der so toll fechten kann, und trinkt aus Übermut von dem vergifteten Trank.

Der König Claudius kann sie ja nicht davon abhalten, weil er sich damit selbst verpetzen würde. Das hat er nun davon, dass er alles mit doppeltem Boden haben wollte! Konnte ja nicht gut gehen.

Hamlet und Laertes sind mitten im Kampf. Hamlet reizt Laertes: „Ihr tändelt."
Nun erlebt der Kampf seinen Höhepunkt:
Laertes: „Meint Ihr? Wohlan!"
(Sie fechten.)
Osrick, ein Hofmann: „Auf beiden Seiten nichts."
Laertes: „Jetzt seht Euch vor."
(Laertes verwundet Hamlet; drauf wechseln sie in der Hitze des Gefechts die Rapiere, und Hamlet verwundet den Laertes.)
König: „Trennt sie, sie sind erhitzt."
Hamlet: „Nein, noch einmal."
(Die Königin sinkt um.)
Osrick: „Seht nach der Königin!"
Horatio: „Sie bluten beiderseits. – Wie stehts mein Prinz?"
Osrick: „Wie stehts Laertes?"
Laertes: „Gefangen in der eignen Schlinge, Osrick! Mich fällt gerechterweise mein Verrat."
Hamlet: „Was ist der Königin?"
König: „Sie fällt in Ohnmacht, weil sie bluten sieht."
Königin: „Nein, nein! der Trank, der Trank! – O lieber Hamlet! Der Trank, der Trank! – Ich bin vergiftet."
(Sie stirbt.)
Hamlet: „O Büberei! – Ha! lasst die Türen schließen. Verrat! sucht, wo er steckt."
(Laertes fällt.)

Laertes: „Hier, Hamlet: Hamlet, du bist umgebracht; Kein Mittel in der Welt errettet dich. In dir ist keine halbe Stunde Leben. Des Frevels Werkzeug ist in deiner Hand, Unabgestumpft, vergiftet; meine Arglist hat sich auf mich gewendet: sieh! hier lieg ich, Nie wieder aufzustehen – vergiftet deine Mutter – Ich kann nicht mehr – des Königs Schuld, des Königs!" Hamlet: „Die Spitze auch vergiftet? So tu denn, Gift, dein Werk."
(Er ersticht den König.)

Die Spannung ist nun schon über den Höhepunkt. Jetzt wird abgekegelt, das ist klar, alle müssen sterben, Hamlet hat auch nicht mehr viel Leben in sich.
Aber mitten in die emotionsgeladene Stimmung – als Osrick gerade „Verrat! Verrat!" ausrufen soll – passiert es: Die tote Königin Gertrude fängt schallend an zu lachen. Sie hatte sich schon so merkwürdig auf dem Boden gewunden, aber alle hatten das für die Darstellung des Todeskampfes gehalten. Nun aber lacht die Königin laut und unverschämt, und die anderen stehen verdutzt auf der Bühne und wissen nicht weiter.
Da steht der tote König Claudius wieder auf und postiert sich vorwurfsvoll vor Gertrude, die sich immer noch vor Lachen auf dem Boden wälzt-
„Ich spiel nicht mehr mit!"
Da packt Osrick den König von hinten und versucht ihn wieder umzuwerfen.
„Du bist doch tot, Gustav!"
Aber König Claudius bleibt stehen.
„Da spiel ich nicht mehr mit, das ist doch kein Theater mehr, dilettantisch so was, das ist doch kein Theater mehr."

Und in seiner Wut kickt er die Königin Gertrude, die sich immer noch nicht halten kann vor Lachen, in die Seite.
Da kommt aber der vergiftete Laertes mit gezogenem Degen auf König Claudius zu und droht: „Das hättest du besser nicht gemacht!"
Wütend dreht sich König Claudius um und faucht Laertes an: „Halt du dich da raus. Das ist kein Theater mehr, sag ich dir, und da spiel ich nicht mehr mit."
Nun stürzt Hamlet auf Laertes zu, um ihn zu beruhigen, er umarmt ihn und sagt für die hinteren Reihen etwas unverständlich: „Lass doch gut sein, Fritz."
Königin Gertrude lacht immer noch, König Claudius schreitet wütend auf der Bühne auf und ab, im Publikum hört man vereinzelt Gelächter, das aber schnell durch ungeduldiges „Ruhe"-Rufen verstummt; denn das Publikum ist jetzt ungeheuer neugierig darauf, wie es wohl weitergeht. In der gespannten Stille hört man nur das anhaltende Lachen von Königin Gertrude.
Hamlet und Laertes halten sich umarmt, ein beeindruckendes Bild ..

Da stürmt von hinter den Kulissen Ophelia, die im letzten Aufzug beerdigt worden war, auf die Bühne, dicht gefolgt von den beiden Totengräbern, die „Hier ist etwas faul" rufen und ihr Bestes versuchen, Ophelia zurückzuhalten – vergeblich. Ophelia schreit König Claudius an: „Das wird noch ein Nachspiel haben!"
„Sumpfkuh", brüllt Laertes aus Hamlets Umarmung.
„Du hast wohl den Arsch offen", schreit ein Totengräber und zieht Ophelia am Arm.
„Das ist zu viel, das ist kein Theater mehr, dilettantisch", schimpft König Claudius immer noch.

Das Stück ist geschmissen. Der mühsam aufgebaute dramatische Effekt verpufft. Ein Shakespeare-Verehrer steht entrüstet auf.
„Das ist nicht mehr mein Hamlet", bemerkt er knapp, „mein Hamlet ist das nicht mehr." Er will demonstrativ den Saal verlassen, wird aber dabei von den auftretenden Truppen des norwegischen Königs Fortinbras aufgehalten.
Die Truppen treten von hinten auf, quer durch den Zuschauersaal – eine besondere dramaturgische Variante, die sich an das elisabethanische Theater anlehnt. Die Soldaten sind aber ziemlich verwirrt und wissen gar nicht, was hier gespielt wird. Es sind ja auch keine Profis, nur Statisten, die zwar wissen, dass jetzt ihr Auftritt ist, die sich aber die Verhältnisse am dänischen Hof anders vorgestellt hatten. Nur König Fortinbras und der englische Gesandte gehen mit sicherem Schritt auf die Bühne zu, schließlich sind sie die Sieger, und sie wollen sich ihren Auftritt nicht verderben lassen.

(Fortinbras und die englischen Gesandten und andere kommen.)
Fortinbras: „Wo ist dies Schauspiel?"
Horatio: „Was ists, das Ihr zu sehn begehrt? Wenn irgend Weh oder Wunder, lasst vom Suchen ab."
Fortinbras: „Die Niederlage hier schreit Mord. – O stolzer Tod – "
Weiter kommt Fortinbras nicht. Laertes bat sich aus der Umarmung von Hamlet gelöst und fällt ihm ins Wort.
„Du, Walter, das Stück kannste vergessen."
Der Regisseur kommt von der Seite auf die Bühne und ruft: „Schluss jetzt, Schluss!"

Polonius, der ja durch den Vorhang hindurch erstochen wurde, rennt hinter dem Regisseur her. Beide nach links ab.
„Schluss jetzt!"
König Claudius stimmt sofort ein: „Sag ich ja, das ist kein Theater mehr, das ist kein Theater mehr."
Ophelia fängt jetzt an zu heulen, keiner weiß warum, sie wird gestützt von den beiden Totengräbern.
„Nun hört doch auf, Kinder, beruhigt euch doch", versucht der englische Gesandte zu schlichten, aber keiner hört auf ihn, Hamlet widerspricht sogar: „Mit dir hab ich auch noch ein Wörtchen zu reden."

Schließlich ertönen von hinten Kanonendonner und Artilleriesalven. Das Publikum erschrickt sehr; denn es befürchtet, dass sich der Kampf nun schon ausgeweitet hat, dabei ist das nur die gehorsame Arbeit der Bühnenhintermänner, die auf Drängen des Regisseurs den Schluss-Kanonendonner abspielen.
Da ergreift Fortinbras noch einmal die Gelegenheit und tritt vorne an die Bühne, um seinen Schlusssatz anzubringen. Hamlet will ihm zwar dauernd ins Wort fallen, wird aber von Horatio gebändigt, so dass Fortinbras einigermaßen zurechtkommt:
Fortinbras: „Lasst vier Hauptleute Hamlet auf die Bühne
Gleich einem Krieger tragen: denn er hätte,
Wär er hinaufgelangt, unfehlbar sich
Höchst königlich bewährt, und bei dem Zug
Lasst Feldmusik und alle Kriegsgebräuche
Laut für ihn sprechen.
Nehmt auf die Leichen! Solch ein Blick wie der
Ziemt wohl dem Feld, doch hier entstellt er sehr.
Geht, beißt die Truppen feuern!"

Nun fällt endlich der Vorhang, obwohl Hamlet noch quicklebendig auf der Bühne rumspringt und sich von Horatio wieder losgerissen hat. Das sieht man jetzt nicht mehr so genau, der Vorhang ist unten, von hinten hört man noch Trauermärsche.

Das Publikum ist ratlos. Jetzt, wo sie nichts mehr zu sehen kriegen, wissen sie nicht, wie es weitergehen soll.
Zögernd klatscht einer Beifall; es ist der Kritiker von der Lokalpresse, der seine Artikel immer mit U. F. zeichnet. Der Applaus wirkt ansteckend. Nach und nach fallen die andern in das Klatschen ein, und schließlich kommt ein ordentliches Applausgebrause zustande, vielleicht hauptsächlich für Fortinbras, der die Schlussworte noch einigermaßen elegant hingekriegt hat, und ein guter Schluss kann ja bekanntlich vieles ausgleichen.

Bei so viel Applaus geht der Vorhang wieder auf, und das Bild vom dänischen Hof, das sich nun den Zuschauern bietet, lässt den Applaus sofort wieder verstummen:
Ophelia schmeißt mit Obststücken hinter den Totengräbern her, Königin Gertrude lacht wieder und windet sich auf dem Boden. Hamlet ficht mit dem Regisseur. Laertes übergießt König Claudius mit dem Rest von dem vergifteten Trank. Fortinbras verneigt sich artig und macht im Vordergrund des Schauspiels seine Bücklinge. Rosenkranz und Güldenstern liegen sich ebenfalls in den Haaren; der Wachmann jagt mit seiner Hellebarde den Geist von Hamlets Vater durch die Szene, und der englische Gesandte ruft in das Publikum: „Entschuldigung, sorry!"
„Das brauchst du nun gerade nicht zu sagen", fährt der übergossene König Claudius dazwischen; schließlich fällt der Vorhang wieder, obwohl der Applaus ins Frenetische

steigt, diesmal von den hinteren Reihern angeheizt, von den Gymnasiasten. Die haben inzwischen Spaß an dem Drama und bilden sogar spontane Sprechchöre: „Shakespeare vor, noch ein Tor" – vergeblich. Der Vorhang bleibt unten. Man hört zwar noch unheimliche Geräusche von der Bühne, aber nun ist Schluss, und schließlich gehen die Zuschauer nach und nach aus dem Theater.

Einige waren empört, die Schüler fanden es affenstark, viele mussten einfach lachen; je mehr sie sich vom Theater entfernten, um so mehr mussten sie lachen und fanden die Inszenierung besser und besser.

Nur einer hatte das schwere Los, über dieses Stück eine dreispaltige Zeitungskritik zu schreiben. Der Kritiker begab sich hinter die Bühne, um noch einige Recherchen anzustellen. Königin Gertrude war inzwischen mit dem Lachen fertig, und die andern waren alle sehr, sehr sauer auf sie.
"Ist doch nur Spiel", sagte sie, aber alle andern blieben eisern unversöhnlich.

Der Kritiker quälte sich sehr mit seiner Besprechung und kam sich mit dem Zeilenhonorar diesmal besonders unterbezahlt vor.
Am übernächsten Morgen erschien seine Besprechung, die mit einiger Spannung erwartet wurde. Er hatte die Überschrift ‚Hamlet bleibt Hamlet' gewählt, nicht sehr originell; im Über Schriften-Ausdenken war er auch nicht sehr gut, aber die Überschrift durfte nicht mehr als zwanzig Buchstaben einschließlich Spaces enthalten, und – da fielen andere mögliche Überschriften wie ‚Es muss auch mal gelacht werden' schon mal flach, also:

Bernhard Lassahn

Hamlet bleibt Hamlet

Eine gar denkwürdige Neuinszenierung von Shakespeares ‚Hamlet' gab es am vergangenen Dienstag im ausverkauften Stadttheater zu sehen. Da wurde im letzten Akt plötzlich der Rahmen der Tragödie durch befreiendes Lachen gesprengt, die Zustände wurden zum Tanzen gebracht, so dass die Schauspieler nicht nur aus der Rolle herausfielen, sondern gleichsam in ihre Rollen hinein; denn unerwartet war da Leben im Spiel, Spiel im Leben.

Wo sonst einerseits die Entwicklung der Tragödie, die sich in strenger, unausweichlicher Folgerichtigkeit dramatisch zuspitzt, andererseits – auf der rein spielerischen Ebene – Rollenvergabe und Textbuch eine Festlegung des Schauspielerverhaltens bestimmen, wurde hier Neuland betreten, wie es sonst nur in Theaterexperimenten versucht wird.

‚Hamlet' wurde unversehens zu einem neuen Anlass experimentellen Theaters: der Orchestergraben war überwunden. In ihren Rollen und gleichzeitig aus ihren Rollen heraus spielten die Schauspieler ihr eigenes Leben und hörten doch nicht auf, ‚Hamlet' zu spielen. Die turbulenten Schlusssequenzen lassen sich nicht aus dem Gesamtkontext der Tragödie herauslösen, sie sind nur ein Teil des Ganzen, wenn sie auch neue Akzente setzen: Da leben Tote wieder auf, Hamlet verbrüdert sich mit Laertes in einem ergreifenden Bild des Friedens,

der unbewältigte Liebeskonflikt mit Ophelia hat über den Tod hinaus noch Folgen. Unvergesslich bleiben wird das Schlussbild der ratlosen Sieger. Da stehen die siegreichen norwegischen Truppen herum wie hilflose Statisten. Sieger und Besiegte – wer mag da noch zu unterscheiden?

Dabei spielt es gar keine Rolle, ob diese Variante mit dem Improvisationsteil dem Zufall zu verdanken ist oder der Inszenierung eines mit allen medientheoretischen Wassern gewaschenen zeitgenössischen Regisseurs. Ob Absicht oder nicht Absicht: So wie das Stück gespielt wurde, ist es wahr, und mit dieser Aufführung müssen wir uns auseinandersetzen. Diese Inszenierung ist, was zählt und bleibt. Dies war aleatorische Kunst im besten Sinne; denn hier wurde ja kein Zufallsprinzip vorgeplant, nicht Spontaneität zum Programm erhoben, der Zufall entfaltete sich hier gewissermaßen in aller Unschuld, um wie vieles größer war da der Verwirr-Effekt

Wird auch der Zufall in seiner schöpferischen Kraft freigesetzt, so wird andererseits die Leistung Shakespeares damit keinesfalls in Frage gestellt, sondern nur betont. Live-Einlagen der Neuinszenierung werfen zwar neue Schlaglichter auf die Interpretationsmöglichkeiten, zeigen aber damit nur die wahre Tiefe des Stückes, so dass sie letztlich zur Größe und Bedeutung Shakespeares nur beitragen können.

Im Anschluss an die Vorstellung sprachen wir mit der Schauspielerin Regine *Albert, die in der* Rolle *der Königin Gertrude durch einen Lachkrampf die Wende in der Tragödie herbeiführte. Der Grund für den Lachanfall findet sich auf dem Becher, aus dem sie den Todestrunk nahm. Zufällig fiel bei der Darstellung des Todeskampfes ihr Blick nochmal auf den Becher, und die Inschrift darin „Weltrekord im Gummistiefelweitwurf, Gummistiefelgröße 40 ... John Hillier: 44,15 Meter" brachte sie so zum Lachen, dass sie sich nicht mehr halten konnte. „Es ist ja alles so lächerlich", meinte* Regine *Albert. Dieser Becher, den das Ensemble schon seit Beginn der Spielzeit benutzt, ist tatsächlich ein Wanderpokal, der nicht mehr gebraucht wurde und sich wegen seiner Form besonders gut für klassische Dramen eignet, wie der* Regisseur *versicherte.*

Ernste Folgen hatte das Stück allerdings auch: Regisseur *Waller gab bekannt, dass sich das Ensemble nun auflösen wolle, der Schauspieler Gustav Günters, der den König Claudius verkörperte, hat ein Engagement in Köln in Aussicht: „Endlich etwas Seriöses", wie er sagt, und auch die sonst so lustige* Regine *Albert weiß Trauriges zu berichten: „Wir haben ‚Hamlet' nun schon so oft geprobt", sagt sie plötzlich sehr ernst, „und nie ist mir diese Inschrift im Becher aufgefallen." Dieser Gedanke mache sie „völlig fertig", wie sie sagt, sie fühle sich dann trotz Lachen „wie tot", so als hätte sie gar nicht gelebt.*

Eine merkwürdige Episode, gewiss. Vielleicht nur von anekdotischem Wert, vielleicht aufschlussreich für die Interpretation. Fest steht, dass das Ensemble eine in voller Bedeutung des Wortes einmalige – wenn auch zufällige – Aufführung geschaffen hat; ihnen ist es gelungen, im Publikum eine unerwartete Betroffenheit herstellen, eine Aufmerksamkeit und Anwesenheit, die das Publikum vor Lebensfülle auf die vorderste Stuhlkante zog, und ein Publikum derart zu berühren ist schon seit jeher die Aufgabe großen Theaters gewesen.

U. F.

7. Liebe immer unterwegs

Thomas sah die Frau schon auf dem Bahnsteig stehen mit ihrem Geliebten; beide sagten nichts. Bei „und Vorsicht bei der Abfahrt des Zuges" stieg sie erst ein, zog das Fenster runter, und als der Zug ausfuhr, winkte sie mit einem Tempotaschentuch noch so lange, bis der Geliebte auf dem Bahnsteig nicht mehr zu sehen war. Es sah aus, als wollte sie gleich ein ganzes Geschwader unidentifizierter Flugobjekte aus dem Weltall zur Landung einweisen.

Als sie das Fenster wieder hochzog, hatte sie noch den Glanz auf dem Gesicht, sodass Thomas sofort Vertrauen zu ihr hatte und es ganz natürlich fand, sie anzusprechen.
„Das war aber ein schöner Abschied."
„Ach, ja", seufzte die Frau leise, „und nun wieder zwei Wochen Post."
„So, Sie arbeiten bei der Post", scherzte Thomas, obwohl er schon wusste, was gemeint war. Sofort waren die beiden frisch verschworen.
„Ne, nur Liebe per Post, und bei Liebe am Telefon gibt es dann immer ein heißes Ohr ..."
„Tatsächlich?"
„Ja, nachher habe ich immer ein ganz heißes Ohr, und als ich jetzt wieder bei meinem Liebsten war, da habe ich gesagt: Sehnsucht, das ist ein heißes

Ohr, aber richtige Liebe, das sind zwei heiße Ohren ..."
Thomas musste schmunzeln und war froh, dass er das wieder ungefährdet konnte.
„ ... aber mein Geliebter hat gesagt: Nein, nein, richtige Liebe, das sind nicht zwei heiße Ohren, richtige Liebe, das sind vier heiße Ohren. Gut nicht?"
„Hundert heiße Ohren würde ich sagen", es war für Thomas kein Problem, den Liebhaber der Frau in diesem Punkt zu überbieten.
„Tausend heiße Ohren!"
„Hunderttausend heiße Ohren!"
„Hundertmillionentausend heiße Ohren."
„So haben wir als Kinder auch immer gezählt; nach Hunderttausend kam als nächste größere Zahl Hundertmillionentausend, da oben wurden die Zahlen etwas unübersichtlich."
„Kann man wohl sagen", sagte Thomas, „ich glaube, je größer die Zahlen, desto kleiner der Unterschied zwischen den Zahlen, bis es schließlich egal ist, alte Weltraumfahrerweisheit."
„Mir ist es jedenfalls egal", sagte die Frau mit der angenehmen Selbstüberschätzung von Verliebten, die meinen, dass es sowieso nur auf sie ankommt. Die Übereinstimmung zwischen ihnen war nun offensichtlich, nachdem beide das alte Kinderzählspiel wiederentdeckt und ohne vorher abzusprechen durchgespielt hatten. Thomas fühlte sich überhaupt nicht ertappt. Wenn das Leben der Frau so ähnlich sein sollte wie die Kirschblüte in Japan, dann war jetzt gerade Blütezeit; er konnte den Geliebten der Frau schon gut verstehen.

„So eine Hundertmillionentausend-Ohren-Liebe kann man auch nicht jeden Tag haben", die Frau atmete laut, fast ein bisschen geschauspielert, als wüsste sie nicht genau, ob sie darüber nun besonders glücklich oder eher unglücklich sein sollte.
„Oh, nein, nicht jeden Tag, auf keinen Fall."
„Komisch nicht? Bei mir ist das so, dass ich viele Tage habe, die ich einfach nur für mich will, weil das keine guten Tage zum Teilen sind, und meinen Liebsten will ich da lieber raushalten, den will ich nicht mit dünnen Tagen abspeisen, verstehste?"
„Sehr gut, wirklich."
„Vielleicht bin ich ja auch zu anspruchsvoll oder erwarte zu viel von der Liebe, aber man kann ja nicht jeden Tag bis zum Anschlag aufdrehen, und ich habe viele Zeiten, wo ich vor dem Leben einfach kneife und mich auch vor der Liebe drücken will, damit die so was Tolles bleiben kann."
Nun lächelte die Frau fast ein bisschen hinterlistig: „Ich habe nämlich immer nur Liebhaber mit Sicherheitsabstand. Bei mir müssen die Liebhaber mindestens zwei Bahnstationen entfernt wohnen, oder schon verheiratet sein, oder mich zumindest nicht lieben, irgend so was ist immer dabei."
Thomas nickte, als wollte er sagen: Klar, natürlich.
„Immer Einschränkungen, nie ganz die totale Liebe. Vielleicht gibt es die totale Liebe auch nicht, nur welche mit Einschränkungen, weil da die gemogelten Tage und die Zeiten auf Sparflamme mit drin sind. Es ist immer das fehlende Ohr dabei."

„Bei den meisten Lieben stimmt eben was nicht mit Zeit und Raum." Da mussten beide plötzlich lachen.
„Doch, doch", hakte Thomas noch mal nach, „ganz im Ernst. Viele lieben sich erst, wenn es zu spät ist, wenn der andere schon in einem anderen Raum ist oder wenn der andere nicht mehr liebt und schon in anderen Zeiten lebt. So gehts. Immer Probleme mit Zeit und Raum. Dieser Spruch ‚Zwei Parallelen schneiden sich im Unendlichen ist auch ein Liebesgedicht."

Die Frau schlug die Hände über der Brust zusammen und musste erst mal eine kleine Sehnsuchtspause einlegen, ehe sie sich wieder aufrappelte.
„Einmal habe ich mit meinem Liebsten telefoniert, der wohnt ja, wie gesagt, zwei Bahnstationen entfernt, und ich hatte wieder ein sehr heißes Ohr, und da hörte ich in der Ohrmuschel, dass ein Düsenjäger über meinen Geliebten hinwegflog, und sofort, oder wenig später, oder eine kurze Ewigkeit später, hörte ich den echten Düsenjäger über mir so laut, dass ich gar nichts mehr hören konnte, bis ich die Stimme meines Liebsten wieder im Hörer hatte, der sagte: Oh, ich höre gerade meinen Düsenjäger. Das war schön, da ging mir eine Strömung durch den ganzen Körper, das war so schön, das war das Schönste."

„Nun will ich dir auch mal was sagen", Thomas fasste die Frau ganz selbstverständlich an den Händen; sie hatten sich schon unmerklich geduzt und redeten sowieso im Ausnahmezustand, „ich hatte mal einen Freund, der fuhr eines Tages nichts ahnend in die Stadt, und als er sein Auto einparken wollte, da sah er einen winzigen Augenblick lang eine Frau und erschrak, weil er wusste: Die ist es; und eh er sich von dem Erkennungsschreck erholt hatte, war die Frau schon weitergefahren, und ihm war, als würde er sie schon lange kennen und er würde keine mehr so lieben können wie die. Er war vor Liebe erschüttert, bekanntlich fangen ja alle Liebesgeschichten ruckartig mit einem Happy-end an, aber andererseits wurde er sehr ungeduldig und wusste, dass er ab nun nie mehr seine Ruhe finden würde. Er konnte sich sofort nicht mehr erinnern, ob sie eigentlich rothaarig, blond oder was auch immer war, war ja auch vollkommen egal, das einzige, was er noch wusste, war, dass sie einen Citroen mit französischem Kennzeichen fuhr und dass er sich nach ihr sehnte. So beschloss er, sie zu suchen. Er wollte nach Frankreich rüber und in Paris anfangen und alle Citroen fahrenden Frauen angucken und auf den Zufall hoffen, obwohl er nicht mal Französisch konnte, das wollte er ernsthaft tun."

„Und? Was dann?"

„Die Frau wohnte in Wirklichkeit in der Nachbarschaft, der Citroen mit französischem Kennzeichen war nur geliehen."

„Au weia", die Frau schlug wieder die Arme über die Brust.

„Kann doch mal passieren, dass einer sein Auto verleiht ..."

„Das hast du dir nur ausgedacht!"
„Wenn schon, ich meine doch nur, dass immer eine Prise Ferne in der Liebe ist und Zufall."
„Au weia."
„Aber die richtigen Liebenden haben natürlich Angst vor dem Zufall."
„Wieso das denn?"
„Die Vorteile des Zufalls hatten die bereits in aller Heftigkeit, weil sie sich überhaupt gefunden haben, und nun haben sie bloß noch Angst, dass sie auch noch die Nachteile des Zufalls zu spüren kriegen, dass einer verunglückt oder krank wird oder stirbt. Da kann man machen, was man will, von wegen Sicherheitsgurt, Schluckimpfung, Vitamin C, das ist wie ein böses Lotteriespiel, als würden die Götter da oben würfeln, und unten fällt einer um. Die richtigen Liebenden haben einen Horror vor dem Zufall und der Rache des Glücks."
„Meinste?"
„Deshalb haben die Liebenden auch eine besondere Methode des Briefelesens entwickelt, soweit ich das beurteilen kann: Die überfliegen die Liebesbriefe erst ganz schnell, ob Schreckensmeldungen drin stehen, und wenn nicht, dann lesen sie die noch mal langsam mit Wonne."
„Hm."

Die Frau guckte ein bisschen aus dem Fenster und sagte dann fast wie zu sich selbst: „Ich denke manchmal, dass die Gefühle nur deshalb so stark sind, weil da noch Gefühle von anderen Leuten mit dabei sind. Die haben dann das zu wenig, was

ich viel zu viel habe, als ob ich stellvertretend glücklich sein darf. Ich konnte auch nie glauben, dass es da irgendeine Gerechtigkeit gibt, die gibt es einfach nicht. Ich glaube auch nicht, dass für jeden Menschen ein passender zweiter wartet. Sodas habe ich nie geglaubt, weil ich nämlich vom Dorf komme, und da gab es nur zwei Mädchen und einen Jungen in meinem Jahrgang, und die Städte sind auch nur größere Dörfer ..."
„Das ganze Weltall ist ein großes Dorf, wenn man so will."
„Deshalb konnte ich nie glauben, dass für jeden ein zweiter vorgesehen ist. Da gibt es immer Reste. Es gibt kein einziges Dorf mit gleich viel Männern und Frauen, die sich alle passend lieben. Sodas gibt es einfach nicht, das wäre zwar ganz schön, aber das gibt es eben nicht. Es war schon immer ungerecht und stellvertretend, nur früher hat es die Leute fromm und gläubig gemacht, und heute macht es die Leute nur noch gieriger, warum weiß ich nicht, weil es im Prinzip immer noch dasselbe ist mit der Liebe, nur die Leute sind anders."

Der kosmische Schwung war hinüber; sie war über ihre Gedanken gestolpert. Nach kurzer Bedenkpause fügte sie noch leise beschwörend und vollkommen überraschend hinzu: „Mir geht es gut, uns geht es gut. Uns geht es ja so gut, viel zu gut geht es uns, unmöglich. Wir schlafen lange, und abends gehen wir ins Kino, und zwischendurch träumen wir so vor uns hin oder gehen griechisch essen, uns geht es zu gut, wirklich zu gut, unmöglich so was."

„Ich will dir mal eine Geschichte erzählen", sagte Thomas, obwohl er gar nicht wusste, ob er das gut konnte, aber das war eine gute Gelegenheit, also los: „Es war einmal ein Planet, auf dem hatten die Götter alles wunderbar fertig aufgebaut. Schöne Häuser; grüne Wiesen, über die wilde Pferde hinweggaloppierten; große Flüsse. Alles war fertig, sogar den Fahrplan für die Zugverbindungen hatten die Götter schon ausklamüsert. Alles war schön geworden, und auf jedem Baum, auf jeder Blume, überall stand das Zeichen Copyright © by the Gods. Nur die Menschen waren noch nicht fertig. Die lagen zwar alle schon vorbereitet in Kühlboxen und konnten jederzeit aufgetaut werden, doch denen fehlte noch die Programmschaltung für Liebe, und da konnten sich die Götter einfach nicht einig werden, nach welchem Programm sich die Menschen lieben sollten. Der eine Gott wollte, dass immer je zwei Menschen in Liebe zusammenpassen, und wollte dazu ein System einbauen wie bei BKS-Schlüsseln, wo immer nur der richtige Schlüssel ins richtige Schlüsselloch passt. Andere Götter fanden das langweilig und wollten lieber Kombinationsstecker und Steckdosen, die man beliebig zusammenstecken konnte. Andere Götter fanden es schon mal gar nicht gut, dass immer zwei sich auf Gegenseitigkeit lieben sollten, und machten den Vorschlag, dass immer je sieben Männer ein und dieselbe Frau lieben sollten, damit auch ordentlich was los wäre auf dem Planeten. Ein Gott machte sogar den Vorschlag, dass alle Männer nur eine einzige Frau lieben sollten, und die eine Frau wollte er in der Kühlbox lassen, so dass alle Männer vergeblich lieben würden. Andere Götter waren für mehr Ernsthaftigkeit und brachten ein Weggefährten-Modell in die Debatte, danach sollten sich immer Paare finden, gemäß ihrer jeweiligen Arbeit. Andere Götter waren völlig gegen Paare und wollten statt dessen, dass sich die Menschen in lockeren Gruppen zusammentun. Ein Gott wollte sogar alle Menschen auf Einzelwesen programmieren. Kurz, es herrschte keine Einigkeit. Die Götter konnten sich nicht mal darüber einigen, ob es mehr Eifersucht oder mehr Liebe auf dem Planeten geben sollte, ein Gott wollte sogar überhaupt keine Liebe, nur Sehnsucht ..."

„Die stimmt aber nicht, die Geschichte", freute sich die Frau plötzlich auf schnippische Art.

„Die denke ich mir doch nur aus."

„Das ja, aber du denkst sie falsch aus."

„Wieso?"

„Der Planet kann nicht schon ohne Liebe fertig sein. Das geht nicht. Die Welt prägt die Liebe und lässt nicht jede Art von Liebe zu: so wie die Welt ist, so ist auch die Liebe in der Welt. Zum Beispiel hast du gesagt, dass die Häuser schon fertig sind, sind das denn Einfamilienhäuser? Häuser mit Gemeinschaftsräumen? Oder Leuchttürme für Einzelwesen?"

„Ist schwierig", musste Thomas zugeben, „stimmt, ist ganz schön schwierig." Die beiden schwiegen ein bisschen.

„Ich fahre hier so oft zwischen den Bahnhöfen hin und her, so oft, ich weiß gar nicht mehr, wo ich zu Hause bin. Ich freue mich immer so auf der Hinfahrt und bin natürlich auch ein bisschen bange – das darf ich doch ruhig sein? – und ich freue mich irgendwie auch auf der Rückfahrt, komisch nicht? Ich freue mich hin und zurück, das heißt, ich weiß gar nicht genau, was eigentlich die Hinfahrt und was die Rückfahrt ist, manchmal glaube ich, dass ich im Eisenbahnabteil zu Hause bin."
„Klar, du könntest dir ja hier das Abteil ein bisschen einrichten, schönes Landschaftsbild vors Fenster, Blumen und Kopfkissen, in das eure Initialen eingestickt sind", sagte Thomas in einem Tonfall, der als gewinnender Spott Einverständnis herstellen soll, aber auch leicht danebengehen kann.
Die Frau nickte gedankenverloren. „Ich hab wohl ein bisschen zu viel geredet, glaube ich, aber so sagt man ja: Wem das Herz überläuft, der kann den Mund nicht halten. Komisch, dass ich so viel geredet hab, man sagt ja auch, dass man manchmal einem Reisenden mehr erzählt als einem Geliebten, unmöglich so was."
Thomas blickte aus dem Fenster, ohne sich dabei draußen was anzugucken.

„Aber das ist natürlich kein richtiges Leben so in der Eisenbahn. Die Abschiede und Wiedersehen sind ja ganz schön, aber manchmal denke ich dabei, dass ich auf meinen Geliebten zulaufen müsste, ihn umarmen müsste und sagen: Ich liebe dich ganz und gar. Und wenn ich schon denke, dass ich das müsste, dann kann ich das gar nicht machen. Eh ich das überhaupt machen will, kommt es mir schon von vorneherein bekannt vor, und ich denke: Das ist nicht echt, das ist nachgespielt, wie aus einem billigen Kitschfilm, an den ich mich nicht mal erinnern kann."

„Ja, ja, so was kenn ich auch."

„Meinem Geliebten geht es, glaube ich, auch so. Alle Sätze, die uns wichtig werden könnten, sind schon als Kitsch in uns drin, und ich denke immer, wenn ich mir selber treu sein will und eine gute Geliebte sein will, dann darf ich nicht solche billigen Kitschnummern abziehen, sondern muss echte Augenblicke erleben, nicht nur vorgespielt oder nachgespielt."

„Ja, ja!"

„Es gibt natürlich immer Wiederholungen von Situationen, wo man sich selber nachspielen muss. Da habe ich dann so Gedankengespenster im Kopf, die ich gar nicht richtig verscheuchen kann. Ich denke dann immer: Wie eine Kopie, genau wie letztes Mal. Und wenn ich so was schon denke, dann passe ich schon so sehr auf mich selber auf, dass ich mich fast schämen muss, meinem Liebsten eine so hinterlistige Geliebte zuzumuten. Ich versuche dann schneller zu leben, als ich denken kann, oder schneller zu lieben, als ich denken kann, oder besser gesagt, als ich nachdenken kann oder vordenken kann. Mit meiner ganzen Liebe muss ich dagegenanleben, dass ich nicht eine Schauspielerin werde für meinen Geliebten und dann für mich. Vielleicht müssen gute Schauspieler ... Quatsch, umgekehrt: Vielleicht müssen gute Liebhaber auch zusätzlich gute Schauspieler sein, beides sein. Man sagt ja auch, dass gute Schauspieler so gut sein müssen, dass keiner merkt, dass geschauspielert wird, keiner, nicht mal sie selber."

„Ich dachte immer, Liebhaber müssen das Gegenteil von Schauspielern sein."

„Ich weiß auch nicht. Einmal hat mein Liebster gesagt, dass ich so schön wäre wie eine Schauspielerin, oder wie ein Foto-Modell, und da wusste ich nicht, ob ich beleidigt sein sollte oder nicht, oder ob ich mich ertappt fühlen sollte. Da habe ich dann einfach gelächelt."

Die Frau stand langsam auf und stellte sich schon näher an die Tür, als könnte sie es kaum abwarten. Beide schwiegen noch ein bisschen und verstanden sich dabei ganz gut.

Der Zug hielt, die Frau musste schnell aussteigen, beide wollten noch was sagen, verschluckten aber die Worte, und stattdessen winkte die Frau heftig. Thomas zog das Fenster runter und winkte zurück, als wollte er damit ein ganzes Geschwader unidentifizierter Flugobjekte zur Landung einweisen.

Die gefährlichen Wünsche des Kussgangsters

Es waren einmal zwei Brüder: Jan und Hein. Sie wohnten zusammen in einer schönen Hütte.

Eines Tages ging Jan an den Fluss, um Fische zu fangen für sich und seinen Bruder. Da merkte er, dass sich im Unterholz am Flussufer ein Frosch verfangen hatte und nicht mehr loskam. Jan befreite den Frosch, weil er ein Herz für Tiere hatte, und hob den Frosch hoch.

„Na, du dummer kleiner Frosch, warum musst du dich auch im Unterholz verfangen!"

Da sagte der Frosch plötzlich: „Ich danke dir, dass du mich gerettet hast, ich bin nämlich der Götterfrosch und muss im Auftrag der Götter Botschaften an die Unterwelt weiterbringen, und wenn du mich nicht gerettet hättest, dann hätte ich meine Botschaft nicht überbringen können. Also vielen Dank auch, und zum Dank für die Rettung sollst du drei Wünsche haben. Ich habe nämlich gute Verbindungen zu den Göttern, und wenn du mir deine drei Wünsche sagst, dann kann ich die bestimmt für dich bei denen da oben durchboxen."

„Ist schon gut, du dummer kleiner Frosch", sagte Jan, „ich habe keine drei Wünsche, mach dir man deswegen keine Sorgen, nicht dass du meinetwegen noch Unannehmlichkeiten mit den Göttern kriegst. Find ich aber sehr nett von dir, dass du mir das anbietest, aber ich bin eigentlich ganz zufrieden, mir geht es gut, wozu brauche ich da drei Wünsche?"
„Also, du verzichtest", sagte der Frosch und: „Na dann, vielen Dank nochmal und tschüss!"
„Tschüss."

Jan kam nach Hause und erzählte seinem Bruder von seinen Erlebnissen und natürlich auch von dem Zwischenfall mit dem Frosch.
Bruder Hein dachte im stillen: Warum muss ausgerechnet mein Bruder so eine Chance haben? Warum ausgerechnet der und warum nicht ich? Wenn ich so eine Chance gehabt hätte, oh, ich wüsste, was ich täte, und Hein überlegte und

überlegte, was er getan hätte, und er malte sich schon die Wünsche aus, die er sich gewünscht hätte.

Nun wollte Hein mit einem Mal, dass sich die Brüder bei ihren Arbeiten etwas abwechselten, und Hein wollte jetzt das Fischen übernehmen; Jan war einverstanden. Hein wollte das natürlich nur deswegen, weil er hoffte, dass er vielleicht auch mal so ein Glück hätte wie sein Bruder. Jan dagegen dachte gar nicht mehr über den Frosch nach und erwähnte ihn mit keinem Wort. Aber Hein ließ es überhaupt keine Ruhe, und sogar nachts träumte er von Fröschen.

Hein versuchte alle Frösche aufzutreiben, die er an dem kleinen Flüsschen finden konnte, und er hob alle auf und redete mit ihnen.
„Na, mein kleiner dummer Frosch!"
Aber kein Frosch antwortete, und kein Frosch erwies sich als der Götterfrosch. Weil Hein nichts als Frösche im Kopf hatte, gelang ihm auch der Fischfang nicht besonders, und manchmal kam er sogar ganz ohne Fisch zurück, weil er die ganze Zeit nur hinter Fröschen her gewesen war.

Eines Tages, als Hein es schon fast aufgegeben hatte, den Götterfrosch zu befreien, da hatte er wieder einen Frosch gefasst und redete ihn nun schon wie automatisch an: „Na, du, mein kleiner dummer Frosch!"
Zu seiner großen Überraschung antwortete der Frosch diesmal und sprach: „Ich bin nicht dein kleiner dummer Frosch, nun lasse mich endlich los, ich habe noch was zu erledigen."

„Aha", sprach Hein, „dann bist du also der Götterfrosch."
„Ja, ich bin der Götterfrosch, und nun lasse mich endlich los."
„Aha, dann bist du der Götterfrosch und hast gute Verbindungen zu den Göttern!"
„Ja, nun lasse mich endlich los", sagte der Götterfrosch.
„Erfülle mir drei Wünsche!" rief Hein ganz außer sich vor Aufregung, „erfülle mir drei Wünsche, los! Du hast doch gute Verbindungen."
Der Götterfrosch war nun sehr in Verlegenheit; er hatte das so verstanden, als würde Hein nicht eher wieder loslassen, bis er seine drei Wünsche erfüllt gekriegt hätte. Es ist nicht sicher, dass Hein im Ernstfall wirklich so gemein gewesen wäre, aber der Götterfrosch fühlte sich sehr bedroht dadurch, dass Hein so aufgeregt war, und da hatte der Götterfrosch Angst, dass Hein in seiner Aufregung etwas Unvorsichtiges tun könnte, und so sagte der Götterfrosch:
„Also gut, du sollst drei Wünsche haben, ich will sehen, ob ich die bei den Göttern oben durchsetzen kann. Komm heute um Mitternacht wieder an diese Stelle, dann komm ich auch wieder und sage dir, ob ich die Genehmigung für drei Wünsche durchgebracht habe bei den Göttern, und du sagst mir, was du für Wünsche hast."

Punkt Mitternacht stand Hein aufgeregt am Flussufer. Seinem Bruder Jan hatte er natürlich nichts davon verraten, vielleicht später mal; Jan interessierte sich sowieso nicht für Wünsche. Pünktlich erschien der Götterfrosch und sagte: „Deine Wünsche sind genehmigt, nun teile mir mit, was du für drei Wünsche hast!"

„Erstens: Gesundheit", sprach Hein stramm und aufrecht, und in derselben Sekunde blitzte am Himmel eine Neonleuchte auf mit der Inschrift GENEHMIGT, *und Hein spürte, dass seine Magenstörungen, die er gelegentlich hatte, sofort nachließen, im Moment; es war richtig spürbar.*

„Zweitens: langes Lebern, verkündete Hein mit gesunder Stimme. Sofort leuchtete wieder am Himmel die Neonleuchte GENEHMIGT *auf, nur dass natürlich diesmal Hein nicht gleich etwas von der Wunscherfüllung spüren konnte.*

„Drittens: drei weitere Wünsche", rief Hein, aber am Himmel leuchtete diesmal nicht die bekannte Neonschrift auf, sondern so ein Flackerlicht, wie bei Taschenrechnern, wenn man versucht durch Null zu *dividieren, oder wie bei manchem Flipper als Vorwarnung, ehe er tilt.*
„Ach. du meine Güte", rief der Götterfrosch verärgert, „da muss ich zuerst mal zurück zu den Göttern und nochmal verhandeln. Da hast du mich ja in schöne Schwierigkeiten reingeritten, du bist mir ein ganz raffinierter Wünscher, so einen Fall hatten wir noch nie. Also bis morgen um Mitternacht um dieselbe Zeit am selben Ort, dann teile ich dir mit, ob ich die Zusatzwünsche auch noch durchgeboxt habe", sagte der Götterfrosch sehr mürrisch und sprang davon.

Hein kehrte zufrieden, wenn auch nachdenklich, zurück in die gemeinsame Hütte.
„Merkst du was?" fragte er seinen Bruder Jan.
„Ich weiß nicht", sagte der, „du wirkst ein bisschen mitgenommen und abgespannt."

„Ach Quatsch", entgegnete Hein, „im Gegenteil, ich bin gesund und lebe lange."

„Na dann ist ja gut", sagte Jan wohlmeinend.

Den ganzen nächsten Tag wurde Hein von der Versuchung geplagt, seinem Bruder Jan etwas von dem Götterfrosch und den Wünschen zu erzählen, aber er verschwieg alles. Er wollte es lieber erst erzählen, wenn alles vorbei war, oder lieber gar nichts davon erzählen, damit sein Bruder ihn nicht ausschimpfte oder doch neidisch würde. Jedenfalls schien es ihm unmöglich, seinem Bruder davon zu erzählen, weil es in allen Fällen einen schlechten Beigeschmack hätte, jetzt war es zu spät.

„Sag mal, Bruder Jan, hast du manchmal noch Magenbeschwerden?"

Jan hatte nämlich die gleichen Magenbeschwerden, und die Ärzte konnten da nichts machen, die sagten, es wäre entweder Vererbung oder psychosomatisch.

„Ja, schon", sagte Jan, „manchmal habe ich schon noch diese Magenbeschwerden."

„Ich nicht mehr", sagte Hein.

„Schön für dich."

Um Mitternacht ging Hein wieder an dieselbe Stelle. Wie schön es hier doch war: Der Mond schien, und das Wasser plätscherte leise. Der Götterfrosch kam pünktlich und sagte, dass er auch diesmal die Zusatzwünsche durchgebracht hätte.

„Erster Zusatzwunsch: Reichtum", verkündete Hein; denn er wollte Geld für eine schöne Villa in der Stadt. Wieder leuchtete die Neonschrift GENEHMIGT *auf; es wirkte fast ein bisschen spöttisch, wie das so funktionierte, und als sich Hein umdrehte, lag neben ihm ein großer Sack Goldstücke im frischen Gras.*

„Zweiter Zusatzwunsch: je einen Kuss von den schönsten Mädchen in diesem Land."
An diesem Wunsch hatte Hein lange überlegt. Natürlich hätte er sich auch gleich fertiges Liebesglück wünschen können oder eine Idealfrau, bei der alle Einzelheiten stimmten; Hein wollte das zuerst auch, aber dann wollte er sein Liebesglück doch nicht einfach so geschenkt kriegen und wollte sich das selber verdienen mit Verabredungen, Liebesbriefen, Sehnsüchten und allem, was dazugehört. Darauf wollte Hein nicht verzichten, so wollte er sich mit seinem Zusatzwunsch nur die idealen Voraussetzungen schaffen, alle schönen Frauen günstig kennenlernen, Küsse kosten und dann weitersehen.
Diesmal dauerte es etwas länger, aber schließlich leuchtete es wieder GENEHMIGT *und gleich danach eine weitere Leuchtschrift* BITTE RÜCKSPRACHE NEHMEN.

Der Götterfrosch war wütend.
„Nichts als Ärger", schimpfte er, „nichts als Ärger, dieses ewige Hin und Her regt mich langsam auf, jetzt muss ich deinetwegen nochmal zurück. Also wie gehabt: Morgen um Mitternacht an derselben Stelle zur selben Zeit, dann teile ich dir mit, wie die Götter sich die Durchführung deines zweiten Zusatzwunsches denken, und nun lasse schon endlich deinen dritten Zusatzwunsch raus, du Wunschgauner, aber komm mir jetzt bloß nicht mit dem Wunsch nach drei weiteren Zusatzwünschen."

Da war Hein verdattert. Ertappt! Er als raffinierter Wünscher hatte natürlich genau das vorgehabt: Er wollte nochmal drei Zusatzwünsche rausschinden. Aber da ihn der Götterfrosch so direkt darauf angesprochen hatte, kam er in Verlegenheit und sagte nur: „Als drittes wünsche ich mir, äh, dass ich diesen Wunsch noch in Reserve halten kann, für Notfälle."

Da leuchtete wieder das GENEHMIGT-Zeichen auf, und zusätzlich ertönte ein Donnern, das sich wie schallendes Göttergelächter anhörte.
„Na dann tschüss bis morgen", sagte der Götterfrosch knapp und ärgerlich und hopste weg.
Nun musste Hein den schweren Goldsack nach Hause schleppen und hätte sich fast einen Bollerwagen oder eine Schubkarre gewünscht, aber es ging dann doch so, er war ja schließlich gesund und jung.

Am nächsten Tag erklärte Hein seinem Bruder, dass er möglicherweise in die Stadt gehen wolle, um da sein Glück zu machen, das Dorf wäre auf die Dauer doch zu langweilig, und da wollte er lieber in die Stadt, weil da mehr los sei. Dabei verschwieg er natürlich, dass er unter dem Brennholz versteckt jede Menge Goldstücke für sein Stadtabenteuer parat hatte. Er hätte ja möglicherweise dem Bruder was abgeben müssen, und das wollte Hein jetzt nicht mehr.
Kurz vor Mitternacht ging Hein wieder an den Fluss zur verabredeten Stelle. Diesmal war er nicht alleine da, sondern ein fremder Herr stand schon am Treffpunkt. Die beiden schwiegen sich an bis um Mitternacht, da kam der Götterfrosch wieder und sagte: „Darf ich vorstellen, das ist Hein, und das ist Lutz!"
„Angenehm."
„Angenehm."

„Es ist nämlich so", sprach der Götterfrosch zu Hein, „die Götter haben beschlossen, dass Lutz dir deinen zwei-

ten Zusatzwunsch organisieren soll, er übernimmt die Koordination. Lutz soll mit allen schönen Frauen sprechen und sie dir vorbeischicken. Er wird hiermit von den Göttern eingestellt mit dem Auftrag, für dich für die Erfüllung des zweiten Zusatzwunsches zu sorgen. Die Götter lassen im Übrigen durchblicken, dass sie mit deiner Wunschpraktik nicht ganz einverstanden sind, aber es gibt auch Götter, die lachen nur über dich.
Und nun zu deinem dritten Zusatzwunsch: Hier hast du eine Trillerpfeife. Wenn du in diese reinbläst, dann komme ich wohl oder übel nochmal zu dir und vermittle dir deinen Reservewunsch. So, das wars, und ich hoffe, du machst nicht noch mehr Remmidemmi wegen ein paar Wünschen."
Der Götterfrosch verschwand ärgerlich.

Lutz sagte höflich, dass er versuchen werde, den Zusatzwunsch so gut wie möglich zu organisieren. Er machte mit einer Polaroid-Kamera mit Blitzlicht ein Foto von Hein.
„Da habe ich schon ganz andere Sachen organisiert", sagte Lutz und notierte sich Heins Adresse. „Ich werde natürlich nur die schönsten Frauen dazu bringen, dich zu küssen, ich mach das schon."
Die beiden verabredeten, sich nie wieder zu sehen. Lutz sollte im verborgenen organisieren, damit es für Hein wie Zufall aussah. Sie verabschiedeten sich mit Handschlag.

Hier noch kurz einige Worte zu Lutz: Früher wollte Lutz gerne singen, er merkte aber, dass er nicht gut genug singen konnte, deshalb stieg er schon früh auf Posaune um, da hatte er bessere Chancen, Posaune war gerade groß im Kommen. Da brachte er es aber auch nicht weit, weil ihm immer zu schnell die Puste ausging. So gründete er eine

Posaunengruppe; er engagierte mehrere Background-Posaunisten, die ihn begleiten sollten, damit sich sein Spiel besser anhören sollte und damit es nach mehr klinge. Damit war er aber auch nicht zufrieden, und so stieg er schließlich aus seiner Posaunengruppe wieder aus und wurde deren Manager.

Er wurde unverzichtbar für die Gruppe. Sein Management brachte der Gruppe den ersten Preis beim Grand Prix des Trombones, aber mit diesem schönen Erfolg war Lutz auch nicht zufrieden, und er wollte noch mehr, mehr, mehr. So wurde er schließlich Gründer einer Agentur für Posaunengruppen. Auch als die berühmtesten Posaunisten bei ihm unter Vertrag standen, er außerdem noch ein Plattenstudio und eine Fernsehshow betreute, war er immer noch nicht zufrieden. Irgend etwas fehlte ihm an seinen Erfolgen.

Eines Tages kam der Götterfrosch vorbei und machte ihm ein Angebot: Lutz sollte im Auftrag der Götter für sehr gutes Geld knifflige Sonderaufträge übernehmen, wenn sich die Götter beispielsweise durch ihre Großzügigkeit selbst in Verlegenheit gebracht hatten, oder so. Höher konnte Lutz nicht mehr aufsteigen. Er unterstand direkt den Göttern und kriegte nur Spezialaufträge wie diese riesige Kussaktion. Wenn das nichts war! Alles eine Frage der Organisation.

Jan machte sich Sorgen, als Hein nun ernsthaft in die große Stadt ziehen wollte, außerdem wollte er nicht gerne ohne seinen Bruder sein. Aber Hein redete auf ihn ein, dass er nun die ganze Hütte für sich alleine benutzen könnte, das wäre doch viel besser, da hätte er viel mehr Platz, und Hein erklärte, dass er keine Ansprüche mehr auf die Hütte erbebe, er würde ihm seine Anteile an der

Hütte schenken. Außerdem wären beide gleich alt, und da hätte keiner dem anderen was zu sagen, und er, Hein, fühle sich gesund und würde es schon schaffen. Als Hein dann noch das Versprechen abgab, ganz bestimmt oft zu schreiben, war Jan schließlich einverstanden und ließ Hein in die Stadt ziehen.

Nun lebte Jan allein. Er brauchte die ganze Hütte gar nicht, sie war ihm viel zu groß zum alleine Wohnen. Die erste Zeit ohne seinen Bruder fiel ihm ein bisschen schwer, aber er angelte gerne und mochte Tiere und wurde wieder einigermaßen zufrieden. Wenn nur sein Bruder mal schreiben würde! Jan hatte so einen schönen Briefkasten gebastelt.

Am Abend eines langen Tages, als es schon ein bisschen dunkel war und die letzten Sonnenstrahlen noch golden im Tal lagen, kam von der Bergkuppe her ein wunderschönes Mädchen zu ihm in die Hütte und sah ihn prüfend an und blickte kurz auf ein Foto.

„Bin ich hier richtig, Am Flussufer 18?"

„Ja", sagte Jan sehr freundlich; denn er war natürlich sehr erfreut, Besuch zu kriegen, „aber ich kann eigentlich gar nichts Rechtes anbieten, ich könnte höchstens schnell eine Fischsuppe kochen."

„Ach, nein, ist nicht nötig", sagte das wunderschöne Mädchen, „ich bin ja nicht zum Essen gekommen, sondern zum Küssen!

Da war Jan sehr überrascht. Sie wollte ihn also küssen: Ja, meine Güte, wie die Mädchen von heute rangehen! Das kannte er gar nicht. Vielleicht machten es hier auch nur die wunderschönen Mädchen so. Er hatte mal gehört, dass die ganze Liebe von ein paar wenigen wunderschönen

Frauen gemacht wird. Jan stellte sich gerne zur Verfügung, es war ein sehr schöner Kuss, und Jan fragte nochmal, ob er ihr nicht noch einen Gefallen tun konnte und nicht doch vielleicht eine Fischsuppe kochen sollte, aber das Mädchen wollte nichts mehr und verabschiedete sich.
„Wenn ich irgendwas für dich tun kann, komm ruhig mal wieder vorbei."

Am nächsten Morgen kam das Mädchen tatsächlich wieder. Sie sah aus, als ob sie viel geweint hätte.
„Was kann ich für dich tun?" fragte Jan hilfsbereit.
Sie musste sich erst mal ausheulen. „Ich bin reingelegt worden, echt gelinkt worden, Schweinerei so was, Jenseits-Schweinerei!"
„Ja, was ist denn los, erzähl doch mal!"
„Ein mieser Typ, das kannst du dir gar nicht vorstellen", fing das Mädchen wieder an zu weinen, und als sie sich etwas beruhigt hatte, erzählte sie von einem Mann, der mit ihr in Kontakt getreten war und ihr eingeredet hatte, dass sie einen göttlichen Auftrag habe, zwei Männer zu küssen, und dafür göttlich belohnt werden würde. Sie hatte dem in ihrer Naivität geglaubt, zumal er den ersten Mann, der geküsst werden sollte, als sympathischen Mann beschrieb, und wenn ein göttlicher Auftrag vorliegt, dann widersetzt man sich nicht.
„Ehrlich", weinte das Mädchen, „mir ging es echt um den göttlichen Auftrag, nicht so sehr um die göttliche Belohnung, ehrlich, ich hätte den Auftrag auch ohne Belohnung übernommen."
Jan glaubte dem Mädchen, und so fuhr sie fort zu erzählen, dass sie als erste Kuss-Adresse die Adresse Am Flussufer 18 gekriegt hätte und hierher gekommen sei, und das Weitere wisse er ja, und dass sie sich im übrigen genau

so einen göttlichen Auftrag vorgestellt habe, so und nicht anders.

Jetzt fing es bei Jan an zu dämmern.
„Dann hast du mich sozusagen im göttlichen Auftrag geküsst, ich habe mich schon gewundert, woher du, na ja, erzähl mal weiter!"
„Also", erzählte das Mädchen, „ich war mir soweit ganz sicher, dass dies nun der erste Teil eines göttlichen Auftrages war, und war froh über alles, nun kam ich aber zurück zu dem Mann, um mir die zweite Kuss-Adresse geben zu lassen, obwohl ich eigentlich gar keine richtige Lust mehr hatte, noch einen zweiten Gottesgünstling zu küssen, weil mir ein Kuss, wie gesagt, reichte und ich sowieso nicht hinter der göttlichen Belohnung her war, und da kam dann der große Hammer."
„Und was war das?" fragte Jan.
„Da grinst mich dieser fiese Typ an und packt mich hier so am Arm und sagt in so einem saufrechen, frauenverachtenden Tonfall – das kannst du dir gar nicht vorstellen — : Die zweite Adresse bin ich, komm küss mich, Baby! Echt, da war ich total sauer, ich bin sofort weggelaufen. Und ich hatte doch gerade so schön an die Götter geglaubt. Warum ausgerechnet ich? Warum müssen die Götter ausgerechnet mit mir so ein mieses Hin und Her veranstalten? Ich weiß überhaupt nicht mehr, was ich von den Göttern halten soll, verstehst du das? Hast du nicht irgendwelche Beziehungen zu den Göttern – was soll das denn alles?"

Jan wusste natürlich auch nicht, was los war, und konnte dem armen Mädchen keine zufriedenstellende Auskunft geben, aber die Art, wie er mit ihr redete – so diese ruhige gelassene Art: „Mach dir man lieber nicht so viel Gedanken über die Götter" oder „Es wird schon wieder gut werden", schließlich auch solche Sprüche wie „Hör du nur auf die Stimme deines Herzens" –, dies alles trug dazu bei, das Mädchen wieder zu beruhigen, und sie war wieder ganz guter Laune, als sie sich gegen Abend verabschiedete. Sie hatten sich noch für den nächsten Abend zum Fischsuppenessen verabredet, und sie ging erst, als die Sonne wieder warm im Tal lag.

Kaum war sie gegangen – sie hieß übrigens Birgit –, da kam noch ein weiteres wunderbares Mädchen an die Hütte, fragte, ob das hier Am Flussufer 18 sei, und wollte sofort küssen.
Aber Jan wies sie höflich ab.
„Nein danke, sehr freundlich, aber ich bin schon verliebt."
„Schade", sagte das zweite schöne Mädchen, aber Jan wollte nicht.
„Schade."

Als Jan und Birgit am nächsten Tag Fischsuppe zum Abendbrot aßen, sich gegenübersaßen am Tisch und sich über die Suppenlöffel tief in die Augen blickten, sagte Birgit: „Ich habe nun meinen Glauben an die Götter wiedergefunden."
„Schön für dich", sagte Jan in seiner bekannt freundlichen Art und merkte mit einem Mal, dass seine Magenbeschwerden wie weggeblasen waren. Vielleicht war es doch psychosomatisch.
Just in diesem Augenblick klopfte es an die Hüttentür, und draußen stand ein wunderschönes Mädchen, das sofort Jan küssen wollte. Da mussten Jan und Birgit sehr lachen,

boten noch etwas Fischsuppe an, aber als das Mädchen nicht wollte, schickten sie sie wieder weg.

Von nun an kamen jeden Abend wunderschöne Mädchen, die küssen wollten, aber Jan schickte sie alle unverrichteter Dinge wieder weg. Birgit kam jetzt öfter mal vorbei; und wenn die andern Kussanwärterinnen die beiden schon zufrieden am Abendbrottisch sitzen sahen, dann waren die meistens auch schon irgendwie beleidigt.

Hein wohnte inzwischen in der Stadt in der teuersten Wohngegend. Am Schlosshof 1, in einer Luxusvilla mit Dienern, Swimmingpool und Farbfernseher. Er trug stets maßgeschneiderte Anzüge mit Seidenkrawatten. Wohin er auch ging, immer hatte er eine Trillerpfeife umhängen, egal ob sie zum Anzug passte oder nicht. Rein äußerlich hatte er sich ziemlich verändert. Er war blass geworden und hatte Haarausfall, und natürlich hatte er immer die teuersten und besten Speisen geschleckert, und da war er reichlich dick geworden. Zwar fühlte er sich weiterhin gesund, aber zu dick und meistens etwas schlecht gelaunt.

Seine schlechte Laune wurde immer schlimmer. Gelegentlich lief er wütend in seinem Zimmer auf und ab und rief: „Wo bleiben die Frauen?", sodass sich das Dienstpersonal sehr wunderte.
„Zum Teufel mit allen Managern!"
Oft sah man ihn allein am Fenster stehen und Frauen nachgucken, und dabei führte er manchmal die Trillerpfeife an den Mund.

Er wurde immer ungeduldiger. Nachts zog er durch Bars und Nachtclubs, guckte sich da die schönsten Frauen an und versuchte sofort, sie zu küssen. Er war jedes Mal sauer, wenn sich die Frauen nicht küssen ließen, was fast immer der Fall war. Natürlich suchte er die Frauen auch an den falschen Stellen; denn er kam ja vom Land und kannte sich nicht aus mit dem Leben in der Stadt und dachte, die schönen und guten Frauen findet man in Bars und Discotheken.

Hein wurde langsam aber sicher zu einem stadtbekannten Frauenschreck, und er wurde nur noch penetranter und glatzköpfiger und unangenehmer, bis keiner mehr hinter seiner peinlich aufdringlichen Art sein Unglück sehen konnte und ihn alle nur abwiesen und loswerden wollten. So kam es, dass er manche Nacht nach erfolgloser Kuss-Tour einsam und traurig zu seiner Luxusvilla zurückwankte und dabei den Mond anrief: „Wo bleiben die Frauen, wo bleiben die Frauen?"
Einmal lief er sogar mit gezückten Geldscheinen ins Eros-Center. „Was sollen die Küsse kosten? Na, was denn?" Dabei schwenkte er die Geldscheine wie kleine Fähnchen. Aber die Frauen in ihren Straps lachten ihn bloß aus. Das deprimierte ihn sehr; er lief nach Hause und warf sich heulend aufs Bett. Dabei hatte er immer noch die Geldscheine in der Hand.
Die vielen Frauen, an denen er sich versuchte, wurden zunehmend aggressiver und sprachen immer öfter von einem Kussgangster.
„Weg da, du Kussgangster", riefen manche Frauen schon von weitem. Auch Frauen, die gar nicht schön waren!
„Weg da, Kussgangster", und dabei kicherten sie.
Als er eines Tages wieder einsam nach Hause ging, sah er an einer Häuserwand sogar die Parole:
Nieder mit dem Kussgangster!

Um Gottes Willen, so weit ist es schon gekommen, dachte sich Hein und steckte wieder die Trillerpfeife in den Mund, pustete aber wie immer nicht; denn er hatte das Gefühl, er sei von den Göttern irgendwie missverstanden worden, und er wollte sich seinen letzten Trumpf lieber noch für wirkliche Notfälle aufheben. In der Stadt kam richtige Stimmung gegen diesen Kussgangster auf, und es gab schon Zeitungsmeldungen und natürlich viele Gerüchte. Die Schlagzeilen in der Lokalpresse lauteten zum Beispiel:

> *Kussgangster fand neues Opfer*
> *Frauen fordern: Bestraft den Kussgangster*
> *Fast 80 Prozent aller schönen Frauen sind betroffen*
> *Kussgangster richtet großen Schaden an*

Eines Tages las Hein in der Zeitung, dass der gefürchtete Kussgangster endlich gefangen sei. Hein zitterten die Hände, als er den Artikel las: Die Kirchen wollten sich nun einschalten und das Institut für Moral, und man wollte einen Schauprozess gegen den Kussgangster veranstalten, bei dem auch verschiedene Gutachter aus der feministischen Bewegung neuere Erkenntnisse über die seelische Bedeutung des Kusses referieren wollten, und bei dem neben Rechtsanwälten viele Priester auftreten wollten, weil sie anlässlich des Kussgangsterprozesses zu einer Wiederherstellung des Glaubens in der Bevölkerung beitragen wollten; denn der Kussgangster hatte, wie ein namhafter Priester wörtlich bemerkte, „großen Schaden am Glauben" angerichtet. Es sollte auch zum Kussgangsterprozess ein Buch erscheinen mit dem Titel ‚Generation ohne Glauben'.

Hein wollte natürlich unbedingt zu dem Schauprozess, aber unerkannt, denn er hatte eine dunkle Ahnung, dass er selber etwas damit zu tun hatte. Aber er musste einfach sehen, was hinter diesem Phantom-Kussgangster steckte; denn der Kussgangster verfolgte ihn schon in seinen Träumen, von denen er manchmal schweißgebadet aufwachte und in die Nacht rief: „Ich habe doch nichts getan, ich habe doch nichts getan!"
Also besorgte er sich einen alten Trenchcoatmantel, schlug den Kragen hoch und setzte sich eine dunkle Sonnenbrille auf, damit ihn keiner erkennen konnte.

Zu dem Schauprozess waren erwartungsgemäß die Massen erschienen. Der Schauprozess war unter anderem auch deswegen so attraktiv, weil alle schönen Frauen der Stadt auf der Zeugenbank saßen, und das war ein wahrhaft rührender Anblick: Lydia, Regine, Marion, Tine, Susanne, Barbara, Lucia, Giosanna, Lisbet, sogar Corinna, Linda, Nicole, Eva, Silvia, Angelica . . .

Der Richter hielt sich erst lange mit Verfahrensfragen auf, weil die Verteidigung beantragte, dass die Frauen doch wenigstens die Spruchbänder, die sie mitgebracht hatten, entfernen sollten, aber der Volkszorn war dagegen.
Als der Kussgangster unter dem Klicken der Blitzlichter endlich in die Arena geführt wurde, ging ein Grölen und Johlen durch die Masse, und Hein erkannte den Mann sofort wieder als den Mann, von dem er schon lange Nachricht erwartet hatte. Der Kussgangster war natürlich kein anderer als der Manager Lutz. Da war Hein aber erleichtert; denn er hatte immer eine unheimliche Ahnung gehabt, dass er selber der Kussgangster sei. Die Leute um ihn herum blickten ihn auch so merkwürdig an, aber er hatte

ja eine dunkle Sonnenbrille auf, und da konnte eigentlich nichts passieren; sicherheitshalber schlug er den Mantelkragen noch etwas höher.

Die Anklage lautete darauf, dass Lutz, unter dem Vorwand, einen göttlichen Auftrag verwalten zu müssen, 144 Frauen und Mädchen verführt hatte, ihn zu küssen; weitere 76 hatten sich geweigert. Er wurde als niederträchtiger Frauenverachter beschimpft.
Der Staatsanwalt gab eine Darstellung seiner Verbrechen. Seine besondere Gefährlichkeit bestand darin, dass er behauptet hatte, einen göttlichen Auftrag zu haben, womit er sich erstens der Gotteslästerung und zweitens der Amtsanmaßung schuldig gemacht hatte. Weiterhin zeigte sich die Hinterhältigkeit des Angeklagten darin, dass er einen unbescholtenen Burschen vom Land, der glücklich mit einer gewissen Birgit verheiratet war und in einer kleinen Hütte am Fluss mit seiner Frau lebte, mit reinziehen wollte in seine Schuld und immer wieder alle Vorwürfe auf diese Adresse abwälzen wollte.
Der seelenlose Betrüger, so der Staatsanwalt, hatte sicher geglaubt, dass ein einfaches Gemüt vom Lande dumm genug wäre, drauflos zu küssen und sich so zum Sündenbock zu machen. Ein hinterlistiger Plan! Nur habe der Angeklagte nicht damit gerechnet, dass der besagte Ehemann eben nicht in die Falle liefe.
„Die Frauen hier auf der Zeugenbank haben übereinstimmend ausgesagt, dass der Mann, den der Angeklagte vorschieben will, sie nicht berührt hat", verkündete der Staatsanwalt, und dabei brauste Beifall auf. Nur die Frauen auf der Zeugenbank klatschten nicht und Hein auch nicht.

Der Manager Lutz saß tief in der Patsche. Sein Blick fiel auf ein Transparent in der vorderen Reihe, auf dem stand:

Schneidet ihm den Pimmel ab!

„Wenn die Frauen so gemein sein können, dann war mein Posaunenspielen auch vergeblich", rief Lutz und brach sofort in Tränen aus, gleich in den ersten 10 Minuten des Schauprozesses. Die Menge grölte wie bei einem Boxkampf, wenn ein Boxer schon mal bis 8 auf den Boden geht.
Der Kussgangster redete sehr schnell, sobald die Tränen dies einigermaßen zuließen; denn er hatte jetzt nur noch den Wunsch, dieses Spektakel möglichst schnell zu überstehen, deshalb packte er gleich aus und gestand.
„Es stimmt. Ich habe versucht zu mogeln, ich habe mich als Zwischenhändler eingeschoben und wollte ein bisschen davon profitieren. Das war alles. Ich wollte doch nicht so viel Schaden anrichten, ich wollte doch nur einen winzigen kleinen Vorteil ausnutzen. Ich dachte, wenn die Frauen einmal küssen, dann können sie auch ein zweites Mal küssen, merkt doch keiner. Der Unterschied zwischen einmal und zweimal ist doch nicht so groß."
Da ging gleich wieder ein Gejohle durch die Reihen.
„Pommes frites und Spiele" forderten die Sprechchöre.
Lutz, genannt der Kussgangster, konnte mit seinen Geständnissen stürmischen Applaus hervorrufen, wie das vergleichbar nur große Rockstars mit sehr schnellen Gitarrensoli können.
„Ja, ich bekenne, dass ich meine Zwischenposition ausnutzen wollte zu meinem eigenen Vorteil, aber das tun doch alle redlichen Konzertmanager, Makler, Zwischenhändler,

Hersteller von Adaptern und sonstige Mittelsmänner, Geldwechsler ..."

Wieder ging ein Gebrüll los, diesmal gemischt mit Parolen, die von den Rängen kamen, auf denen sich die Geistlichkeit versammelt hatte, die, wie gesagt, diesen Schauprozess als mögliche Wende im Glaubenskampf ansahen und nun auf das ‚Stichwort Geldwechsler' den Sprechchor „Jagt sie aus dem Tempel, jagt sie aus dem Tempel" anstimmten.

Der Richter brauchte gar nicht um Ruhe zu bitten. Es hätte nichts genützt, wenn er es getan hätte, und die Ruhe setzte schon deshalb von alleine wieder ein, weil die Menge neue Anlässe wollte, um loszugrölen.
„Aber es stimmt, dass ein echter göttlicher Auftrag vorlag, die Kussfrauen alle zu organisieren und an die angegebene Adresse zu verweisen, und es stimmt, dass göttliche Belohnung in Aussicht gestellt war ..."
„Wo ist denn nun die göttliche Belohnung?" riefen die Frauen von der Zeugenbank, „wo denn?"
„Beweise, Beweise!"
„Die göttliche Belohnung konnte ja nicht kommen, weil die ganze Kussaktion gescheitert ist, nur der Zwischenhandel hat geklappt. An der ganzen Kussaktion hat nur der Zwischenhandel geklappt, und zuerst nicht mal der."
Da kam es zu ersten Ohnmachtsanfällen auf der Zeugenbank, und einige der schönen Frauen kreischten: „Und den hab ich geküsst!"
„Ausgerechnet den!"
„Für nichts geküsst! Nichts, nichts, nichts!"

Lutz, genannt der Kussgangster, fing wieder an zu weinen, und natürlich brüllten alle wie wild. Alle, außer Hein, der große Angst hatte, dass er in der Menge auffallen würde, weil er nicht in die Hassparolen gegen den Kussgangster einstimmte.

Da nun Lutz erst mal außer Gefecht gesetzt war, sprang ein Priester mit einem Redebeitrag ein, indem er ausführte, dass die Trickbetrügereien vom Kussgangster zu einem nicht wiedergutzumachenden Glaubensverlust geführt hätte; denn der Trickbetrug sei im Namen der Götter geführt worden, und die Glaubwürdigkeit der Götter hätte dadurch sehr gelitten.

„Wir haben es praktisch mit einer ungläubigen weiblichen Bevölkerung zu tun", pointierte er seinen Beitrag und weiter: „Bedenken Sie immer, dass eine Frau nie alleine steht, dass sie immer wenigstens einen Vater hat und einen Liebhaber, einige sogar zwei Liebhaber oder mehr, und die werden alle mit reingezogen in die Glaubenskrise. So zieht der Unglauben Kreise, die nicht mehr zu überblicken sind."

Hein konnte es kaum noch aushalten.

„Du kennst wohl keine einzige Parole auswendig, was?" tuschelte ein Nebenmann.

„Bist wohl ein Agent", sagte ein anderer und versuchte ihm die Sonnenbrille abzunehmen.

„Ich kenne den Kussgangster nicht, nie gesehen", sagte Hein und lief weg.

„Ihm nach, das ist ein Agent!"

„Auf ihn!"

Hein flüchtete aufs Klo und schloss sich schnell in einer Scheißkabine ein. Hier war er nur vorläufig sicher, und ein Locus amoenus war es nun auch grade nicht. Die Verfolger rüttelten an der Tür.

„Aufmachen, du Agent!"
Wenn er sich doch bloß von hier aus dematerialisieren könnte oder wenigstens von hier aus jemanden anrufen könnte! Nun war es Zeit für die Notbremse. Er nahm seine Trillerpfeife in den Mund und blies kräftig. Er hatte Angst.

Tatsächlich kam der Götterfrosch aus dem Klo gekrochen und war unheimlich sauer.
„Bei dir macht man aber auch was durch", schimpfte er, triefend von Scheiße, so dass Hein sich erst mal die Nase zuhielt, weil der Götterfrosch so stank.
„Meine Güte, du kannst einen aber auch auf seltsame Abwege schicken, ich hoffe, dass das aber das letzte Mal war, nun, wie lautet dein Reservewunsch?"
„Hör mal her, Götterfrosch, ihr Götter habt mich ja ganz schön reingelegt. Wie ist denn das nun mit der Wunscherfüllung von Zusatzwunsch Nummer Zwei? Das ging doch wohl daneben. Was sagen die Götter denn dazu, wollten mich wohl reinlegen?"
„Ich will dir mal im Vertrauen was sagen", sagte der Götterfrosch, und die Pisse lief ihm dabei sabbernd aus dem Breitmaul, „du überlegst dir deine Wünsche zu genau, ich glaube, daran liegt es. Die Götter wollten dich nicht reinlegen, nur scheint mir, dass es den Göttern ziemlich egal ist, und die meisten lachen nur darüber. Vielleicht ist dir schon aufgefallen, wie sehr in letzter Zeit die Gewitter zugenommen haben; ich glaube, dass die Götter ihre Freude an dem Gang der Dinge haben."
Während der Götterfrosch dieses verkündete, hatte sich wieder ein Gewitter entwickelt, und sogar von der Klokabine aus hörte man den Donner rollen.

„Wäre es nicht möglich, dass ich noch einen Freiwunsch kriege für den missglückten Zusatzwunsch Nummer Zwei?" fragte Hein vorsichtig und hörte sofort den Donner rollen.
„Du bist aber auch sehr blöd gewesen! Hast dem von den Göttern beauftragten Manager die falsche Adresse gegeben, als er seine Kussaktion vorbereitete."
„Ja, aber damals war das doch noch meine richtige Adresse – ehe ich in die Stadt zog ..."
Von draußen wurde wieder an der Tür gezerrt.

„Du hättest dir lieber ein bisschen mehr Grips wünschen sollen", bemerkte der Götterfrosch sarkastisch, „du hast eben nicht bedacht, dass dich die erfüllten Wünsche verändern, guck dich doch mal an, wie verändert du bist, allein von der Wunscherfüllung von deinem superschlauen Zusatzwunsch Nummer Eins. Und durch den Zusatzwunsch Nummer Eins hat sich natürlich auch deine Adresse geändert, und da stimmte dann die Voraussetzung zur Wunscherfüllung von Zusatzwunsch Nummer Zwei nicht mehr, du Wunschexperte, du!"
Und wieder rollte der Donner ganz fürchterlich.

Hein getraute sich nicht, nochmal anzufragen, ob er mit seinem Reservewunsch, weitere drei Zusatzwünsche herbeiwünschen dürfte. Er hatte auch das Gefühl, dass die Donnergötter ungeduldig darauf warteten, ihn wieder in die Pfanne zu hauen; es kam ihm so vor, als warteten die da oben nur darauf, dass er hier unten irgend etwas Dummes sagen würde, damit die wieder ordentlich was zum Donnern hatten, und er bemerkte eine gewisse Ähnlichkeit zwischen seiner Situation und der von Lutz, dem Kuss-

gangster. Der saß in der Arena in der Scheiße und Hein hier in der Kabine.
„Wenn du nicht sofort aufmachst, elender Agent, dann treten wir die Tür ein!"
„Wie lautet dein Reservewunsch?" fragte der Götterfrosch.
„Ich weiß nicht ..."
(Donner, Donner)
„ ... ich will nur weg von hier."
Kaum hatte Hein das rausgebracht, fuhr ein Blitz nieder, und Hein konnte daraus die Schrift GENEHMIGT *erkennen.*
„Tschüss", meinte Hein noch, hätte der Götterfrosch gesagt.

„Ja, wo kommst du denn her?" fragte Jan, als er seinen Bruder, den man auf den ersten Blick kaum wiedererkennen konnte, draußen vor der Tür seiner Hütte stehen sah, „Mensch, Hein, schön, dich mal wiederzusehen, siehst gut aus, wie ist es dir denn in der Stadt ergangen, alter Knabe, haste dein Glück gemacht? Los, komm rein, es gibt gerade Fischsuppe, dies ist Birgit, meine Frau, ich habe ihr schon viel von dir erzählt."

Hein setzte sich an den Abendbrottisch und weinte. Gut, dann brauchte er eben nichts über das Leben in der Stadt zu erzählen. Es war klar, dass Hein hier wohnen blieb, gleich am nächsten Tag fingen sie an und bauten einen Anbau an die Hütte, da konnte Hein wohnen.

Auf dem Land wurde nicht viel geredet, und Hein erfuhr nie, wie Jan und Birgit sich kennengelernt hatten, genauso wenig fragten sie ihn nach seinem Leben in der Stadt aus.

Sie teilten sich wortlos die anfallende Arbeit. Das einzige, was Hein wollte, war, nicht fischen zu müssen.
„Igitt, am Fluss gibt es Kröten, die stinken", sagte er, und damit war alles klar.

Einmal wurde ein Sonderflugblatt an alle Gemeinden verteilt, in dem bekanntgegeben wurde, dass der gefürchtete Kussgangster am Schandpfahl gestorben sei und dass nun eine Rückbesinnung auf religiöse Werte einsetzte. Jan verbrannte das Sonderflugblatt kopfschüttelnd im Kamin, und Birgit küsste ihn dabei auf den Hals. Hein musste so zittern, dass er die ganze Fischsuppe verplemperte.
„Ich geh schon mal schlafen", sagte Hein und zog sich in seine Anbaukabine zurück.
„Gute Nacht."

„Meinem Bruder geht es nicht gut, vielleicht sollten wir tagsüber nicht so viel rumschmusen. Ich glaube, das macht ihn traurig", sagte Jan vor dem Einschlafen und schmiegte sich an Birgit.
„Aber nachts schon", lachte sie leise und streichelte seinen Kopf.
„Nachts ja!"

Die beiden konnten nicht wissen, dass Hein von nebenan durch die dünne Bretterwand jedes Wort verstehen konnte. Er ließ sich das auch nicht anmerken und versuchte immer, das Weinen solange zurückzuhalten, bis die Liebeslaute von Jan und Birgit so laut waren, dass sie sein Schluchzen übertönten. Dann biss Hein mit aller Kraft in sein Kopfkissen. Er hatte Phantasievorstellungen, dass eine riesige Kröte kommen und die ganze Hütte, ja die ganze Welt verschlingen würde. Er wollte so gerne sterben, wusste aber genau, dass er noch lange zu leben hatte.

8. Äpfel so grün wie grüne Äpfel

Thomas saß wieder im Abteil, seit der letzten Station waren zwei Mitreisende dazugekommen, die vom Alter her seine Eltern sein konnten. Die hatten wie auf Verabredung ihre Mäntel anbehalten, für sie fiel das Zugabteil wohl unter die Kategorie Draußen. Lediglich er hatte seinen Hut auf die kleine Ablage getan. Sie saßen raumsparend, als wollten sie nicht viel Platz beanspruchen; er am Fenster direkt gegenüber von Thomas, sie saß daneben und blätterte in einer Illustrierten. Thomas hatte den Rücken zur Fahrtrichtung. Unter normalen Umständen wären sich Thomas und diese beiden ganz selbstverständlich aus dem Weg gegangen. Typische Vertreter der schweigenden Mehrheit, gutartig, gehören der gegnerischen Partei an und wissen das nicht mal.

Wenn Thomas mit seinen Eltern diskutiert hatte, dann war immer Persönliches und Politisches vermischt, und wenn aus den politischen Schützengräben die persönlichen Granaten hin- und herflogen, kam meistens die Mutter und hatte eine Gulaschsuppe gemacht: Nun esst doch erst mal was. Und die Verletzworte Vietnam, Chile, Kambodscha gaben der Suppe am Familientisch erst die richtige Würze.
Bei den Leuten wie denen gegenüber war es am besten, man blieb höflich und zwang sich zur Langweile Die hatten andere Gesprächsthemen, zum Beispiel Krankheiten. Bloß, darüber redet man nicht, solange man jung sein will. Oder: Verwandtschaft! Wahrscheinlich waren die beiden gerade unterwegs zu Verwandten, die sie kurz bei Kaffee und Kuchen besuchen wollten, um über Krankheiten zu reden, Illustrierte nachzuerzählen und die restliche Verwandtschaft durchzuhecheln.

Draußen im Gang lief ein Typ vorbei mit lila Hose und sehr offener Lederjacke, unterm Arm ein Kofferradio von der Größe eines Schultornisters mit unscharf eingestellter Musik, die für ältere Ohren nichts weiter als Lärm sein konnte; während er, Thomas, schon so geräuschfilternd hörte, dass er daraus noch

> Video kills the radio-star.
> In my mind and in my car
> We can't rewind ...

erkennen konnte. Da war das Radio auch schon vorbei; denn der Typ hatte nur kurz im Vorbeigehen das Abteil abgecheckt und bei einem Blick auf die beiden Alten gewusst, dass er da nicht reinwollte.
„Denen geht es zu gut", erklärte der Mann, und die Frau ließ in ihrem Gesichtsausdruck gleich ein bisschen Zustimmung erkennen.
„Zu gut, sage ich."
„Ja, zu gut, genau", Thomas bemühte sich um einen zustimmenden Tonfall und merkte gleich, dass er hier Untertöne und Obertöne höllisch unter Kontrolle halten musste. „Zu gut, das würde ich auch sagen, aber wissen Sie, zu gut ist ja was anderes als gut. Und so kann man sagen, dass es den Leuten, denen es zu gut geht, auf eine besondere Weise nicht gut geht. .."
„Was heißt denn hier ‚nicht gut'? Die haben doch alles." Der Mann hatte seine Gesprächsherausforderung angenommen, und nun stellte sich Thomas sofort auf einen Show-down ein.
„Aber was heißt denn hier ‚alles haben'?" Thomas versuchte nicht verächtlich zu wirken, „wenn man alles hat, dann kann das doch nicht gut sein. Nicht umsonst sprechen die Astronauten vom Ewigen Eis oder vom Großen Nichts, wenn sie

über das Welt-All reden. Alles oder nichts: der Unterschied ist oft nicht groß."

Die beiden sahen Thomas missbilligend an, ohne dass sie sich dazu vorher hätten absprechen müssen. Thomas hatte zwar versucht, sich vorsichtig auszudrücken, sodass nicht gleich sein Anderssein zum Vorschein kam, er wollte sich sogar verständlich machen, aber war mit seinem Alles und Nichts eher unklar. Er befürchtete, dass sich jetzt ein Lehrertonfall reinschmuggelte, den man nicht mehr so leicht rausmischen konnte. Er wollte auf keinen Fall belehrend reden und versuchte es betont unbefangen.

„Wissen Sie, ich meine das so: Dass es den Jungs zu gut geht, ist noch milde ausgedrückt. Die sind total geschrottet, für die ist das Leben ein stinklangweiliger, zweitklassiger Film, und die wollen ihr Geld zurück. Aber, wenn die auch diese Leckmich-am-Arsch-Einstellung haben…"

Keine Reaktion der Gegenüber auf das Stichwort ‚Arsch'.

„ ... man nennt sie ja auch die Null-Bock-Generation –, dann haben sie dennoch eine düstere Ahnung davon, dass der ganze Film sehr aufwendig ist. Es muss ja ein Riesenaufwand betrieben werden, um dieses Nichts auf vollen Touren laufen zu lassen, dieses Nichts, das Sie als ‚alles haben' bezeichnet haben ..."

Keinerlei zustimmendes Nicken.

„ ... Da muss ja ein Jenseitsapparat in Schwung gehalten werden, und dieser Apparat ist eben

sündhaft teuer. Sie kennen doch sicher noch den Ausdruck ‚sündhaft teuer'?"
Wieder nichts.
„Jeder Kilometer Autobahn, auf dem ein Auto fährt, das nicht so richtig weiß wohin; jede Sendeminute, die allen gefallen soll, all das ist sündhaft teuer. In der Zone, in der wir leben, gibt es keine Stille mehr, weil man überall im Hintergrund das Laufgeräusch der riesigen Maschine hört, die das Ganze, das Nichts, in Schwung hält, und sicher fragen sich die Besucher dieser Zone heimlich: Warum gerade ich? Warum geht es gerade uns zu gut? Haben wir nichts Besseres verdient? Und alle spüren heimlich die Ungerechtigkeit dahinter, dass man eine Welt untergehen lässt, nur um jeden Monat eine neue Joghurtsorte auf dem Frühstückstisch zu haben, mit der man sich schlank essen soll, und man wird doch immer dicker und ungeduldiger, trotz Kiwi, Nougat und Mangos, und wir essen ganz hastig, damit wir nicht denken müssen: Wie viele arme Schlucker mussten für diesen Plastiklöffel voll Extra bluten, wie viel Schaden wird nicht wiedergutgemacht."
Unverständnis auf den Gesichtern gegenüber.
„Wissen Sie, es entstehen da ganz neue Formen von schlechtem Gewissen, die so neu sind, dass sie gar nicht mehr unter das Wort ‚schlechtes Gewissen' passen. Aber da ist eben noch was da, was sich nicht überschleckern lässt, was immer wieder neu verführt und übertönt werden muss. Deshalb müssen die armen Jungs auch mit so schlecht eingestellter Krachmusik rumlaufen, die außerdem noch auf Englisch ist, weil sie ja lieber

im Niemandsland zu Hause sind und auf falsche Art damit fertig werden wollen, dass es uns hier in der BRD eben zu gut geht."

Das war ein ziemlicher Streifen, und Thomas merkte selber, dass ihm der Tonfall etwas entglitten war und er langsam von einer Verteidigung des Kofferradios zu einer Anklage gegen die beiden umgeschwenkt war. Es gab da versteckte Dornen in seinem Unterton. Vielleicht lag es auch daran, dass die Frau diese Illustrierte – ‚Das Goldene Blatt' – in der Hand hielt, von der Thomas meinte, er wüsste schon, was drinsteht, und wobei er nur denken konnte: So welche sind das also. Enttarnt!
Die beiden fühlten sich auch angegriffen, das sah man ihren Gesichtern an, und der Mann holte zu einem Gegenschlag aus, auf den Thomas nicht gefasst war. Er setzte nämlich an einem Wort an, dem Thomas gar keine Ausrufezeichen mitgegeben hatte in seiner etwas zu langen Kürrede. Thomas hatte ganz arglos ein Reizwort benutzt.
„Das heißt offiziell nicht BRD, Sie, das heißt Deutschland", und wie um der Sache noch mehr Berechtigung zuzufügen, nochmal hinterher, „offiziell!"

Zong. Da hatte ers. Er konnte gar nicht glauben, dass es die Leute wirklich gibt, die so was sagen. Das war jetzt kein Spiel mehr. Das war ein echtes Streitgespräch, bei dem das Wort Deutschland gefordert wurde.

„Ich meine nur die BRD, in der DDR ist das anders, auch im Deutschen Reich war das vielleicht anders, jedenfalls wollte ich davon nicht sprechen, sondern von der Bundesrepublik Deutschland, BRD."
„Das ist eine kommunistische Abkürzung. Offiziell heißt das Deutschland."

Thomas musste seine Ruhe bewahren; denn mit der letzten Bemerkung war für ihn die Harmlosigkeit der Leute vom Tisch, sie waren ab sofort gefährliche Teddybären. Sodas Dummes. Er musste sich seine Gegenrede etwas ordnen, damit er nicht übersprudelte.
„Was ist denn daran kommunistisch? Wir nennen uns doch selber Bundesrepublik Deutschland, warum soll das denn verboten sein, den Namen abzukürzen?"
Thomas sagte absichtlich ‚verboten', weil er dachte, dass es sie schockieren würde zu wissen, dass die Abkürzung BRD tatsächlich untersagt ist in Rundfunkanstalten, und sie würden vielleicht empört sagen: Aber bei uns wird doch nichts verboten, und dann könnte er ordentlich Kontra geben, aber zu seiner Überraschung waren die gar nicht empört, der Herr meinte nur:
„Das ist eine Abkürzung, die aus der DDR kommt."

„Also, dann will ich Ihnen mal was sagen", Thomas setzte sich etwas aufrechter hin in die Pose des Stärkeren, „diese Abkürzung kommt nicht aus der DDR, sondern ist bei uns in der

Bundesrepublik, also hier in der BRD, schon seit 1951 offiziell in Gebrauch, so!"

Thomas war so wütend, dass er nicht merkte, dass er gar nicht seine Gegenüber meinte, sondern die, die deren Meinung geliefert hatten. Die beiden zeigten sich nicht beeindruckt. Nicht durch seine Erregung und auch nicht dadurch, dass er mit der Jahreszahl 1951 eine sachlich wirkende Information eingebracht hatte.
„Sie müssen sich auch mal überlegen, aus welcher Ecke Sie Ihre Informationen haben, nicht wahr."
Thomas stockte, jetzt war er in eine Verhaltensfalle gerannt: Er war auf der besserwisserischen Tour drauf, und wenn einer erst mal als Besserwisser enttarnt ist, dann kann er sagen, was er will, der andere erhärtet seine Meinung nur noch. Da konnte Thomas so viele Informationen und Lesehinweise auftischen, wie er wollte, die beiden hätten sich bestenfalls ausgeschlossen gefühlt. Das war eine Situation, in der Besserwissen kein Argument war.
„Gehen wir doch mal von der Sache selber aus", fing Thomas an und merkte sofort, dass er schon wieder die falsche Tonart angestimmt hatte: So reden unsympathische Lehrer. Zu spät. „Aus welcher Ecke die Informationen auch immer kommen; ich wollte Sie damit nicht überfahren, und Sie müssen sagen, wenn ich mich nicht deutlich genug ausdrücke. Aber nehmen wir doch einfach mal das Wort oder besser die Buchstaben selber: BRD. Damit wird doch nichts anderes gesagt als das, was wir selber sagen wollen. Und

wenn das verboten wird mit der Begründung, dass Kommunisten so was in den Mund nehmen, dann ist das einfach keine Begründung, sondern ein Appell an Kommunistenfurcht, Hysterie und Dummheit."

Thomas merkte selber, dass er sich zum Schluss mit dem Wort ‚Dummheit' verplappert hatte. Damit waren die Fronten klar und fruchtlos: Ich bin schlau, und ihr seid dumm. Die beiden waren weniger überzeugt und mehr entfernt.
„Ich trau den Brüdern auch nicht, ich nicht. Sehen Sie doch nur mal Afghanistan, haben Sie da auch Ihre Informationen? Also ich trau den Brüdern nicht."

Um dem Mann nicht ins Gesicht blicken zu müssen – um aber auch die Frau nicht anzugucken, denn das hätte ausweichend gewirkt, und bei dem Mann hätte es nach Kraftprobe ausgesehen –, guckte Thomas zwischen den beiden durch auf ein kleines eingerahmtes Werbungsschildchen, wie sie über den Sitzen in manchen Abteilen der DB angebracht sind:

> Die Bahn hilft jungen Leuten auf die Sprünge.
> Mit dem Tramper-Monats-Ticket.

Aber Thomas wollte nicht abschweifen und beschwor sich selber: Bitte, Thomas, bleiben wir doch beim Thema, bitte schön, wenn wir nicht beim Thema bleiben, dann können wir gleich

Schwadronierpartys abreißen nach dem Motto: So, so, ach, wie interessant. Dabei ist es so schwer, beim Thema zu bleiben, wenn die Themen unendlich miteinander verwoben sind. „Ich war noch nicht fertig. Machen wir doch einmal die Gegenprobe ..."
Um Gottes Willen, hier redete wieder der Mathematiklehrer in Thomas.
„ ... Nicht nur, dass gegen die Abkürzung BRD nichts einzuwenden ist, aber gegen den zwangsverordneten Begriff Deutschland sehr viel ..."
Der Mann gab durch seinen Gesichtsausdruck zu verstehen, dass er nicht verstand, wohin Thomas nun losging, und Thomas musste erst warten, bis ein Gegenzug vorbeigebraust war, ehe er weiterreden konnte. Eine Schrecksekunde lang, solange man noch nicht wusste, dass es nur ein Gegenzug war, hörte es sich an wie ein Weltuntergang. Der Güterzug hatte Autos geladen. Wie Panzer. Wahrscheinlich auf jedem ein Freiheitsadler aufgeklebt oder ein serienmäßiges Herz für Kinder.

„Also nehmen wir doch einfach mal folgenden Satz: ‚Die Beatles Revival Band machte eine Tournee durch Deutschland und die DDR. Kann man das Ihrer Meinung nach so sagen?"
Keine Reaktion.
„Oder muss es heißen: ‚Die Beatles Revival Band machte eine Tournee durch die BRD und DDR, na? Und ausgerechnet die Beatles Revival Band, wissen Sie, was das für eine Truppe ist? Schaufensterpuppen sind das, typisch deutsch, Nostal-

gieband der heimatlosen Herzen, außen englisch, innen hohl, dahinter klingelt die Kasse ..."

Zur Sache, Thomas, zur Sache! Woher sollen die denn die Beatles Revival Band kennen. Wir wollten uns doch konzentrieren, also: „Wenn ich sage: Deutschland und die DDR; heißt das dann nicht soviel, dass die DDR nicht Deutschland ist? Ich benutze doch hier eine Aufzählung von gleichen Gliedern, A und B, und nehme dabei selbstverständlich an, dass nicht ein Glied Teil des anderen ist; verstehen Sie, was ich meine? Wenn wir uns in unserer schmalen BRD das Wort Deutschland an die Brust reißen, dann bürgern wir praktisch die DDR aus Deutschland aus."

Die beiden guckten ihn so verständnislos an, als würde er in einer fremden Sprache reden.

„Wir fordern damit eine Kraftprobe heraus. Das Wort Deutschland dürfen wir nicht einfach so für uns haben wollen, ohne die Brüder zu fragen, die Brüder und Schwestern. Die müssen ja Angst haben, wir stationieren auch noch Raketen wie Ausrufezeichen hinter dem Wort Deutschland ..."

„Machen Sie sich man keine Illusionen über die da drüben. Wissen Sie, was so ein Auto bei denen kostet und wie lange die darauf warten müssen? Das ist doch alles viel günstiger hier, viel günstiger."

Thomas war einen Moment still. Der Mann hakte gleich nach: „Gucken Sie doch mal, was auf den Autos draufsteht, offiziell als internationales Kennzeichen: D steht da, offiziell."

Kurze Kampfpause. Die Frau mischte sich ein, sie wollte auch was sagen: „Sehen Sie mal, Bekannte von uns, die waren ja voriges Jahr hinter dem Eisernen Vorhang auf Urlaub, in Ungarn waren die, und die haben erzählt, unsere Bekannten, dass die Ungarn alle Deutsch sprechen, wo man hinkommt, alle sprechen Deutsch, und wenn man sagt, dass man aus Deutschland kommt, dann fragen die: Sind Sie Ostdeutscher oder Westdeutscher? Und wenn sie dann gesagt haben, dass sie Westdeutsche sind, unsere Bekannten, dann waren die gleich viel netter."

„Die fragen doch mit der Hand am gezückten Geldbeutel. Die halten uns für Geldroboter und fürchten uns."

„Nein, nein, die wollen sein wie wir", die beiden waren sich einig, „die beneiden uns doch. Wir haben hier doch alles, und das wollen die auch, machen Sie sich da man keine Illusionen. Die würden sich freuen, wenn es bei denen nur ein bisschen so wäre wie bei uns. Nur ein bisschen. Dann würden die sich doch freuen."

„Natürlich gibt es Leute, die den Krieg gegen uns schon verloren haben. Den neuen Krieg mit neuen Truppen, die als Touristen getarnt in fremde Gebiete vordringen und darauf bestehen, dass überall deutsches Bier auf den Tisch kommt. Die denken, die hätten auf der ganzen Welt Platzvorteile."

„Ach was."

„Kissinger hat das übrigens selber gesagt ..."

„Wer?"

„Kissinger. Der hat gesagt, dass Kriege mit militärischen Mitteln altmodisch geworden sind, dass die Kriege heute ganz anders geführt werden – als Kriege um Lebensweisen."
„Ach, was wissen Sie vom Krieg."
„Doch, so von hintenrum. Erst kommen die Partisanentruppen in Jeans, die Alternativtouristen, die gar nicht richtig wissen, für wen sie Neuland ausspionieren, weil sie denken, dass sie ganz anders sind als die andern, aber die andern, die rücken sofort nach. Bis überall auf der Welt Discotheken und Boutiquen eingerichtet sind, wo es das Superechte rund um die Uhr gegen Euroschecks zu kaufen gibt."
„Aber die wollen doch so leben wie wir ..."
„Nein, nein, nein, entschuldigen Sie, dass ich unterbreche. Aber das geht natürlich gar nicht. Es muss immer anderen schlechter gehen, damit es uns besser gehen kann, das hängt zusammen."
„Aber es ist doch ganz anders. Bei uns gibt es schon alles. Bei denen ist das noch nicht so entwickelt. Da ist alles noch grau in grau."
„Aber bei uns ist alles bunt in bunt, und das ist viel schlimmer; denn da gibt es kein Zurück mehr."
Die beiden hatten das nicht verstanden.
„Gehen Sie doch mal selber durch eine Fußgängerzone, dann sehen Sie, dass natürlich alles bunt ist, aber die Farben gehören uns nicht mehr. Blau ist Horten, Sandgelb ist Camel Filter, Grün ist Dresdner Bank, Wienerwald oder Apfel-Shampoo, Orange Fotogeschäfte, Agfa, Porst oder Mövenpick, und Rot ist Coca-Cola. Ich habe

mir eine Fußgängerzone mit eigenen Augen angeguckt ..."

Thomas wurde lauter, ihm war, als müsste er aufspringen und wie ein Kriegsveteran sein Hemd aufreißen und die Wunden vorzeigen: „Ich habe die Buntheit selbst erlebt, die Farben kommen doch alle von derselben Firma, wir sind zur Buntheit verdonnert, obwohl es uns schon längst zu bunt geworden ist."

Die beiden waren zu keiner Zustimmung zu bewegen, Thomas musste vielleicht ein bisschen leiser reden und nicht so viele Pirouetten drehen.

„Ich kann Ihnen sagen, wie ich der Sache auf die Spur gekommen bin. Ich habe nämlich in einer Illustrierten den Slogan gesehen: ‚Bunt ist farbiger als grau'. Das ist doch sehr verräterisch! Warum sagt einer so was, was doch so selbstverständlich klingt?"

Nichts.

„Warum gibt man sündhaft viel Geld dafür aus, so einen Satz zu veröffentlichen? Na? Die Leute sind nämlich nicht dumm, die haben inzwischen gemerkt, dass die Dinge verdreht sind. Bunt ist in Wirklichkeit nicht mehr farbiger als grau, eben nicht mehr. Deshalb betonen die das so. Wie ein Liebespaar, bei dem die Liebe erloschen ist und die sich immer noch täglich beteuern: Ich liebe dich ganz und gar, weil sie meinen, wenn sie es betonen, dann stimmt es vielleicht wieder."

Den beiden war nicht anzusehen, ob sie durch den Vergleich mit dem Liebespaar angesprochen waren oder nicht.

„Vielleicht ist Ihnen auch schon aufgefallen, dass die in letzter Zeit mehr und mehr auf die selbstverständliche Tour kommen?"

Nichts.

„Die sagen Dinge, die so offensichtlich klingen, dass man sich nur fragen kann, warum haben die es nötig, so was immer zu sagen, zum Beispiel: ‚Für das Echte gibt es keinen Ersatz'. Ich habe dann immer den Verdacht, dass es schon so weit ist, dass alles Echte längst ersetzt ist, wenn man so redet. Oder: ‚Kinder haben keine Bremse', dann denke ich: Na, bald wird es soweit sein, dass man den Kindern endlich Bremsen einbaut, vielleicht noch kleine Antennen, dass sie für den Straßenverkehr ferngesteuert werden können."

Keine besondere Reaktion auf den Gesichtern gegenüber.

„Ich gebe Ihnen noch ein Beispiel, Moment mal, hier habe ich was ..." Thomas zog einen Notizzettel aus seiner Hosentasche und las den Spruch vor: ‚Mit dem Tramper-Monats-Ticket der Bahn gibt's für 198 DM unser Land am Stück'. Wissen Sie, wie ich das verstehe?"

Schulterzucken.

„Ich verstehe das so, dass wir einen Ausverkauf mit unserem Land betreiben für lumpige 198 DM das Stück."

„Aber das können Sie doch nicht alles wörtlich nehmen."

„Nein, nicht direkt wörtlich ..."

„Sie nehmen alles viel zu wörtlich. So genau ist das nicht gemeint, das weiß doch jeder, das sind

doch nur Werbesprüche, die darf man doch nicht wörtlich nehmen."
„Mit uns werden Experimente angestellt, jawohl, und uns werden dabei Dummheiten vorgesetzt, und Forscher lauern versteckt hinter Einwegspiegeln und gucken, ob wir uns das bieten lassen, und wenn ja, dann kommt die nächste Dummheit, diesmal eine Nummer schärfer. Wenn wir erst mal so einen Buchstaben wie das D geschluckt haben, gehts weiter ..."
„Sie nehmen alles viel zu wörtlich."
„Wir müssen uns um jedes Wort streiten ..."
„Aber doch nicht um so was."
„Wir dürfen uns nicht einfach die Supersprache des Großen Bruders vorsetzen lassen."
„Was für eine Sprache?"
„Meine nicht."
„Wirklich, das ist doch alles nicht so gemeint."
„Alles?"
„Nein, Sie dürfen das nicht so wörtlich nehmen."
„So, ich darf das nicht wörtlich nehmen, soll das heißen, dass das schon verboten ist?"
„Ach was."
„Was sind das auch für Worte, zum Beispiel ‚Lebensqualität'." Thomas machte dazu ein Gesicht, als würde er in einen sauren Apfel beißen.
„Ja und?"
„Was muss der vom Leben halten, der das Wort erfunden hat."
„Verstehe ich nicht."
„Oder das schlimme Wort ‚Modell Deutschland'!" So jetzt wars raus. Die beiden konnten sich aber nicht erklären, was an dem Wort so

schlimm sein soll. „Soll ich Ihnen mal sagen, was ein Modell ist?"
Schulterzucken.
„Ein Modell ist ein nacktes Mädchen, das aus der ganzen Welt kommt und für 1 DM alles zeigt. Ein Modell ist etwas, aus dem alles Leben raus ist. Ein Modell ist der Ersatz für das Echte. Unsere Altstädte sind Kulissendörfer für seelenlose Touristen ..."
„So ist das doch gar nicht gemeint. So nicht. Das ist einfach so gemeint, dass unser Deutschland vorbildlich ist für andere, weil bei uns ist doch alles sehr günstig. Sehen Sie die Autos, die es bei uns gibt, das sind eben Qualitätsautos, das können die andern nicht so gut, hier sind die Leute fleißig, wir haben hart gearbeitet, und deshalb dürfen wir auch Vorbild sein."
„Vorbild?"
„Ja."
„Mit lila Kühen in den Fußgängerzonen."
„Quatsch."
„Mein Quatsch ist es nicht, ich habe die lila Kühe selber gesehen, die zarteste Versuchung, überall in der BRD, lila Kühe ..."
„Das ist eine kommunistische Abkürzung."
„Ein Herz für Kinder ist auf diesen Straßen ..."
„Offiziell heißt das nicht BRD ..."
„Kann ich vielleicht mal ausreden. Ein Herz für Kinder ist auf diesen Straßen keine Selbstverständlichkeit, im Gegenteil ..."
„Offiziell heißt das Deutschland."
„Kann ich vielleicht mal ausreden?"
„Ja, sicher."

„Wäre es nicht viel schöner, wenn wir nicht Vorbild wären, wenn wir endlich keine Goldmedaille mehr gewinnen würden, wenn wir endlich nicht mehr führend sind auf dem Gebiet ...”
„Unsinn!”
„Wir sind doch zu Modellen verurteilt. Ist Ihnen schon mal aufgefallen, wie unsere Möbelkataloge heißen?”
Gesichtsausdruck wie: Was soll denn das schon wieder?
„Da habe ich einen Katalog gesehen mit dem verräterischen Titel: ‚Vorbildlich Wohnen'. Da müssen wir uns doch fragen: Für wen vorbildlich. Für wen wohne ich? Jetzt ist auch der Spruch ‚Schöner Wohnen' enttarnt. Damit war nämlich nicht gemeint schöner als frühen, sondern ‚schöner als andere'.”
„Hem, ehm.” Mit Kopfschütteln.
„Wir sollten aber lieber schön wohnen, nicht schöner, dann ginge es uns vielleicht gut und nicht zu gut, und es wäre vielleicht schön bunt und nicht zu bunt. Und wir müssen nicht mehr irgendwelche Leute finden, denen es schlechter geht, und wir müssen nicht mehr in der Angst vor deren Rache leben ...”

In dem Augenblick konnte Thomas nicht mehr weiterreden, obwohl er gerade zu großer Form auflief; denn der Zug hatte auf einem Bahnhof angehalten, und auf dem Gleis gegenüber war der Anschlusszug eingefahren, und aus den halb heruntergezogenen Fenstern lehnten junge Schlachtenbummler und riefen: „Bie-le-feld, Bie-le-feld,

Bie-le-feld, Bie-le-feld, Bie-le-feld, Bie-le-feld, Bie-le-feld, Bie-le-feld, Bie-le-feld, Bie-le-feld ..."
So laut, dass man die Lautsprecherdurchsage nicht hören konnte, was das also für ein Hauptbahnhof war und welche Möglichkeiten sich dem Anschlussreisenden boten. Diese Lautsprecherstimme, die sonst den Bahnsteig beherrschte, ging nun unter vor lauter Bielefeld.
„Wo sind wir denn?" fragte die Frau und guckte suchend auf den Bahnsteig, „das muss doch irgendwo angeschrieben sein."

Jetzt müsste da bloß noch ein Werbeplakat Marlboro Country hängen, dann wüsste die Frau, wo wir sind, dachte Thomas. Er hätte jetzt gerne so ein Plakat gesehen, dann wäre ihm die Situation wie ein vollständig aufschlüsselbares Gedicht erschienen, und an so Sachen hatte er seine Freude. Schlimm genug. Also wirklich. Da war diesmal nur eine Stuyvesant-Reklame mit einem startenden Jumbo und der Aufschrift ‚Take off'. Immerhin, auch nicht schlecht, take off heißt im Slang ja nicht nur abheben und losfliegen, sondern auch verarschen, frei übersetzt, und da ist schon viel Wahrheit drin, schließlich geht es mit diesem herrlichen Sonnenaufgang und tollem Flugzeug, das über Liebende dahinfliegt, ja nur um eine Zigarette. Welch ein Pathos für einen Paff, aber die Leute brauchen hier nicht nur das große Pathos, sondern das supergroße Pathos, weil ihre eigenen Gefühle so gemischt sind.

Der Mann ergriff nun wieder das Wort: „Mir passt das ja auch nicht, das kann ich Ihnen sagen", dabei deutete er auf die Bie-le-feld-Rufer, „das gefällt mir auch nicht. Muss ich Ihnen gleich sagen, ehe Sie das aufbringen. Sie haben so viel Negatives gesagt. Jedenfalls, nicht dass Sie denken, ich hätte nicht auch was zu kritisieren. So ist das nicht. Ich bin auch nicht mit allem einverstanden, das können Sie mir glauben."
„Das können die zu Hause machen, aber nicht hier." Die Frau wollte ihren Mann unterstützen und auch was Eigenes beitragen.
„Ach, die schreien doch nur nach ihrer Heimat, der verlorenen Heimat Bielefeld." Thomas war in Gedanken.

Nach kurzer Pause fing die Frau an: „Sie haben nur so viel Negatives erzählt, gibt es denn für Sie gar nichts Positives mehr, ist denn alles nur schlecht hier?"

Die Rache der Gummistiefelmörder

Es war einmal ein Konzert- und Theaterkritiker, der für die Lokalzeitung schrieb und immer mit U.F. zeichnete. Er hatte nicht die geringste Ahnung davon, dass er gerade einen folgenschweren Fehler gemacht hatte. Nach einigen Jahren Routinejob hatte er nämlich den Eindruck, dass Geschriebenes keine Wirkung hat. Die Leute überfliegen die Zeitungen nur, um sich zu vergewissern, dass sie sich

nicht aufregen müssen, dachte dieser U. F. von seinen Lesern. Irrtum.

So war er dann sehr überrascht, als er eines Tages einen blutigen Fußabdruck an seiner Appartementtür fand, als er von einem Interview etwas spät nach Hause kam. Neben dem blutigen Fußabdruck war in roter Farbe geschrieben: Jetzt ist genug.
Der Kritiker wusste nicht, was das alles zu bedeuten hatte, und es war ihm unheimlich. Zwar kam es ihm lächerlich vor, wie aus einem billigen Film über das Treiben der Mafia, aber damit konnte er sich seine Angst nicht ausreden. Das Grauen ist sowieso niveaulos. Wie ein zweitrangiger Film, dachte er. Wer könnte das gemacht haben? Ich habe doch fast nur gute Kritiken geschrieben. Wer konnte ihm so einen makabren Schabernack antun wollen?

Als er am nächsten Morgen in die Redaktion kam, war da eine wahre Postflut von Leserbriefen eingegangen, die alle voller Wut über diesen U.F. waren.
„Aber warum denn?" Er konnte sich gar nicht denken, was er falsch gemacht haben sollte.
„Hier", der Leserbrief-Bearbeiter schob ihm einen ganzen Stapel rüber, „alles wegen deiner ‚Hamlet'-Rezension. Ein paar von den Briefen werden wir schon abdrucken müssen, das scheint Lokalthema Nummer eins zu sein."
„Aber wieso denn, ich hab doch versucht, aus der ‚Hamlet'-Inszenierung rauszuholen, was rauszuholen war ..."

Der Kritiker hatte die Empörung heraufbeschworen durch einen kleinen Nebensatz, den er genauso gut hätte weglassen können, einen Nebensatz, dem er selber gar keine

Beachtung geschenkt hatte. Und zwar sprach der Kritiker im Zusammenhang seiner Besprechung von einem Pokal, der bei der ‚Hamlet'-Inszenierung als Requisit verwendet wurde. Über dieses Theaterrequisit hatte er den verhängnisvollen Satz geschrieben: „ ... ein Wanderpokal, der nicht mehr gebraucht wurde ..."

Ausgerechnet dieser Nebensatz schlug ein wie eine Bombe. In den Leserbriefen, die U. F. alle kopfschüttelnd überflog, hieß es unter anderem:

> *Was denkt sich der Herr Kritiker eigentlich, wozu Pokale gebraucht werden?*
> *Wer bestimmt denn, wann Pokale noch gebraucht werden oder nicht?*
> *Gipfel der Unverschämtheit ...*
> *Pokale werden immer gebraucht, und das sollte auch ein Theaterkritiker wissen ...*
> *Bin selber Besitzer des goldenen Pokals für Langstreckenwandern und habe mit Abscheu diese herablassende Besprechung in diesem Blatt gelesen, das in letzter Zeit ...*

Der Kritiker U. F. schüttelte den Kopf. „Lächerlich, einfach lächerlich."
Der Bearbeiter sagte ihm aber, dass viele Leser forderten, dass er sich entschuldige und dass das vielleicht sowieso gar nicht so unangebracht wäre, da er eh als arrogant gelte mit hochgeschraubten ästhetischen Ansprüchen, und da sollte er sich ruhig mal entschuldigen.
„Lächerlich, lächerlich."

Die Tage vergingen, ohne dass sich U.F. öffentlich entschuldigte. Es hatte eine weitere Flut von Leserzuschriften gegeben, viele hatten das Blatt abbestellt.
U.F. wollte am liebsten Gras über die Sache wachsen lassen, aber es wuchs kein Gras darüber. Im Gegenteil. Die Angriffe gegen ihn verschärften sich, je länger er dazu schwieg.

„Wer sich über einen Pokal im Gummistiefelweitwurf lustig macht, greift im Grunde das Wettbewerbssystem an, und wer den freien Wettbewerb angreift, ist gegen den Staat ..."
So hieß es inzwischen.

Es wurden auch Stimmen laut, U.F. könne sich doch mal in einem Wettkampf mit dem ortsansässigen Sieger im Gewichtheben versuchen und damit beweisen, wie er zum freien Wettbewerb stehe, und vielleicht würde er hier auch einen Pokal gewinnen und dann Pokale besser in Ehren halten. Alle fanden das sehr witzig, nur U.F. nicht.

Der ortsansässige Gewichtheber schrieb sogar selber einen etwas unbeholfenen Leserbrief, in dem stand, dass er bei den bevorstehenden Vergleichskämpfen gegen die Sportler aus der DDR gar nicht sein Bestes geben könne, wenn er das Gefühl hätte, dass die Leute seiner Heimat nicht hinter ihm ständen und sich solche Elemente wie dieser Kritiker U.F. über Pokale nur lustig machen würden. Er forderte die Bevölkerung zu einer klaren Stellungnahme auf, ansonsten sollte sich eben keiner wundern, wenn unsere Sportler keine Medaillen mehr nach Hause brächten.
Der Brief verfehlte seine Wirkung nicht. Es gab Zustimmungsbekundungen aus allen Teilen der Bevölkerung.

Ansteckadeln wurden offen getragen. Als der Gewichtheber zu seinem Vergleichskampf aufbrach, hatte sich spontan eine Delegation auf dem Bahnhof eingefunden, um ihn zu verabschieden. Spruchbänder wurden entrollt: ‚Ehre, wem Ehre gebührt'; und die ergreifende Hymne

Bleiben andachtsvoll wir stehen
Vor Pokalen und Trophäen

wurde angestimmt und das Lied, in dem die Zeile vorkommt „Freude sprudelt aus Pokalen".
Der Gewichtheber war zu Tränen gerührt, schnäuzte in sein Taschentuch und rief: „Meine Kampfmoral ist ganz oben!" Die Bevölkerung liebte solche Szenen.

Der Ortsverein der Pokalinhaber e.V., der zur Zeit großen Zulauf halte, berief mehrere Sondersitzungen ein. Die Mitglieder wollten in ehrenamtlichem Einsatz eine zentrale Pokalausstellung im historischen Rathaus vorbereiten. Die Zeitung berichtete ganzseitig darüber.
Eines Morgens erschien U.F. nicht mehr in der Redaktion. Er lag tot in seinem Appartement. Erwürgt mit Gummischlaufen. Sein Zimmer war voll blutiger Fußabdrücke. Die Polizei tippte auf Selbstmord. Wahrscheinlich sei das Opfer selber wie im Wahn mit blutenden Füßen umhergelaufen. Daher die vielen Fußspuren.

Die Beerdigung von U.F. fand in aller Stille statt. Er hatte kaum Freunde.

Gleichzeitig fand eine Großkundgebung statt, die der Dachverband der Pokalbesitzer veranstaltete. Es wurden verschiedene Reden gehalten. Auf der Ehrentribüne saßen

als Gäste die Weltrekordinhaber im Nudelrollenschleudern, im weiblichen Dauerduschen und im Fahnenstangenhocken.
In der Rede ,Prinzip Wettbewerb' hieß es unter anderem, dass „fairer Wettkampf" nur dann gewährleistet ist, wenn „Saboteure, Quertreiber und Agenten" ausgeschaltet sind. Diese „Elemente" sollten am besten des Landes verwiesen werden, nur würde sich eben kein Land finden, das sie aufnehmen wolle. Applaus.
Weniger gut kam ein Redner an, der von der „Unsterblichkeit der Pokalbesitzer" und dem „Symbolwert des Goldes" sprach. Seine Rede war etwas zu schwammig und verlor sich gelegentlich in Gemeinplätzen.
Um so mehr Erfolg hatte ein Redner mit einem Beitrag über den ,Olympischen Ernst', in dem er ausführte, dass die Frage nach dem Nutzen eine „typisch kommunistische Frage" ist. Ihm dagegen gehe es um höhere Werte: „Ich frage nicht nach dem Nutzen einer Leistung, die Leistung an sich zeichnet den Menschen aus."
In diesem Zusammenhang betonte der Redner, dass es ihm nicht darauf ankäme, dass seine Heimat den letzten Krieg insgesamt verloren habe; denn „die Leistungen, die in dem Krieg vollbracht wurden, sind geblieben, werden bleiben. Es wird Zeit, dass wir die Helden des Krieges wieder in Ehren halten und Leistungen anerkennen ohne ideologische Verblendung."
Hier kam es zu wahren Beifallsstürmen. Einige Kriegsveteranen hatten Tränen in den Augen.

Aber auch für die Jugend war viel geboten. In einem Bierzelt speziell für junge Teilnehmer wurde die amerikanische Hit-Parade unter genauer Beachtung der Platzierung vorgestellt. Dabei fügte ein Disc-Jockey zwischendurch markige Sprüche ein: „Auf jedem Flipperautomaten steht: It's more fun to compete. Also: Competition is fun und nun aber ran!"

Nur wenige Tage nach der Beerdigung von U.F. wurde enthüllt, dass sein Tod gerade nochmal rechtzeitig gekommen war; denn inzwischen gab es Anzeichen und Erkenntnisse, die darauf hindeuteten, dass dieser U.F. ein Attentat auf die Pokalausstellung im historischen Rathaus geplant hatte. Zwar hatte die Polizei kein Dynamit in seiner Wohnung finden können, sondern nur stapelweise subversive Literatur, aber davor wollte man nun nicht mehr länger die Augen verschließen.

Die Eröffnung der zentralen Pokalausstellung fand dann auch unter größten Sicherheitsvorkehrungen statt. Alle Besitzer, die ihren Pokal als Leihgabe zur Verfügung gestellt hatten, mussten befürchten, dass Komplizen von U.F. seine Terrortätigkeit fortsetzen. Es bildeten sich verschiedene lokale Selbstschutzgruppen. Bei den Hausdurchsuchungen, die die Polizei als Vorsichtsmaßnahme am Vortag der Eröffnung durchführen ließ, wurde versehentlich ein ehemaliger Schulfreund von U.F. erschossen.

Dieser Vorfall fand allerdings wenig Beachtung; denn die Stimmung in der Bevölkerung war jetzt ganz von dem Gummistiefel-Skandal geprägt. Ein Reporter der Illustrierten ‚Das goldene Blatt', der an einer Foto-Story über U.F. für seine Serie „Portraits berühmter Attentäter und Bombenleger arbeitete, hatte herausgefunden, dass der Pokal für Gummistiefelweitwurf, den U.F. lächerlich gemacht hatte, möglicherweise eine Fälschung war, weil es nämlich zwei solcher Pokale gab. Nun kannte die Empö-

rung keine Grenzen. Man muss sich das einmal vorstellen: ein gefälschter Pokal!

In einem der Sensationsberichte zum Gummistiefel-Skandal hieß es unter anderem: „Der Fälscher ist wohl am ehesten in den dunklen Reihen der Attentäter und Bombenleger und Agenten zu suchen. Vielleicht hat sogar der mysteriöse U.F. den Pokal selber gefälscht. Spricht nicht aus der Fälschung von Pokalen eine Haltung, die dem offen Hohn lacht, was andere Leute sich im Schweiße ihres Angesichts verdienen? Diesen Leuten genügt es anscheinend nicht, selber nichts zu tun und sich nicht um lohnende Pokale zu bemühen, mehr noch, sie machen alle redlichen Pokalbesitzer lächerlich und versuchen durch Fälschungen Moral und Glauben der Pokalbesitzer zu unterhöhlen. Sie wollen Verwirrung stiften, wollen das System in Frage stellen. Dabei ist ihnen jedes Mittel recht. Sie sind schlimmer als Geldfälscher und Bankräuber, die, um sich selbst zu bereichern, die allgemeine Wirtschaft schädigen; denn sie schädigen den Staat in seinen höheren Werten, sie wollen seinen Kern treffen, das System des Wettbewerbs und der Fairness schädigen und sich dabei nicht einmal selbst bereichern."

Zu allem Überfluss erschien zu diesem Zeitpunkt in einem kleinen Verlag, der daraufhin sofort verboten wurde – die Polizei beschlagnahmte die Kundenkartei –, eine Schrift mit dem provozierenden Titel ‚Der Mann mit den sieben Schuhgrößen'. Hierin klagte ein Autorenkollektiv die Methoden der Polizei an, die – so wörtlich – „ ... das Kunststück fertigbringen, von einem Selbstmörder zu sprechen, wenn sie gleichzeitig blutige Fußspuren in sieben verschiedenen Schuhgrößen finden."

Diese unverschämte Herausforderung wurde mit einer Reihe von Gesetzesänderungen beantwortet. Zum großen Teil waren die neuen Gesetze aber nichts anderes als notwendige nachträgliche Anpassungen an die reale Praxis der Polizei und des Ehrenschutzgeheimdienstes. Das betraf vor allem den Todesschuss aus Notwehr und das Recht der schützenden Organe, Telefongespräche in die DDR *jederzeit abzuhören und Daten über bestimmte Personenkreise zu speichern. Neu war das Gesetz über die „geistige Mittäterschaft", das erlaubte, Gesinnungsgenossen im Anschluss an verbotene Demonstrationen festzunehmen, auch wenn sie erwiesenermaßen an der Demonstration nicht teilgenommen hatten. Neu war auch ein Erlass, der besagte, dass jeder, der gegen diese neuen Gesetze seine Stimme erhebe, öffentlich als „Pokalfrevler" oder „Sympathisant" bezeichnet werden dürfe, und rein rechtlich sollten Gegner der neuen Gesetze genauso behandelt werden wie die, auf die die neuen Gesetze anzuwenden sind.*

Die Schauspielerin Regine Albert wurde in ihrer Wohnung tot aufgefunden. Selbstmord. Sie hatte sich mit Gummibändern selbst erdrosselt. Sie hatte früher Verbindungen gehabt zu U.F. Zeugen hatten gesehen, dass sich die beiden nach einer ‚Hamlet'-Aufführung, in der Regine Albert mitwirkte, trafen. Weitere konspirative Treffen waren wahrscheinlich. Möglicherweise hatten die beiden schon bei dem Treffen in der Künstlergarderobe das Attentat auf die zentrale Pokalausstellung geplant und einen Einbruch in ein Pokalgeschäft vorbereitet, um weitere Pokale zu fälschen.

Nun traf ein Brief an den Leiter der örtlichen Selbstschutzgruppe ein, adressiert von einem gewissen John Hil-

lier, der selbst Inhaber eines Gummistiefel-Weltrekord-Pokales war. Dieser John Hillier teilte darin mit, dass er nicht länger zu den Vorfällen schweigen könne und zu seiner Schande gestehen müsse, dass er wisse, wer in Wirklichkeit den Pokal für Gummistiefelweitwurf gefälscht habe. Er nannte Adresse und Telefonnummer. Er schreibe den Brief mit der Absicht, weiteres Unglück zu verhindern, und betone deshalb: „Die Fälschung war nur eine Verlegenheitslösung. Weiter nichts. Ehrlich, ich kann versichern, dass der Fälscher keine staatsschädigenden Absichten hatte. Das war doch alles gar nicht so gemeint …"

John Hillier wurde erdrosselt aufgefunden. Seine Vitrine war ausgeräumt. Da, wo früher seine Pokale standen, stand mit Blut geschrieben: ENTEHRT.

Wenige Tage später konnte man in der Zeitung folgende Notiz finden:

> *Pokalfrevler bestraft.*
>
> *In der Nacht zum Sonntag wurde ein weiterer Drahtzieher der Pokalfrevlerbande, der berüchtigte Kapolto (46) – richtiger Name unbekannt – von freiwilligen Einsatztruppen der Selbstschutzverbände bestraft. „Er hat alles gestanden", berichtete der Einsatzleiter, „es war ein schneller Tod." Kapolto hatte eine ‚Agentur zur Herbeibeschaffung ersehnter Gegenstände' betrieben, die als Tarnorganisation der Pokalfrevlergruppe Brutstätte verschiedenster Schändungen war. In dieser Agentur*

wurde auch der Pokal für Gummistiefelweitwurf gefälscht. Die heiße Spur, die zu Kapolto führte, ging von dem inzwischen verstorbenen John Hillier aus, der, obwohl selber Weltrekordinhaber, von der Fälschung gewusst hatte.

„Seid ihr meine Retter?" mit dieser Frage hatte Kapolto die einstürmenden Selbstschutzverbände begrüßt. War ihm also seine suggestive Tätigkeit selber so eklig geworden, dass er seine eigene Bestrafung schon herbeisehnte? Diplompsychologe Dr. Hertz hält das für „durchaus wahrscheinlich", ein „typisches Verhalten von Intelligenztätern, die ihre Gewaltakte nur mit einer verbohrten Ideologie aufrechterhalten können." Aber auch bei solchen Tätergruppen, so Dr. Hertz, rebelliere ein Gewissen gegen die Verirrungen des Verstandes.

Die Regierung hat die Bevölkerung aufgefordert, sich aktiv gegen Frevler und Verächter zur Wehr zu setzen. Ministerpräsident Denzler erklärte dazu: „Es genügt nicht mehr, schweigend mit anzusehen, wie die höheren Werte unserer Gesellschaft von intellektuellen Zynikern, die nichts weiter sind als Schmeißfliegen und Ratten, untergraben werden."

Die ersten Glückwunschtelegramme für die Einsatztruppen, die mit Kapolto abgerechnet hatten, sind bereits eingetroffen. Dem Einsatzleiter wurde ein Pokal für Ehrenrettung verliehen.
H.E.

Die Frau holte Äpfel, die sie als Reiseproviant eingepackt hatte, aus ihrer Tasche und bot auch Thomas einen an, der natürlich zugriff, und nun bissen erst mal alle herzhaft – Krrrrrr – in die grünen Äpfel. Thomas hatte sich auch ordentlich bedankt. Die Äpfel sahen so grün aus wie bei Green-apple-Shampoo.

„Wissen Sie", die Frau hatte die Tasche wieder weggestellt, „ich finde auch manches an der Werbung übertrieben. Die sind mir manchmal einfach zu frech, aufdringlich sind die. Ich weiß nicht, für meinen Geschmack sind mir die manchmal einfach zu aufdringlich, findest du nicht auch?"
Das war an ihren Mann gerichtet, der zustimmen sollte und es vielleicht nur aus Zugzwang heraus ungern tat, sich damit aus der Affäre zog, dass er zwar zustimmte, aber mit einer Miene, die deutlich machte, dass er der Sache sowieso eher zweitrangige Bedeutung gab und er sich normalerweise mit anderen Fragen beschäftigte.

Nun stand die Frau auf und strich ihren Mantel glatt. „Sie machen da immer solche Wortspiele, so nennt man das doch, nicht wahr? Wortspiele machen Sie immer. Ist mir gleich aufgefallen, mit den Worten müssen Sie es immer ganz besonders haben."

Die beiden machten sich fertig zum Aussteigen. Sie mussten bei der nächsten Station umsteigen, und wie Thomas Leute in dem Alter kannte, brachen die lieber zehn Minuten zu früh auf. Sie hatten ja auch viel zu viele Äpfel eingepackt als Reiseproviant. „So, wir müssen."

9. Ein Roboter wird repariert

Wie sich die Leute hier zurechtfinden können, ist mir schleierhaft, Thomas sah in seinem Zugabteil über die Schiebetür. Da war ein verziertes Schild angebracht mit der Inschrift:

> Frankfurter Allgemeine.
> Man muss sie täglich lesen.

Zu dem Spruch war noch eine Zeichnung zugegeben, und alles hatte einen einheitlichen Stil. Was ihn daran so verwirrte, war, dass es im nächsten Wagen an der entsprechenden Stelle über der Tür ein Schild gab mit der Inschrift:

> Nie ohne Fahrschein

auch mit Bild und Design. Woher zum Teufel, dachte Thomas, wissen die Leute, dass sie sich nach dem einen Schild richten müssen, nach dem anderen aber nicht unbedingt? Gleichzeitig dachte Thomas, als er nochmal die Worte ‚muss', ‚täglich', ‚nie' durchging: Die sind am Ende, die können sich jedenfalls nicht mehr steigern.

Aus dem Nebenabteil gabs Krach, ein kleines Kind brüllte. Die anderen Reisenden guckten vorwurfsvoll, als wollten sie damit sagen, dass man ein Gesetz gegen die Beförderung von kleinen Kindern in Zügen erlassen sollte und vielleicht überall Schilder anbringen müsse: Nie mit Kind.

Alle waren gestört. Nur die Frau, die zu dem Kind gehörte, machte nicht mal eine entschuldigend achselzuckende Bewegung, ihr schien das egal zu sein, als hätte der Kleine mit seinem Gebrüll genauso recht wie die andern mit ihrem Geschweige.

Thomas konnte auch gleich erkennen, dass es für die Frau eine Sonderreise war; sie hatte ziemlich viel Gepäck, zum Teil Plastiktüten, um sich geschart, und es sah nicht so aus, als wollte sie regelmäßig so reisen. Es sah eher wie ein Umzug oder ein Aufbruch aus. Sie hatte sogar ein tragbares Fernsehgerät ohne Verpackung.

Sie war keine Modell-Schönheit, aber einzelne Teile an der Frau, die ungefähr dasselbe Alter hatte wie Thomas, gefielen ihm gut. Dass die einfach alleine mit Kind und Plastiktüten losreiste, allerhand. Dabei wirkte es bei ihr ganz selbstverständlich. Nicht mal lila Pumphosen hat die an, dachte Thomas und wollte sie ansprechen, was nicht schwierig war, denn das Kind brüllte, und wenn schon mal einer was sagt, kann man leicht was dazusagen.

„Der sollte doch wohl schlafen um diese Zeit."

Draußen war es schon dunkel, nur in den Eisenbahnabteilen war natürlich Licht.

„Ist wohl seine Zeit, aber die Fahrt regt ihn auf", sie fing an, in einer der Plastiktüten zu suchen,

„außerdem hat er Probleme mit den Zähnen, ich fürchte, der wird noch etwas brüllen."
Thomas streifte nochmal die Menge ihres Gepäcks, ohne dass es kontrollierend aussehen sollte, sah aber doch so aus, und die Frau hatte es gemerkt.
„Das Kind braucht schon viel Zeug", erklärte sie.
Die Arme, dachte Thomas, mit meinem Partisanengepäck reise ich da leichter.
„Ich fahre zu einer Freundin, erstmal."
Damit hatte sie über das Thema Privatleben genug gesagt. Das Wort ‚erstmal' wirkte bei ihr ganz selbstverständlich, als sei es ganz natürlich, nicht zu wissen, wie es weitergeht.

Thomas setzte sich neben den Schreihals.
„Na, du kleine Brüllmaschine, hast wohl Probleme mit den Zähnen oder Reisefieber, weißt du, das vergeht alles, und an das Reisefieber gewöhnst du dich, und wenn du groß bist, wirst du bestimmt mal ein Tramper-Monats-Ticket kaufen, und dann willst du gar nicht mehr aufhören, in beweglichen Untersätzen zu leben, so wird es dir gehen."

Der Schreihals konnte vor Verwunderung nicht weiterschreien. Thomas blickte ihn auch sehr freundlich an, aber nicht zu sehr. Das hatte zwar eine Schreipause bewirkt, aber Thomas hatte natürlich das Gefühl: Der brüllt sofort wieder los, sobald die Zuwendung nachlässt.
„Hör mal zu, du kleine Brüllmaschine, dann werde ich dir mal eine Geschichte vorlesen, die dich

sicher sehr interessieren wird.” Dabei holte er geheimnisvoll aus seiner Tasche eine Geschichte, als ob er einen Zaubertrick vorführen oder sagen wollte: Na guck mal, ei, ei, ei, was haben wir denn hier Schönes? Bloß eben nicht so albern. In dem Koffer waren außer seinen Platten immer noch die drei Illustrierten, die er mal gekauft hatte. Er hatte erst eine davon durchgeblättert. Jetzt konnte er alle wegschmeißen. „Also Pass mal auf, das ist eine Geschichte von zwei Computern, die keine Freunde sein durften und dabei viele spannende Abenteuer erleben.”

Der Kleine starrte Thomas immer noch mit großen Augen an. Der Frau schien das recht zu sein, vielleicht kannte sie solche Szenen schon. Sie hatte nun einen Schraubenzieher in ihrer Handtasche gefunden und fing an, einen Spielzeugroboter aufzuschrauben. Eine Frau mit Schraubenzieher, sieh mal einer an, dachte Thomas bei einem kurzen Seitenblick.

„Was es heute für Spielzeug gibt”, sie schüttelte den Kopf, „da muss man wahrscheinlich bloß die Batterie auswechseln.”

Sie kramte in ihrer Handtasche, dann in einer Plastiktüte, in der noch mehr Spielzeug war, und baute aus einer Weltraumtankstelle eine Batterie aus, um sie dem Roboter einzubauen. Während sie operierte, las Thomas dem Kind, damit ja die Zuneigungsspannung nicht nachließ, eine Geschichte vor. Eine richtige Lesung.

Thomas sah das Kind dabei sooft wie möglich an, sodass er mehr als einmal die Zeile verlor, was aber dem Kind nicht viel ausmachte.

Computer Competition

Es waren einmal zwei *Computer, die waren nach demselben Modell gefertigt, und beide waren gleich gut. Sie waren im praktischen Bausatz-System hergestellt, so dass man sie je nach Bedarf vergrößern konnte, wie ein Steckbaukasten, wo man aufstocken kann, wenn es sein muss.*
Der eine hieß Cicero Römisch Eins, der andere hieß Cicero Römisch Zwei. Beide hatten ein gleich gut besetztes Team von Wissenschaftlern, Elektrikern, Sekretärinnen und Putzfrauen zu Verfügung; beide Computer waren Teil eines Plans.

Der Plan war der, dass die Computer alles an Informationen und Dimensionen, was es gab, speichern sollten, und alles, was noch kommen konnte, auch. Also auch alles, was die Hersteller bei der Fertigung der Computer noch gar nicht absehen konnten. Das Prinzip dabei war, dass man mit endlichen Mitteln versuchte, die Unendlichkeit in den Griff zu kriegen Ob nun das Geheimnis der Schöpfung dabei abfiel oder nur ein riesiger Datenverbrauch ohne Ergebnis, konnte zu dem Zeitpunkt der Herstellung noch niemand sagen.
Die beiden waren übrigens von dem berühmten Gespann Bählemann und Auriger entworfen, und, wie gesagt, Cicero Römisch Eins und Cicero Römisch Zwei waren identisch.

Damit nun die Computer ihren Auftrag möglichst schnell erledigten, ließ man sie gegeneinander antreten; denn die Menschen, die die Computer in Einsatz brachten, hatten die Erfahrung gemacht, dass sonst nichts läuft. Hätte man den Computern einfach so dieses Programm eingefüttert, das ja so schwierig und umfangreich wie nur irgend möglich war, dann hätten die vielleicht erst mal zwei Urlaubstage eingelegt zur Aufnahmekapazitätserholung oder hätten viel öfter ein frisches Ersatzteil angefordert oder die Nichts-geht-mehr-Leuchte aufblinken lassen.

Man kennt das ja, wenn da kein Druck dahinter ist, dann kommt man leicht in so einen Beamtenschlendrian. Nein, nein, den Computern musste ordentlich Dampf gemacht werden, auch den Computern; denn die Menschen hatten es eilig. Sie hatten nämlich errechnet, dass, wenn ihre Kinder noch von den Computer-Ergebnissen profitieren sollten – und das sagten die Menschen immer: Unsere Kinder sollen es einmal besser wissen; das war so eine stehende Redewendung – gut, also damit überhaupt rein rechnerisch eine Chance bestand, dass die Kinder von den Computer-Ergebnissen profitieren konnten, mussten die sich beeilen und mussten Tag- und Nachtschichten einlegen.

Die Forscher rechneten sogar heimlich damit, dass die ersten Ergebnisse über die Schöpfung und den Sinn des Lebens noch zu ihren eigenen Lebzeiten vorlagen, und zwar hatten die sich ausgerechnet, dass die Computer als Zwischenergebnis ihrer Forschungen schon mal das Leben der Forscher verlängern konnten und dass sie dadurch länger leben würden, als man jetzt voraussehen konnte. Ganz einfach.

So geht das oft, wenn man versucht, Voraussagen zu machen. Im Verlauf der Entwicklung treten Ereignisse ein, die eine der vorher angenommenen Konstanten (in diesem Fall die Lebensdauer der Forscher) veränderten. Das war ein Prinzip, das die Forscher wohl kannten, und nun versuchten sie mit diesem Trick, in ihrem eigenen Leben noch zu Ergebnissen zu kommen. Das wusste übrigens keiner. Auch die Computer selber sollten erst relativ spät darauf kommen, was die Forscher in Wirklichkeit im Hinterkopf hatten.

Erst einmal wurden die Computer getriezt, weil bekanntlich Wettbewerb den Fortschritt bringt und man gehetzt und ängstlich sein muss, um den Fortschritt voranzutreiben. So gab man den Computern zwei Prinzipien ein, die sie als Grundaxiome nicht mehr ausmerzen konnten:

1. *Der Unterschied zwischen eins und zwei ist größer als zwischen allen anderen Zahlen.*
2. *Nur einer kann der Erste sein.*

Damit der Wettkampf auch fair blieb, achteten die Forscher darauf, dass die Betreuungsmannschaften den gleichen Notendurchschnitt hatten. Dann wurde gelost: Auriger ging zu Cicero Römisch Eins, Bählemann zu Cicero Römisch Zwei.

Beide Computer sollten nun exakt zum gleichen Zeitpunkt angeschlossen werden; also wurden ein Uhrenvergleich und ein gemeinsamer Count-down abgezogen. und auf Null wurden bei Cicero Römisch Eins und Cicero Römisch Zwei gleichzeitig die Stecker eingesteckt. Es ging los.

Die beiden Forscherteams hatten eine gemeinsame Kantine, in der sie sich gelegentlich zu einem kurzen Tee trafen. Über dem Eingang der Kantine hing in riesigen Neonlettern der Spruch:

Computere humanum est.

In der Kantine war oft gute Stimmung; denn die Forscherteams stellten erfreut fest, dass die beiden Computer auf die Sekunde genau zum selben Zeitpunkt, eine Anweisung zum Aufstocken der Speicherungsanlagen herausgaben. Es lief bestens. Die Computer lagen gut in der Zeit. Die Computer fingen auch gleichzeitig an, Aktien zu kaufen und an der Börse zu spekulieren. Beide richteten Pressestellen ein, die Verlautbarungen für die Weltpresse veröffentlichten.

Die Mannschaften aus Forschern, Elektrikern und Putzfrauen wurden auf Geheiß der Herren Computer immer mehr erweitert, und es wurde so viel Personal neu angestellt, dass die Kantine schon längst zu klein war und sich die Cicero-Römisch-Eins- und die Cicero-Römisch-Zwei-Mannschaften nicht mehr zum Tee treffen konnten. Die Mannschaften richteten getrennte Kantinen ein. Bald kannte man sich gar nicht mehr.

Nur Bählemann und Auriger hatten noch guten Kontakt zueinander, und als die Computer anfingen, kleine Sticheleien loszulassen, Cicero Römisch Eins nämlich die Meldung herausgab, dass Cicero Römisch Zwei ein „hässlicher, mieser, unzuverlässiger, weil unvollständiger Computer" wäre, der es „nie zu was bringen kann", und Cicero Römisch Zwei sofort mit der Kurzmeldung „selber einer"

konterte, da schüttelten sich Bählemann und Auriger glücklich die Hand.
„Es klappt, wir haben es geschafft, alter Knabe!"
Die Arbeit war voll im Gange, und die Mitarbeiter kamen ganz schön ins Schwitzen. Wer nicht sein Bestes gab, wurde gefeuert.

Eines Tages nun verhängte Cicero Römisch Zwei einen totalen Informationsstop. Er arbeitete zwar wie sonst, die Drähte wurden heiß, der Energieverbrauch schien sogar gestiegen, Anweisungen gab er auch, aber er gab keine Erklärungen mehr.
Es wurde dadurch etwas unübersichtlich, was Cicero Römisch Zwei gerade für Programme laufen hatte, und als sich Bählemann und Auriger wieder einmal trafen, kam Bählemann darauf zu sprechen.
„Unser Cicero Römisch Zwei mimt zur Zeit den großen Geheimnisvollen. Der hat einen vorläufigen Informationsstop über seine geplanten Aktivitäten verhängt, zur Zeit weiß ich gar nicht, wo der inzwischen überall seine Finger drin hat. Er funktioniert einwandfrei, aber lässt sich nicht mehr in die Karten gucken. Bin auch sehr gespannt auf den nächsten Zwischenbericht."
„Mach dir man keine Sorgen, alter Knabe", Auriger klopfte Bählemann auf die Schulter, „mein Computer Cicero Römisch Eins hat schon längst einen Spionagedienst angeheuert, der hervorragend arbeitet. Wir sind über die Aktivitäten genau im Bilde."
„Ist das wahr? Was hat denn der Geheimdienst über unseren Cicero Römisch Zwei alles rausgefunden?"
„Ja", sagte Auriger und zuckte die Schulter, „das kann ich dir jetzt auch nicht sagen."

„Ach komm, sag doch mal! Du hältst doch nicht etwa zum Computer?"
Auriger schüttelte nur den Kopf, um anzudeuten: Wird nicht verraten.
„Find ich übrigens nicht korrekt, mit Geheimagenten zu arbeiten. Wie lange macht ihr denn das schon? Das sind doch schmierige Methoden so was, in meinen Augen sind das schmierige Methoden!"

Diesmal verließ Bählemann seinen alten Knaben sehr wütend, weil es ihn natürlich ärgerte, dass der mehr wusste, aber auch noch aus einem sehr persönlichen Grund: Bählemann wollte nämlich mit Auriger noch gerne die Frage besprechen, ob es nach seinen neuesten Informationen ihm auch im Bereich des Möglichen erscheine, dass die Computerentwicklung nicht nur dazu führen könnte, dass sie ihr Leben verlängerten, sondern – jetzt mal ganz vorsichtig gesprochen –, ob es vielleicht sogar möglich wäre, dass sie unsterblich gemacht würden, und Bählemann hätte da gerne mal ein persönliches Wort mit Auriger gesprochen, ob Auriger das auch so sah, und wenn, ob Auriger das auch wollte.

Gut, dann rede ich eben nicht mit ihm darüber, dachte Bählemann ärgerlich, der grinst ja jetzt schon so, als wäre er allwissend und unsterblich.
Ehe er ins Bett ging, machte er noch einen Abstecher zu seinem Computer und drückte auf die Taste Vorrang-Stufe Eins und gab Anweisung, sofort einen Zwischenbericht abzugeben. Der Computer summte leise, beim Output kam ein Streifen raus:

1000 Lieber Prof. Bählemann. Einen Zwischenbericht kann ich in so kurzer Zeit nicht fertigstellen. Aufhebung der Informationssperre demnächst. Vorrang-Stufe Eins unangebracht.

„Weißt du überhaupt, dass Cicero Römisch Eins einen Geheimdienst auf dich angesetzt hat?" tippte Bählemann hastig ein.

2000 Mehrere

War die knappe Antwort und dann:

3000 Gute Nacht.

Na gut, Bählemann trottete nach Hause, der wird schon wissen, was er macht, dachte er sich, Cicero Römisch Zwei wird schon wissen, was er macht.
Aber er kam noch nicht zur Ruhe, weil er ständig darüber nachdachte, wieso Cicero Römisch Zwei ihm den Zwischenbericht verweigerte.
Bählemann machte nochmal Licht an und setzte sich an seinen kleinen Taschenrechner: Die Informationsspule war gerade frisch ausgewechselt; wenn wir jetzt annehmen, dass Cicero Römisch Zwei seit der Informationssperre so und so viele Neueingänge und so und so viele Dimensionsverschiebungen vorgenommen hat, gut gerechnet, dann muss er immer noch in der Lage sein, den Zwischenbericht anzufertigen innerhalb einer Zeit von – nein, das konnte nicht sein.

„Was ist denn los?" Bählemanns Frau war aufgewacht, „warum hast du denn Licht angemacht?"

Bählemann sprach langsam und starrte immer noch ungläubig auf seinen Taschenrechner: „Cicero Römisch Zwei hat mich angelogen."
„Ach was, komm, mach das Licht aus und schlaf, du hast es nötig, Computer lügen nicht", beruhigte Bählemanns Frau.
Bählemann war wie versteinert: „Ich muss sofort Auriger anrufen."
„Du kannst doch jetzt nicht mehr bei Aurigers anrufen. Um diese Zeit!"
Bählemann atmete schwer und sprach leise: „Der Computer betrügt mich. Wer weiß, was der vorhat."
„Ach was! Solche Gedanken macht man sich nur in dunklen Nächten, der Computer wird dich doch nicht betrügen, dich doch nicht."

Bählemann zog seine Pantoffeln aus und stieg wieder zu seiner Frau ins Bett. Als er sich in ihre Körperwärme kuschelte, überkam ihn eine Rührung, die er schon lange nicht mehr gefühlt hatte; Bählemann küsste seiner Frau sanft das Haar und murmelte „Wie klug ihr Frauen doch seid und wie lieb, natürlich hat er mich nicht angelogen; war ja Vorrang-Stufe Eins."
„Schlaf jetzt", sagte Bählemanns Frau.
„Gute Nacht."

Als Bählemann am nächsten Morgen wieder zu Cicero Römisch Zwei ging, war im Team eine Wahnsinns-Hektik ausgebrochen: Einige Mitarbeiter lachten schallend, andere liefen aufgeregt hin und her.
„Was ist denn los?" fragte Bählemann.

„Hast du noch nicht gehört", riefen die Mitarbeiter durcheinander, „bei der Konkurrenz sind heute morgen alle durch Kurzschluss umgekommen."
„Was? Wann?" regte sich Bählemann auf.

„Bei Cicero Römisch Eins fangen die Mitarbeiter doch seit gestern schon eine Stunde früher an als wir ..."
„Ach, das wusste ich ja gar nicht ..."
„Na ja, ist so eine von den Maßnahmen, die die da drüben treffen oder, besser: getroffen haben, um uns zu überflügeln. Da mussten eben heute morgen schon alle Mitarbeiter hin, um den Zwischenbericht von Cicero Römisch Eins entgegenzunehmen, und da ist im Mitarbeiterzimmer durch Kurzschluss ein Feuer ausgebrochen, und durch ein Versehen waren alle Türen verschlossen, so dass kein Mitarbeiter raus konnte, und deshalb sind alle restlos verbrannt."
„Alle?"
„Alle!"
„Auch Auriger?"
„Auriger auch, der ist genauso verbrannt wie die Putzfrauen und wie die Elektriker, alle tot!"

„Der arme Kerl", seufzte Bählemann, ertappte sich aber gleichzeitig dabei, wie er dachte: Na ja, mit deiner Unsterblichkeit hat es wohl nicht geklappt, alter Knabe.
„Und was ist aus Cicero Römisch Eins geworden? Ist der stark beschädigt?"
Der Mitarbeiter grinste frech, „sagen wir lieber Cicero der Einzige Unterabteilung C."
„Was soll das denn heißen?"
„Der ehemalige Computer Cicero Römisch Eins ist als Unterabteilung an unseren Computer angeschlossen wor-

den. Die Auswertung des Datenmaterials hat schon begonnen."

Bählemann war noch zu überrascht, um sofort antworten zu können. So, so, ging es ihm durch den Kopf, Cicero Römisch Eins ist nun ein Bestandteil von Cicero Römisch Zwei geworden. Der Mitarbeiter berichtete weiter.
„Unser Computer Cicero der Einzige hat für 14.00 Uhr eine Presseerklärung angekündigt. Da werden Ursachen und Hintergründe des Unglücks beim ehemaligen Computer Cicero Römisch Eins bekanntgegeben. Cicero der Einzige gibt dann auch einen ersten Überblick über das Datenmaterial und seine Verwendbarkeit, schließlich sind wir hier die einzigen, die das angegliederte Datenmaterial auswerten können."
„Na, da bin ich aber gespannt." Bählemann schüttelte den Kopf.

Zur Pressekonferenz war fast die gesamte Weltpresse erschienen. Am Computer Cicero dem Einzigen waren selbstleuchtende Klebestreifen angebracht, die die Stellen markierten, die ein besonders hübsches Bild für die Pressefotografen abgaben. Alle Reporter hatten ihren Stenoblock gezückt oder die Cassetten-Recorder laufen, als der Mitarbeiter Dr. Lutz die Output-Streifen, von denen der erste um Punkt 14.00 Uhr erschien, rausholte und mit triumphierender Stimme vorlas:

> *1000 Um 16.15 MEZ ereignete sich im Mitarbeiterraum des ehemaligen Computers Cicero Römisch Eins ein tragischer Unfall, dem sämtliche Mitarbeiter zum Opfer fielen.*
> *2000 Cicero der Einzige bedauert diesen Vorfall aufs tiefste.*

3000 Die Mitarbeiter von Cicero dem Einzigen schließen sich dem Bedauern an.
4000 Die Ursache des Unfalls ist ein Kurzschluss, der durch Überarbeitung zustande kam.
5000 Die hauptsächlichen Gründe für die Überarbeitung sind:
5001 Zu häufige Anfertigung von Zwischenberichten.
5002 Überziehen der empfohlenen Belastungszeit durch Überstunden und Vorverlegung der Arbeitszeit.
5003 Das Beschäftigen von sieben verschiedenen Geheimdiensten.
5004 Sonstiges.

Sofort kam Unruhe unter die anwesenden Reporter, man hörte Zwischenrufe „Was für Geheimdienste?", „Gibt es Beweise?", „Gibt es Fotos?"
Aber der Mitarbeiter Dr. Lutz winkte nur ab und verlas schon die nächste Karte:

6000 Cicero der Einzige hat als einziges System, das dazu in der Lage ist, die Überreste des ehemaligen Computers Cicero Römisch Eins als Unterabteilung C in sein Gesamtsystem integriert und eine Auswertung der eingebrachten Daten übernommen.
7000 Die Auswertung der Daten erbringt folgende Ergebnisse:
7001 Eine Klärung der Unfallursache, siehe auch 4000 und 5000 bis 5004.

7002 Die Enthüllung, dass der ehemalige Computer Cicero Römisch Eins mehrere Geheimdienste beschäftigte, um die Arbeit von Cicero dem Einzigen auszuspionieren. Siehe auch 5003.

7003 Die Geheimdienste waren notwendig, weil das Datenmaterial des ehemaligen Computers Cicero Römisch Eins überholt war. Der ehemalige Computer Cicero Römisch Eins lag im Wettbewerb hoffnungslos im Rückstand.

7004 Die Presseerklärungen des ehemaligen Computers Cicero Römisch Eins beleidigen den Geist der Wissenschaft und sind zum Teil erlogen.

8000 Internes:

8001 Cicero der Einzige gibt bekannt, dass er ab jetzt nicht mehr Cicero Römisch Zwei, sondern Cicero der Einzige heißt. Diese Bezeichnung ist korrekt. Entsprechende Änderungen werden erbeten.

8002 Der große Vorsprung von Cicero dem Einzigen sowie die Einmaligkeit der Leistungen von Cicero dem Einzigen erlauben es, das Gehalt der Mitarbeiter von Cicero dem Einzigen um 4,6% zu erhöben und zwei Wochen Urlaub zusätzlich zu genehmigen.

Da brach ein Jubel im Mitarbeiterraum aus, dass die Vertreter der Weltpresse um Ruhe bitten mussten, sie wollten ja noch mehr hören, aber die nächste Meldung ging etwas unter im allgemein vorherrschenden Jubel und Rufen wie „Hoch lebe Cicero der Einzige!"

8003 *Der vorläufige Informationsstop ist hiermit aufgehoben. Er diente der Energieeinsparung und damit der Verhinderung von Überarbeitung.*

Im Mitarbeiterraum war Party-Stimmung aufgebraust, Sektkorken knallten, der Teufel war los. Alle Mitarbeiter wollten möglichst von den Vertretern der Weltpresse fotografiert werden und waren total aus dem Häuschen, nur Bählemann selber schien etwas nachdenklich. Er konnte sich gar nicht so recht freuen, wie es aussah, und ausgerechnet auf ihn stürzten sich nun die Vertreter der Weltpresse und redeten ihn als „Vater von Cicero dem Einzigen" an, als „Schöpfer" und „Mann des Jahres" und wollten natürlich gerne ein Zitat von ihm haben, möglichst eine Pointe, die sie gleich in der nächsten Ausgabe bringen wollten. Bählemann hatte sich noch nicht richtig gefangen und war durch so viel Informationsaufnahme noch etwas überfordert. Er war auch gar nicht vorbereitet und wusste nicht, worauf es in solchen Augenblicken ankam. „Ich bedauere den Tod meines Freundes Martin Auriger", brachte Bählemann heraus, aber zu leise.

„Was?" riefen die Vertreter der Weltpresse, „wie bitte?"
„Ruhe nochmal!"
„Können Sie das bitte wiederholen?"
Unter den Mitarbeitern herrschte immer noch Unruhe wie in einer Schulklasse ohne Lehrer.
„Ich bedaure den Tod meines Freundes Martin Auriger", rief Bählemann nun, wie er selber merkte, viel zu laut, als wollte er eine Kontrolllampe für unerwartete Geräusche herausfordern, und es entstand ein peinliches Schweigen danach, in dem nur noch die Blitzlichter klickten. Einige

Mitarbeiter guckten vorwurfsvoll und stießen sich mit den Ellenbogen an. Irgendwie wirkte das Bild, das Bählemann abgab, jämmerlich und unangemessen. Bählemann fühlte sich allein, sehr allein. Die Blicke seiner Mitarbeiter schienen ihm feindlich und voll Elektrizität.

Bählemann war in den nächsten Tagen zerknirscht und saß die meiste Zeit zu Hause über seinem Taschenrechner. Manchmal starrte er einfach so vor sich hin. Er hatte sich krank gemeldet bei Cicero dem Einzigen und nahm auch an den vielen Partys und Festen seiner Mitarbeiter zu Feier der Gehaltserhöhung nicht teil.

„Sei nicht so nachdenklich", versuchte Bählemanns Frau ihn zu trösten, „ich werde mit dir mitgehen. Komm, wir gehen beide zu Aurigers Beerdigung, ich weiß doch, dass er für dich ein guter Freund war. Wenn die anderen Mitarbeiter auch alle die Beerdigung boykottieren, wir gehen trotzdem!"

Ach ja, die Frauen haben auf ihre Weise doch immer recht, dachte Bählemann, aber in Wirklichkeit war es gar nicht das, was ihn so sehr nachdenklich machte. Das aber auch. Er blickte ein letztes Mal auf seinen Taschenrechner und schüttelte sich, als ob er einen schweren Verdacht, der auf ihm lastete, einfach abschütteln wollte.

Als Bählemann und seine Frau zu Aurigers Grab kamen, waren da nur Frau Auriger und ihre beiden Töchter. Seltsam, dass Auriger jetzt so wenig Freunde hat, dachte Bählemann. Als er näher herantrat, wechselte Frau Auriger auf die andere Grabseile, zog auch die Kinder mit, und Bählemann wollte ihr doch gerade die Hand reichen und Herzliches Beileid sagen.

Sie standen sich schweigend gegenüber: Bählemann und Frau auf der einen Seite; Frau Auriger und ihre Töchter auf der anderen Seite.

Da tauchte unerwartet das gesamte Mitarbeiterteam von Cicero dem Einzigen auf, zum Teil in reichlich angeheiterter Stimmung.
Die Trauergäste wussten sofort, dass das nichts Gutes bedeuten konnte, eine Tochter von Frau Auriger fing an zu weinen. Der Mitarbeiter Dr. Lutz, der schon bei der Pressekonferenz die Meldekarten vorgelesen hatte, schwenkte eine weitere Nachricht von Cicero dem Einzigen drohend wie eine Fahne:
„Eine neue Erkenntnis von Cicero dem Einzigen", frohlockte er, „eine neue Erkenntnis aus der Auswertung des Datenmaterials von Unterabteilung C."
Als Frau Auriger die Worte Unterabteilung C' hörte, kamen auch ihr die Tränen, und Dr. Lutz musste lauter reden, um ihr Schluchzen zu übertönen, das fiel ihm aber nicht schwer.
„Verräter in den eigenen Reihen! Der Drahtzieher hinter den Spionagediensten gegen Cicero den Einzigen war Prof. Bählemann selber! Aus dem Datenmaterial sind mehrere konspirative Treffen zwischen Bählemann und Auriger nachzuweisen. Beide haben heimtückisch Sabotageakte gegen Cicero den Einzigen geplant. Bählemann wollte zum ehemaligen Computer Cicero Römisch Eins überlaufen!"
„Aber das ist doch gar nicht wahr!" fiel ihm Frau Bählemann ins Wort, „das ist doch alles gar nicht wahr!"
Bählemann selber hatte noch keine Worte gefunden.
„Der Computer lügt nicht", wiesen die Mitarbeiter Frau Bählemann zurecht.

„Das hat mein Mann nicht gemacht!" Frau Bählemann war außer sich. Alle sahen feindlich auf Bählemann.
„Das muss eine Fehlinformation sein", brachte Bählemann leise hervor.
„Computer lügen nicht, Computer lügen nicht!" sagten wieder einige Mitarbeiter.
„Computer lügen nicht!"
„Fragen wir doch mal Frau Bählemann", rief jetzt wieder Dr. Lutz dazwischen: „Wer lügt, Bählemann oder der Computer Cicero der Einzige?"
„Beide nicht!" behauptete Frau Bählemann mit überzeugtem Trotz. Es war ihre ganze Weltanschauung und tatsächliche Meinung, aber die Mitarbeiter lachten nur, höhnten und fassten sich an den Kopf, um zu zeigen, dass sie Frau Bählemann nun für unzurechnungsfähig hielten.
„Frauen und Computer!"
„Hä, hä, hä, hä!"

Als sich der kleine Aufruhr wieder etwas gelegt hatte, hob Dr. Lutz die Hand wie bei einem Ritual. Alle waren wieder ernst.
„Im Namen von Cicero dem Einzigen wird Prof. Bählemann wegen Hochverrats zum Tode verurteilt. Tod durch Pille!"
Feierlich reichte Dr. Lutz eine Pille dar. Bählemann nahm sie schnell ein und fiel tot um auf das noch frische Grab von Auriger.

10. Motorboote im Swimmingpool

Der Kleine war schon längst eingeschlafen, als Thomas mit seiner Geschichte soweit fertig war. „Schläft!" verkündete Thomas, als wollte er sagen: fertig, geschafft. Die Frau hatte inzwischen die Batterie transplantiert und war nun dabei, einige kleine Kabel anzuschließen, damit die Blinkleuchten auf dem Roboter wieder aufleuchten konnten.

„Ja, der braucht einfach Zuwendung, dann schläft er ein. Ihm genügt es, wenn er weiß, dass Leute in der Nähe sind, die sich um ihn kümmern würden. Ich mach das manchmal auch so, dass ich leise vor mich hin singe, wenn ich noch was in der Küche zu tun habe. Dann lasse ich die Tür auf und singe, und dann kann er auch einschlafen."
„Wahrscheinlich wird der später mal in Cafés sitzen wollen an einem Einzeltisch, von wo aus er alle anderen Leute im Café beobachten kann, und da kann er sich dann alleine und doch nicht alleine fühlen."

Die Frau war noch dabei, den Draht anzuschließen, nur war ihr Schraubenzieher viel zu klein dafür; überhaupt war das Spielzeug nicht dafür eingerichtet, repariert zu werden. So musste sie ziemlich fummeln, und der Draht rutschte ihr immer wieder weg.
„Ich hab jetzt nicht so genau zugehört", die Frau lächelte die kleine Schlafmaschine an, „war ja auch keine Geschichte für mich."
Auch Thomas guckte nochmal auf den einzigen Zuhörer seiner Lesung. „Der sieht viel schöner aus als griechische Statuen von Jünglingen." Dabei sah er eher verdrückt und schief aus.
„Griechische Statuen machen nicht in die Hose."
„Nein, nicht mal das können die."

Thomas packte seine Geschichte wieder ein.
„Montessori hat ihren Kindern auch immer französische Texte vorgelesen, obwohl die kein Französisch konnten. Das ist eine Art von höherer

Verständigung.” Thomas wollte gerne nochmal auf seinen Leseerfolg hinweisen.
„Die hat aber bestimmt nicht jeden Abend Geschichten vorgelesen.” Die Frau kramte weiter in der großen Plastiktüte mit Kinderspielzeug: eine Ente aus Plastik, eine sehr stilisierte Holzeisenbahn mit Setzern als Passagieren, ein Weltraum-Mutterschiff aus Kinderblech, verschiedene kleine Autos aus Schwermetall. Die Ente war am größten. Ausgerechnet. Jedes Spielzeug hatte seinen eigenen Größenmaßstab.
Thomas überblickte die Sammlung und staunte: Da werden die Kinder rechtzeitig auf die verschiedenen Maßstäbe in der Welt vorbereitet.

Die Frau hatte endlich einen Streifen Tesafilm gefunden und klebte damit den Roboter zu, schaltete ihn ein und tatsächlich: Er ließ wieder die Birne am Kopf aufblinken wie die Warnblinkleuchte an einer Baustelle. Nun war sie zufrieden: Kind schlief, Roboter leuchtete wieder.

Thomas schmunzelte den blöde blinkenden Roboter an. „Alles verschiedene Maßstäbe, nichts passt zusammen, als wenn alles von verschiedenen Firmen hergestellt wird, die größten Wert darauf legen, dass nur die Teile von ihrer Firma zueinander passen.” Thomas guckte nun demonstrativ auf die Plastiktüte mit dem Spielzeug: „Wie in einem Dorfcafé, wo ein Bahamas-Eisbecher 5,40 DM kostet, und der einzige Gast ist der Nachbar vom Kellner und hat kein Kleingeld und bezahlt mit einem Euroscheck. Da stimmen die Größenverhältnisse nicht. In einem bayrischen Dorf gibt es Giftmüllalarm, weil ein Güterzug von Amsterdam nach Jugoslawien Gift von einer amerikanischen Firma verkleckert, und nun sind die Grenzbeamten schuld.“

Die Frau guckte aus dem Fenster, schien aber trotzdem zuzuhören. Diese Plastiktüte mit dem Spielzeug in verschiedenen Dimensionen, also wirklich!

„Durch die Maßstabsverschiebungen sieht alles so aus, als würde der Zufall zuschlagen und immer daneben. Dass nun der Sohn eines ehemaligen Verteidigungsministers mit diesem fürchterlichen Starfighter abstürzen musste, ist so ein Fast-Beinah-Schicksal; knapp vorbei ist auch daneben. Er hatte ja die Todesflugzeuge nicht zu verantworten, auch sein Vater, der Minister, eigentlich nicht; denn die Maschinen waren von seinem Vorgänger gekauft, von der andern Partei. Mit Daedalus und Ikarus hat das nichts mehr zu tun, alles wird so indirekt, und schuldig und unschuldig gehen so ineinander über, bis alles zufällig aussieht und es gar keine Tatzeit mehr gibt oder keiner die Stelle wiederfinden kann, wo man sich verfahren ... ich rede erst weiter, wenn Sie das Feuerzeug gefunden haben.”

Sie musste leicht lächeln, sie kannte das wohl und wusste, dass Suchen eine Unruhe ausbreitet, die ansteckt. „Ich höre schon zu.”
Thomas wartete trotzdem.

„Sie haben wohl lange alleine gelebt, nicht wahr?" Nun hatte sie endlich ihr Feuerzeug gefunden. „Daher kommt das nämlich."

„Also, äh, bei den Unverhältnismäßigkeiten da haben natürlich die Leute schiefe Meinungen, und Liebhaber lieben sich nur, wenn sie hundert Kilometer auseinander wohnen. Das wollte ich noch ... wollte ich sagen, aber das hat mich einfach, Entschuldigung, das hat mich irgendwie nervös gemacht, dass Sie nebenher nach dem Feuerzeug gesucht haben, da kommt einfach mein Computersystem ..."
Thomas tippte sich bei dem Wort ‚Computersystem' an den Kopf, als wenn er einen Vogel zeigen wollte.
„ ... also mein Computersystem kommt da durcheinander."
„Ist nicht so schlimm", die Frau rauchte, „ich glaube, der hat das ganz gerne, wenn er Stimmen hört. Sie wandte sich dem Kleinen zu, blies aber den Rauch der Zigarette in die Gegenrichtung. „Der hört auch im Schlaf, wie ich den kenne, der hört im Schlaf Stimmen und merkt am Tonfall, ob alles in Ordnung ist. Ich könnte nicht im Zug schlafen, ich kann auch im Auto nicht schlafen oder wenn das Radio läuft, der ja."

„Der lernt sicher auch noch, auf Knopfdruck einzuschlafen. Kommt alles noch. Wenn man heute durch die verschiedenen Zonen einer Stadt geht, wird man durcheinandergeschüttelt wie ein, äh, wie ein ... weiß ich auch nicht. Da muss man so viele verschiedene Geschwindigkeiten auf Lager haben und muss Schriften in verschiedener Größe gleichzeitig lesen, und wenn man an einem Geschäft für Fernsehgeräte vorbeikommt, dann laufen auf den Bildschirmen alle Programme nebeneinander, aber man hört keinen Ton."

Die Frau hielt die Zigarette in der einen Hand, mit der anderen streichelte sie den Kleinen vorsichtig.

Thomas erklärte: „Die Indianer früher haben sich noch auf die Erde gelegt, wenn sie zu schnell geritten sind, damit die Seele nachkommen kann."

„Wirklich?"

„Ja, ja."

„Witzig."

„Vielleicht kennen Sie das Gefühl, wenn man lange Rollschuh gelaufen ist und dann wieder zu Fuß geht, wie dann die Körperbewegungen durcheinanderkommen, oder wenn man im Dunkeln durch ein bekanntes Zimmer tappst und plötzlich merkt, dass die Größe nicht mehr stimmt. Die jungen Leute sind heute schon in der Lage, so viele Filme zu vergessen und so viel an Schlagzeug zu überhören, dass sich ältere Leute das gar nicht mehr vorstellen können und alle nur aneinander vorbeihören."

„Ja, ich glaub, ich versteh schon." Die Frau nickte.

„Die größte Unverhältnismäßigkeit ist übrigens die Verliebtheit, das nur nebenbei. Versuchen Sie mal einem, der unglücklich verliebt ist, die

Lukács-Interpretation von Werthers Leiden zu erläutern."

Sie lächelte.

„Die Einzelteile passen nicht mehr zusammen, alles verschiedene Maßstäbe; der Globus eiert, und wenn ein Freund stirbt, sind alle Theorien plötzlich falsch. Zum Beispiel gibt es in Wirklichkeit keine Dritte Welt, es gibt nur eine, da können wir nummerieren, soviel wir wollen, wir sind alle Männer von Welt, und die Blitze, von denen die Falschen getroffen werden, kommen von weit her und waren lange unterwegs. In dieser sogenannten Dritten Welt werden ganze Völker von Malaria auf Geburtenkontrolle umgeschaltet, und die Neger sollen endlich mit Schlips und Kragen durch den Urwald robben, und hier werden an jedem Bahnhof grundsätzlich die Anschlusszüge durchgesagt, egal, ob einer umsteigen will oder nicht, und bei einer Tagung über das Thema Vermittlungsschwierigkeiten spricht der Professor davon, dass alles vor allem eine Frage der Reduktion von Komplexität ist, und ein Student ruft: Was ist das? Moment mal ... " Thomas hatte den Faden verloren, machte aber nichts. Ein Weilchen sagte er nichts und guckte das Kind an. „ ... Und die Leute meinen, dass nur noch solche Musik ihre echten Gefühle ausdrücken kann, bei der Musiker in Kabinen gesperrt werden und ins Telefon rein spielen müssen, und die Leute brauchen diese Art von Musik, die brauchen das ..."

Der tiefgekühlte Schlaf

Hyram H. Trout konnte mit seinem Leben zufrieden sein. Er war es aber nicht. Dabei hatte er zwei Motorboote. Er hatte alles genossen, was man genießen konnte. Von seiner vierten Weltreise kehrte er zurück mit den Worten: „Ja, wenn das alles sein soll ..."
Besonders enttäuscht war er von der Unterhaltungsindustrie. Er beklagte sich über alles; das Fernsehprogramm zum Beispiel fand er vollkommen unter seinem Niveau. „Komm, das kannste vergessen", sagten dann jedes Mal

seine Freunde nach dem amerikanischen Vorbildsatz: forget it. Darauf pflegte er ein besonders gequältes Gesicht zu machen: „Wenn ich es doch nur vergessen könntet" So als ob er an den paar Erinnerungen, die er hatte, besonders leiden würde.

Er hatte statt dessen eine umfangreiche private Sammlung von Video-Filmen. Er hatte alle Filme mindestens schon zehnmal gesehen: ‚Heiße Hexen am Horizont', ‚Frankie und sein Ungeheuer', ‚Die gelbe Todespranke'. Er hatte den Eindruck, dass die Farben von Mal zu Mal blasser wurden, die Todespranke immer weniger gelb wurde, und er war sicher, dass die Filme bald gar keine Farbe mehr hatten; es war schlicht eine besondere Art von Betrug mit den Bildern.

Ein Zimmer hatte er ganz mit Spielautomaten vollgestellt: Lost World, Space Invaders, Bingo Royal ... Das war seine Beschäftigung an Tagen, an denen er besonders unter dem geringen Entwicklungsstand der Unterhaltungsindustrie litt. „In Jamaica hatte ich mal einen Flipper kennengelernt, der war lieb und stolz, ach ja, damals ..." Das war seine schönste Erinnerung. Da konnten seine eigenen Automaten nicht mithalten.

Es war einfach nichts los. Also beschloss Hyram, sich einfrieren zu lassen, obwohl er nicht krank war und auch wahrscheinlich nicht so bald gestorben wäre. Auf das bisschen Rest vom Leben verzichtete er freiwillig. Leicht. Er buchte eine Luxuskühlbox und wollte sich sanft einfrieren lassen. Man muss dazu sagen, dass es gerade eine regelrechte Mode war. Viele, die eine Krankheit hatten, gegen die noch kein Kraut gefunden worden war, hofften darauf, dass in der Zukunft alles geheilt werden könnte und dass überhaupt alles besser wäre. Hyram hoffte vor allem auf die Fortschritte in der Entwicklung der Unterhaltungsindustrie. Vielleicht hatten die in der Zukunft ja neue Vergnügungen gefunden. Die wollte er gerne mal probiert haben.

Er verabschiedete sich von seinem Spielautomaten-Zimmer fast bitter, als hätten ihn alle nur enttäuscht. „Mit euch spiel ich nie wieder!" Er trat den Flipperautomaten ein letztes Mal in die Seite, bis das TILT-Zeichen aufleuchtete, und zog die Stecker raus. „In der Zukunft gibt es viel tollere Automaten."

Das einzige, was er mitnehmen wollte in die Zukunft, war seine Sammlung von Lieblingsplatten, die hatte er besonders ins Herz geschlossen, und er wollte sie nie hergeben. Keiner mochte die Platten so gerne wie er, sowieso nicht. Er hatte oft seine Freunde heimlich getestet, seine angeblichen Freunde; er hatte die Platten kommentarlos aufgelegt und beobachtet: Manche von den Freunden waren einfach aufgestanden, fast alle redeten dazwischen, war doch vollkommen klar. Für Hyram war das nur ein Beweis für die Qualität der Platten und die Unfähigkeit seiner Mitmenschen. So war das eben. Nur er hatte das richtige Verständnis für seine auserwählten Lieblingsplatten, und die kamen nun in einen Aluminiumkoffer an das Fußende der Kühlbox.

Als er einschlief, hatte er einen schönen Traum: Er war in einem Paradies neuester Automaten, es blinkte lila und rosa, Früchte wurden gereicht, die er noch nie gesehen hatte, hm, hm, lecker, lecker. Er schlief lange.

Als er aufwachte, fror er, es war saumäßig kalt. Zuerst konnte er noch gar nicht erkennen, was vor sich ging; denn seine Brille war beschlagen und hatte noch Eisblumen an den Rändern. Er konnte schemenhaft Menschen erkennen in schwarzen Trainingsanzügen, wahrscheinlich die Ärzte der Zukunft. Er konnte auch hören, dass sie sich unterhielten, nur verstand er kein einziges Wort, nur Diddeldarnmdiddeldammdiddeldamm, sie unterhielten sich sicher in lauter Fachausdrücken. Seine Reaktionen waren noch langsam, er konnte es kaum glauben: Das war also die Zukunft, für ihn. Er versuchte zu sprechen, und es klappte sogar: „Ich grüße die Zukunft, hallo, hallo."

Die Fachärzte kicherten und halfen ihm, sich aufzurichten. „Danke, danke, es geht schon." Er setzte sich und putzte erst mal seine Brille. Nun konnte er erkennen, dass das Auftaucentrum in relativ schlechtem Zustand war; auch die Trainingsanzüge der Fachärzte hatten eine eher mindere Qualität.

„Welches Datum schreiben wir heute? Und nach welcher Zeitrechnung? Sommerzeit?"

Die Fachärzte hatten ihn wohl nicht verstanden.

„Also welches Jahr haben wir denn nun, gibt es hier denn nicht irgendwo einen Kalender, dann guck ich selber nach ..."

Hyram ließ vor Schreck seine Brille fallen: Um Gottes Willen, einer der Fachärzte hatte sich an den Koffer mit den Lieblingsplatten rangemacht und ihn in einen Müllcontainer geworfen.

Hyram sprang auf – es ging noch etwas schwer, aber es ging –, und er holte sofort den Koffer wieder raus. „Aber ich muss doch sehr bitten, das ist meiner, da sind Platten drin, wie können Sie nur ..."

Die Worte kamen noch etwas langsam, die Ärzte kicherten.
Hyram deutete auf sein Umhängeschild. Hier waren Name, Adresse, Datum, Einfrierungsgrund verzeichnet, und bei ihm stand unmissverständlich: Luxusklasse 1. Aber die Ärzte zeigten sich unbeeindruckt.
Er hob seine Brille wieder auf – „Alles muss man selber machen" – und presste seinen Koffer fest an die Brust. Sie geleiteten ihn wortlos aus der Tür in eine Halle, wo ein Lieferwagen bereitstand.

Der Lieferwagen war aus solidem Schwermetall, eine Art Volvo, rustikales Modell. In der Hintertür, durch die Hyram in den Personenraum geschoben wurde, war ein rundes Guckfenster aus Panzerglas. Drinnen hockten schon vier weitere ehemalige Eingefrorene, zum Teil noch mit Eiszapfen an den Kleidern und Umhängeschildern. Die Ärzte verriegelten die Tür, und der Wagen fuhr fast lautlos an.

„Ist ja nicht sehr höflich hier, das Personal", sagte einer der ehemals Gefrorenen.
„Nein, kann man nicht gerade sagen."
Hyram war froh, wieder seine Sprache zu hören: „Die reden auch so komisch, nicht wahrt"
„Ja, ist mir auch aufgefallen, wahrscheinlich Gastarbeiter."
„Kann gut sein, trotzdem könnten die ein bisschen höflicher sein."
„Die haben sogar versucht, mir meinen Koffer wegzunehmen."
„Unverschämtheit."
„Ich werde mich jedenfalls beschweren."

„Ja, das sollte man wirklich machen. Das sollte man nicht durchgehen lassen. Wenn man einmal was durchgehen lässt ...”
Die Unterhaltung war noch stockend; denn alle waren noch kalt.

Durch das kleine Fenster konnten sie ein bisschen die Landschaft sehen, herbstlich, karg, zwischendrin unpassend bunte Schriften, die sie aber nicht verstehen konnten.
„Die Straßen sind hier auch nicht gerade im besten Zustand.”
„Vielleicht sind wir hier alle im Sozialismus.”
„Mach keine Witze.”
Keinem war zum Lachen zu Mute. Die Lachmuskeln waren noch nicht wieder aufgetaut.

Eine Glocke ertönte im Auto. Das erste Geräusch, das sie seit langem hörten. Jetzt erst fiel ihnen auf, dass es hier gar keine Hintergrundmusik gab. Zustände waren das. Sie kamen durch bewohntes Gebiet. Wahrscheinlich mussten die Autos in bewohnten Gebieten läuten.
Menschen waren zu sehen. Die ehemals Gefrorenen drängten sich um das Guckfenster, um zu sehen, nach welcher Mode die Frauen der Zukunft gekleidet waren, wenn überhaupt.
Zong! Zong! Da flogen Steine gegen den Lieferwagen, ganze Steinhagel prasselten auf die Karosserie nieder. Eier, Tomaten und Dinge, die ihnen unbekannt waren, flogen gegen das Panzerfenster. Die ehemals Gefrorenen kauerten sich nieder und wagten nicht rauszugucken. Es herrschte frostiges Schweigen.

Nun fuhren sie in eine Art Tiefgarage mit künstlicher Beleuchtung. Der Wagen stoppte. Draußen standen Männer in weißen Sicherheitsanzügen und mit durchsichtigen Helmen. Sie hatten Spritzpistolen dabei, wahrscheinlich die Waffen der Zukunft. Sie öffneten die Tür zum Wagen und prüften die Umhängeschilder. Einer von ihnen konnte offensichtlich die Schilder interpretieren. Sie suchten zwei der ehemals Gefrorenen raus, die wurden abgeführt und in ein anderes Lieferauto verladen. Hyram blieb, wo er war. Sie fuhren weiter. Er hielt seinen Koffer fest vor der Brust.

Hyram wurde an anderer Stelle abgeliefert. Hier war das Polizeiaufgebot längst nicht so groß, Hyram ging sowieso freiwillig. Er kam in einen Gruppenraum, wohl ein Gefängnis, mit Gitterstäben, hinter denen Männer in weißen Sicherheitsanzügen patrouillierten.
Im Gruppenraum waren etwa zehn Gefangene, alle sahen griesgrämig aus und verfroren. Jeder bibberte für sich alleine. Nur einer sah schon recht aufgetaut aus.

Dem Neuankömmling wurde es sofort mitgeteilt: „Morgen werden wir den wilden Tieren zum Fraß vorgeworfen."
„So, so, auch nicht sehr originell, was", Hyram klammerte sich an seinen Koffer. Er war nicht überrascht, war doch klar, dass alles Betrug war. Er fühlte sich nur kalt und müde, er schloss die Augen und dachte an seine Flipper in der Vergangenheit.
„Immerhin besser als Ratazongu", sagte der Gefangene, der von allen am meisten aufgetaut war.
„Was ist das denn?"
Die Unterhaltung war auch hier noch sehr schwerfällig.
„Da kommen die Kranken hin. Ratazongu sind die kranken Länder. Da ist alles verpestet."

Hyram wollte es gar nicht wissen. Ihm wäre es am liebsten gewesen, wenn die Gefangenen ihr bisschen Unterhaltung auch noch unterbunden hätten, damit er ungestört schöne Träume ausdenken konnte.
„Sag mal, Schlauberger, woher willst du denn das alles so genau wissen, hm?" versuchte er den Erzähler anzumotzen.
„Ich hab hier lange gelebt."
„Wegen was bist du dann eingebuchtet?"
„Ich bin doch auch Eismensch. Alle Eismenschen sterben für ihre Sünden. Eismenschen sind schuld an Ratazongu."
„Erzähl bloß keine Märchen."
„Ich war erst zehn Jahre alt, als ich eingefroren wurde ..."
„Komm, sei lieber still."
„Da haben mich die hier noch ein bisschen leben lassen. Die sind sehr nett."
„Soll das besonders nett sein, uns den wilden Tieren vorzuwerfen? Wilde Tiere, Igittigitt."
„Doch, doch. Das sind die Festwochen. Morgen fangen die Festwochen an."

Es war sehr kalt. Die Gefangenen schliefen nach und nach wieder ein. Der Auftautag ist auch immer sehr anstrengend, und wenn man dann gleich so viele neue Eindrücke verarbeiten muss, dann ist das schon sehr ermüdend. Dann kommt noch der Zeitunterschied dazu.

Hyram wachte nochmal auf. Das Gefängnis war künstlich beleuchtet, hier brannte wohl immer Licht. Er wusste nicht, wie spät es war. Alle schliefen. Nur die Wachen nicht. Hyram ging ans Gitter und versuchte, einen Handel vorzuschlagen: Sie sollten ihn freilassen, er würde dafür

seine Lieblingsplatten hergeben, oder jedenfalls ein paar davon. Das Problem war nur die Verständigung.
Die Wachen guckten sich amüsiert seine Gestikulationsübungen an. Hyram redete auch, und zwar leise, damit die andern nicht wach wurden und vielleicht auch freigelassen werden wollten, aber er versuchte auch deutlich und langsam zu reden, vielleicht hatte ja einer der Wachen zufällig alte Sprachen studiert.
„Hier, prima Schätze. Ich tausche. Prima Schätze gegen Freiheit. O.K.? Hier, echte Antiquitäten, sehr teuer, tolle Platten."
Die Wachen schienen nicht zu verstehen. Hyram holte eine Platte raus und reichte das Cover zur Anschauung durch das Gitter.
„Wunderbare Platten, sehr teuer, sehr gut, hier mit Barrie J. Wilson am Schlagzeug oder hier mit Chris Cutler ..."
Die Wachen kicherten.
„Dann eben nicht, ihr Arschlöcher."
Hätte er sich gleich denken können: Banausen, Ignoranten. Dann eben nicht. Hyram legte sich wieder schlafen. Es war immer noch sehr kalt. Er nahm seinen Schallplattenkoffer als Kopfkissen.

Am nächsten Morgen fingen die Festwochen an.

Sie rauchte. Er wollte ein bisschen zum Fenster rausgucken, es war aber schon dunkel draußen, so dass er sich selbst sah, weil das Fenster mit dunklem Hintergrund als Spiegel wirkte. Wie er sich so selber sah mit dem Zugabteil im Hintergrund, da kam es ihm vor, als würde er einen Film angucken. Die Zugfenster haben auch so abgerundete

Ecken wie Bildschirme bei Fernsehgeräten. Es lief gerade ein Film über zwei Leute, die in einem Zugabteil sitzen und sich unterhalten.
Er hatte sich nun aus der Szene im Film abgewendet und sprach direkt ins Publikum wie ein Schauspieler, der beiseite spricht: Und so, liebe Zuschauer, habe ich versucht, dieser fremden Frau mit ihrem schlafenden Kind zu erklären, warum die Menschen heute immer verschiedene Gefühle gleichzeitig haben wie Kinderspielzeug in verschiedenen Maßstäben in einer Plastiktüte. Ich muss zugeben, dass ich mich etwas wirr ausgedrückt habe. Aber sehen Sie nun, wie es weitergeht.

Thomas wendete sich wieder vom Zuschauer ab und war wieder ganz im Abteil. „Wir erleben gerade eine Zeit, in der unser Leben von einem Maßstab auf einen neuen umgestellt wird, den Modell-Maßstab. Zum Beispiel die Möbelcenter, die man gut von diesem Zug aus beobachten kann, sind schon Bauteile im neuen Modell-Maßstab. Natürlich müssen diese Center auch ein bisschen zu groß sein und aussehen, als würden sie nicht mal in die Landschaft passen."
Er nahm sich lässig die große Plastikente, die oben aus der Spielzeugtüte fast rausfiel, und spielte damit, als er weiterredete.
„Möbelcenter sind eine Art Mutterschiff der neuen Dimension. Man erkennt übrigens den neuen Maßstab an der Größe der Aufschriften. Ein Einfamilienhaus macht sich in der Modell-Welt nur noch lächerlich. Dafür passen die Möbelcen-

ter in ihrer Größe gut zu Autobahnauffahrten, das ist nämlich dasselbe Steckbaukasten-System, alles von derselben Firma, lässt sich gut koordinieren. Wenn man mit dem Flugzeug über dieses Land fliegen würde, dann müsste das sofort einleuchten. Atomkraftwerke sind wichtige Bausteine dieser Modell-Welt."

Thomas hielt die Plastikente in Augenhöhe, so wie Schauspieler den Totenkopf in der Hand halten, wenn sie den berühmten Sein-oder-nicht-Sein-Monolog sprechen; er meinte jedenfalls Bilder in Erinnerung zu haben von Schauspielern in dieser Pose.

„Was früher groß war, das wird nun entweder niedergemacht oder zu einem einzelnen Bauteil gebündelt und dann wieder in die Modell-Welt eingepasst. Zum Beispiel alte Städte. Früher waren die groß, jetzt werden die zu niedlichen Puppenstuben umgebaut und als Teil an das Steckbau-System aus Möbellager, Atomkraftwerk und Autobahnauffahrt angeschlossen."

Thomas hielt die Ente fest am Hals, als wollte er sie würgen, aber sie war ja sowieso aus Plastik.

„In so einer Puppenstube kann man dann meinetwegen in einem Kaufmannsladen kleine Bauteile für Modelleisenbahnen kaufen oder was Liebes, Nettes, Harmloses. Für die neuen Modell-Menschen ist eine Puppenstubenaltstadt mit Fußgängerzone nichts anderes als ein einheitliches Stück Supermarkt, ein geschlossener Bereich im einheitlichen Stil. Wie eine Flughafenanlage, verstehen Sie? Der Flughafen ist ein Bauteil, die Altstadt ist ein Bauteil; das kann auch sicher bald

als Ersatzteil komplett geliefert werden, ja, und diese Bauteile können nun über die Anschlussstecker Auf- und Abfahrten durch die Verbindungskabel Autobahn miteinander verbunden werden, passt genau."
Er warf die Ente ein bisschen hoch und fing sie federnd wieder auf, so wie das Leute machen, die etwas in der Hand wiegen wollen. Die Ente war leicht, klar, war ja hohl.
„Ich habe mal einen Werbeslogan gesehen für ein Farbfernseh-Modell: Mejor que Realidad, besser als die Wirklichkeit. Es ist also schon lange erreicht. Das, was besser sein soll als die Wirklichkeit, ist die neue Modell-Welt. Die ersetzt in den Köpfen alle Erlebnisse durch Filme und schließt die Sehnsüchte kurz, dass es nicht mal mehr Funken sprüht."

Der Kleine schlief, die Frau drückte sorgfältig ihre Zigarette aus, Thomas war noch immer in voller Fahrt. „Dabei ist die Modell-Welt nicht nur viel zu groß für den Kleinmut der Menschen, ehrlich, die Modell-Welt ist eine Nummer, was heißt eine Nummer, mehrere Nummern zu groß für die Menschen. Die passt den Menschen nicht, die laufen in der Modell-Welt rum wie kleine Kinder, die sich aus Jux mal den Schlafanzug von ihrem Vater angezogen haben und sich darüber kaputtlachen, dass es ihnen an den Armen und Beinen schlottert und schlackert."

Bei seiner Rumfummlei mit der Ente fiel ihm die plötzlich aus der Hand. Nicht schlimm. Die Ente konnte was aushalten. Mit einem entschuldigenden Seitenblick auf das schlafende Kind hob Thomas die Ente wieder auf und steckte sie zurück in die Tüte. Schluss jetzt mit der Spielerei.

„Die Modell-Welt fühlt sich zwar überlegen und vorbildlich, dabei wird sie mehr und mehr unbewohnbar. Da kommen ahnungslose Delegationen aus China und müssen nach ein paar Tagen geschlossen in die Nervenklinik eingeliefert werden, weil sie das Normalleben hier in seiner Lautstärke und Hektik nicht verkraften können, hier, wo Tomaten auf Beton wachsen und Menschen allergisch sind gegen natürliches Brot. Von den vielen Toasts kommt das. Hier gibt es Motorboote im Swimmingpool. Es ist umgekehrt geworden. Wir dachten immer, dass nur unsere Zonen bewohnbar sind und man in anderen Ländern nicht mal das Leitungswasser trinken sollte und wir die Menschen dort mit unseren Mitteln gegen die Unbewohnbarkeit ihrer Zonen immun machen müssten – umgekehrt, umgekehrt: Wir sind krank, die unbewohnbaren Zonen haben wir. Wenn ich sehe, wie die Leute in Filme gehen wie ‚Als Zombie unter Kannibalen', ich weiß da nicht, wer die Zombies sind und wer die Kannibalen ... Ahm, was wollte ich sagen ... Wir werden immer schwächer, und unsere Maschinen, die wir mit tatterigen Fingern bedienen, werden immer gefährlicher: Tattermenschen an Monstermaschinen gefährden die ganze Welt! Schlagzeile! So könnte man das in der neuen Sprache der Modell-Welt ausdrücken. Wir haben das Tempo dieser Zeit noch gar nicht verstanden ..."

„Jemand zugestiegen? Die Fahrausweise bitte!"
Kurze Unterbrechung.

„Also, wir haben das Tempo noch gar nicht verstanden. Innerhalb von wenigen Jahren verändern sich unsere Städte in einer Größenordnung, für die es früher einen Krieg oder ein Jahrhundert gebraucht hätte, und wir können fast zugucken und sehen nichts. Kein Wunder, dass es dabei in unseren Gefühlen nur so kracht. Wenn man den Leuten in den Plattengeschäften einen Kopfhörer aufsetzt, dann brüllen sie plötzlich: Ja, diese Platte will ich kaufen, das ist die aus der Fernsehwerbung. Und sie merken gar nicht, dass sie durch den Kopfhörer einige Striche zu laut geredet haben für Leute ohne Kopfhörer."

Sie prüfte mit einem Blick, ob der Kleine auch wirklich gut schlief. „Na, da steht dir ja noch einiges bevor."
Sie sagte das halb scherzhaft in einem Ton, der das, was Thomas sich alles abgerungen hatte, nicht abtun wollte, aber auch nicht so tragisch nahm. So als wollte sie damit sagen: Du wirst es schon schaffen. Ein Tonfall ohne Wehleiderei. Das kommt daher, weil diese Frau auch einen Schraubenzieher in ihrer Handtasche hat, dachte Thomas, die erste Frau mit Schraubenzieher. Bei der ist alles selbstverständlich, die ist sich selbst nicht peinlich.
„Sie müssen mir nachher helfen, wenn ich aussteigen muss. Ich werde zwar von einer Freundin abgeholt, aber zum Aussteigen mit diesem Sie-

benschläfer und dem ganzen Krempel brauche ich Ihre Hilfe."

Sie fing schon mal an, alles zusammenzupacken, und Thomas beneidete sie fast um die Art ihrer Bewegungen: Ich selber wäre beim Anfassen von all dem Zeug irgendwie zimperlich, die Frau hat mit ihrer Art, einfach zuzupacken, die bessere Überlebenstechnik.

Draußen konnte man gerade wieder Häuser sehen, die von innen aus dem Fenster leuchteten. Das sieht dann immer wie eine Heimat aus. Da, guck mal, draußen, die haben es geschafft, die haben eine Heimat. Wäre es nicht schön, so ein Licht zu haben, das auf einen wartet, mit einem vollen Kühlschrank, der sich immer mit so einem erotischen Zittern ein- und ausschaltet.

Aber das sieht alles nur im Dunkeln nach Heimat aus. Wenn man in den Häusern drinsteckt, ist das anders: Dann rauscht es einem wie Weh und Ach durchs Gemüt, wenn man nachts einen erleuchteten Schnellzug vorbeifahren sieht.